SHIRLEY SOUZA

ALEK CIARAN

E os Guardiões da Escuridão

PANDA BOOKS

SUMÁRIO

PARTE I • LABIRINTO

I	Paredes de caixas	7
II	Realidade chamando...	14
III	Questão de escolha	26
IV	E começa o fim de semana	32
V	Papel e tinta	47
VI	Domingo de inverno	51
VII	A semana começa quente...	56
VIII	Nada mais será como antes	74

PARTE II • LUZ E ESCURIDÃO

IX	Uma noite de encontros	87
X	Um outro universo	100
XI	Anuar e Ciaran	112
XII	Um longo caminho	125
XIII	As Cavernas	140
XIV	Um jantar conturbado	148
XV	Essência	158
XVI	A marca dos Renegados	165
XVII	Um dia de aprendizado	173
XVIII	O encontro com a tempestade	186

PARTE III • SOMBRIO

XIX	Alekssander Ciaran?	198
XX	Uma nova ameaça	208
XXI	O processo de cura	215
XXII	Conselho Anuar	220
XXIII	Aprendiz	232
XXIV	Evolução	245
XXV	Reencontro	257
XXVI	Nasce um guerreiro	263

· PARTE I ·
LABIRINTO

I
PAREDES DE CAIXAS

Ele corria sem saber para onde. Tudo estava sombrio ao seu redor. Uma fraca luminosidade espalhava-se pelo lugar, estranha, sem brilho. Tomava conta de todo o espaço como se fosse uma névoa. Uma neblina fina, friamente iluminada, esbranquiçada, que não vinha do teto, mas de toda a parte.

Fugia, mas não sabia do quê.

O lugar lembrava um imenso galpão abandonado, com caixas antigas empilhadas, esquecidas ali pelo tempo, formando paredes do que deveria ser um longo e intrincado labirinto.

As paredes de caixas erguiam-se tortuosas, com pelo menos quatro metros de altura, prometendo desmoronar a qualquer instante. Espalhavam-se por todos os lados, construindo caminhos. O teto, lá em cima, não era visível, parecia inalcançável, perdido na escuridão.

"Como cheguei aqui? Que lugar é esse? Por que estou correndo tanto?"

A única coisa que sabia era que devia continuar fugindo. Não podia ficar ali parado. *"Preciso escapar! Mas do quê? E para onde?"*

Ainda correndo, concluiu que a situação era absurda demais. Não havia motivo para aquela correria. Não era uma pessoa dada a exageros. Era racional. E muito ponderado, apesar de só ter quinze anos. A avó sempre dizia que era maduro para a idade. Pareceu estranho lembrar disso naquele momento.

Parou.

Estava ofegante, suado, cansado.

Respirou profundamente e olhou ao redor de si.

"Caixas e mais caixas. Só isso. E o caminho, é claro!

O caminho entre elas.

*Parece um labirinto.
Mas por onde entrei?
Por onde vou sair?
O que eu faço?"*

Sentou-se no chão para descansar e pensar. Descobrir o que de fato acontecia. Sua cabeça girava com o ritmo acelerado de sua pulsação e de seus pensamentos. Impossível focar.

Respirou mais uma vez, profundamente, buscando se acalmar.

Passou a mão na testa para tirar o suor e uma dor pulsante fez com que a retirasse instantaneamente do rosto. Sua palma estava vermelha e grudenta. Sangue! Somente agora, que havia tocado o ferimento, percebia sua testa latejando, ferida.

"Como isso aconteceu? Será que fui sequestrado? Um sequestro-relâmpago? Alguém bateu na minha cabeça e por isso não me lembro de nada? Cheguei aqui desacordado? Por que não senti dor antes?"

As perguntas não paravam de bombardear sua mente já abarrotada. Levantou-se de repente e sua visão escureceu. Teve uma vertigem.

Apoiou-se em uma das paredes de caixas e surpreendeu-se ao ver que ela era mais sólida do que parecia. Nada desmoronou ou sequer oscilou.

Esperou alguns instantes, de olhos fechados, para que o equilíbrio fosse recuperado e pudesse seguir andando devagar, um passo de cada vez, ainda sem saber para onde.

Caminhou até perder a noção de por quanto tempo estava nesse movimento e de qual direção viera. Apenas seguiu em frente e, quando não foi possível, optou pela esquerda ou pela direita, aleatoriamente.

Cada vez mais se convencia de que o lugar era composto apenas por corredores e paredes feitas de caixas empilhadas. Não havia janelas. Pelo menos não via nenhuma. Mas também não via paredes... Quer dizer, não paredes de verdade, apenas aquelas de caixas.

Considerava estranho não ouvir som algum naquele lugar. Apenas o ruído de sua respiração ofegante e de seus passos ressoavam de forma seca. Tudo estava muito silencioso.

Um forte cheiro de mofo preenchia todos os caminhos, unindo-se com perfeição àquela neblina luminosa. Não era possível dizer se o odor vinha da névoa ou das caixas.

"O que está guardado nessas caixas? E se eu abrir uma delas? Posso encontrar algo útil…"

Não conseguia achar uma explicação lógica, apenas seguia o instinto que lhe dizia que o melhor era andar, andar, andar sem parar. Arrumar um jeito de sair logo dali e não perder tempo tentando abrir alguma caixa e correr o risco de fazer uma daquelas estranhas paredes desmoronar, chamando atenção para sua presença.

"Mas será que alguém sabe que estou aqui?"

Mais uma vez, tentou se concentrar e pensar em uma estratégia prática que o ajudasse a descobrir a saída do labirinto.

Lamentou o fato de não gostar de *videogame*. Nessa hora, talvez fosse útil ter jogado com Lucas, seu melhor amigo, aqueles muitos *games* de RPG, com labirintos intrincados. Lucas era viciado em computador e nesses jogos, mas ele não suportava *game* nenhum, tudo lhe parecia bobagem.

"Por que raios fui lembrar disso agora?"

Continuou caminhando, prestando atenção nas decisões que tomava, não queria ficar andando em círculos, passando infinitas vezes pelo mesmo corredor. Se tivesse um pedaço de papel, poderia tentar desenhar o caminho que seguia ou, pelo menos, se conseguisse algo com que marcar aquelas caixas, saberia se já havia passado em algum daqueles corredores.

Depois de bastante tempo, assumiu que estava exausto, sem forças ou ânimo para prosseguir. Aceitou que seria impossível descobrir a saída sem, antes, saber qual era sua posição no tal labirinto…

"Se é que é mesmo um labirinto… E como vou saber se é ou não, e pra que lado devo ir?"

Olhou para as paredes de caixas e concluiu que o único jeito seria escalar uma delas e analisar a cena lá do alto.

"Mas será que aguentarão a escalada? Ou irão desabar sobre mim?"

Nunca foi do tipo corajoso, muito menos atlético. Mas não via outra solução.

As caixas pareciam mal empilhadas umas sobre as outras, sem qualquer ordem ou forma de classificação, como: menores sobre as maiores ou materiais mais resistentes sob os materiais mais frágeis. Nem sequer existiam prateleiras entre elas. Eram caixas sobre caixas e mais caixas. Um cenário insólito!

Analisou as paredes ao seu redor. Algumas caixas eram de metal. Outras, talvez, de papelão, mas a maioria parecia ser de madeira. Madeira antiga, escurecida pelo tempo e, provavelmente, apodrecida por ele também.

"Têm tudo para desabar. Não dá para me arriscar a subir nelas."

Talvez o melhor fosse desistir, não continuar andando... Apenas ficar parado e esperar algo acontecer.

"Esperar o quê?

Se eu continuar caminhando, uma hora tenho de achar a saída. Não?"

Sentiu um peso apertar seu peito. Vontade de gritar, de chorar, de pedir ajuda...

"E se ninguém fizer ideia de que eu estou aqui, perdido?"

Parecia mesmo que o mais provável era que ninguém soubesse de seu paradeiro.

Foi então que ouviu...

O silêncio reinante ao redor acabara de ser rompido, como que respondendo às suas dúvidas: alguém ou alguma coisa parecia saber de sua presença.

De início, não foi possível definir o que ouvia. Era algo estranho. Ainda assim, aquele som era o suficiente para qualquer um achar que o melhor seria que nada nem ninguém soubesse que ele estava ali. Aquele alerta em sua consciência, aquela estranha intuição que o fizera correr sem destino, gritava que esse desejo não seria realizado. Era tarde para querer voltar ao silêncio e à ilusão de estar só.

Seu corpo retesou-se, absolutamente imóvel. Parou até de respirar para não fazer qualquer ruído. Queria escutar de novo o barulho e definir o que poderia ser. Instantes depois, ouviu mais uma vez.

Era um tipo de respiração. Forte. Ruidosa.

Pela potência do som, só poderia ser a respiração de alguma coisa muito grande. De algum animal, talvez.

Não dava para saber de onde vinha aquele ruído horrendo: ele emanava de todas as direções, como se fosse a respiração daquele labirinto maldito!

"Absurdo! Não faz sentido algum.
DROGA! Pra que lado devo ir?"

Outro som estranho cortou seus pensamentos. Diferente do primeiro. Algo se arrastava em um corredor próximo ao seu. Isso dava para definir: algo se arrastava. Quão próximo estava, ele não sabia dizer. Também era grande, muito grande: pelo barulho que fazia, era maior que qualquer animal de que se lembrava.

"O som da respiração parou. Será que esse negócio que se arrasta não é o mesmo que ouvi respirando? E se o que eu ouvi não foi uma respiração? E se foi essa coisa rastejante farejando o ar, sentindo onde está sua presa?"

No caso, ele.

Começou a correr, reunindo toda a força que ainda tinha.

E sua mente teimava em não se aquietar.

"Nunca gostei de histórias de terror, de perseguições, de improváveis seres gigantescos e cruéis devorando humanos. Por que agora tudo isso fica pipocando na minha cabeça?"

Estava difícil engolir a pouca saliva que ainda produzia. O peito garantia que iria explodir a qualquer instante. O medo revelou-se monstruoso, sem foco, absoluto.

Parou de novo, a poucos metros de mais uma encruzilhada do labirinto.

Tremia. Suava. A vista estava enevoada pelo mal-estar e pelo sangue misturado ao suor que escorria sobre seus olhos. Não conseguia apenas virar para a esquerda ou para a direita.

O barulho da coisa rastejando e farejando estava mais próximo, próximo demais.

A escolha pela direção errada poderia ser fatal.

Sentiu um arrepio profundo e doloroso, algo terrível aproximava-se e ele ali, imóvel, sem conseguir decidir para onde fugir.

Ouviu o barulho atrás de si. Virou-se e viu, no fim distante do corredor, a cabeça do que parecia ser uma serpente gigantesca. Ela vinha em sua direção, sem pressa, mas com determinação.

Ele permaneceu imobilizado por frações de segundo, encarando-a. Foi o tempo suficiente para ver que a cabeça da serpente era branca e lisa. Nesse breve instante, teve a sensação de que toda a luz do galpão emanava dela, de seu corpo albino. Era como se a névoa fracamente iluminada fosse apenas sua respiração, uma extensão dessa serpente gigantesca, algo que se desprendia dela e dominava o espaço sem esforço. Seus olhos brilhavam num tom de verde, frio, como se estivessem acesos, e ela era tão grossa quanto o tronco de uma árvore antiga.

Não esperou para ver o seu comprimento.

Saiu em uma correria desesperada para o lado esquerdo do labirinto.

Correu cerca de duzentos metros e percebeu que era um caminho sem saída.

"Não pode ser... E agora? Será que dá tempo de voltar?"

Se antes ele se considerava desesperado, descobriu que ainda era capaz de desesperar-se mais, que havia fronteiras desconhecidas de seu desespero.

Encostou-se na parede de caixas e fechou os olhos. Seu corpo tremia sem controle. Sentiu um choro inevitável sufocá-lo.

Concentrou-se para manter os olhos fechados, não suportaria ver tudo o que iria acontecer.

Tão perdido estava em seu universo de pavor que demorou para compreender o que ouvia:

— Ei! Aqui em cima! Ô, idiota! Abra os olhos antes que morra, imbecil!

Ele abriu os olhos, embaçados pelas lágrimas, pelo sangue, pelo suor, e voltou a cabeça para o alto.

Ficou chocado ao ver uma garota, mais ou menos da sua idade, sobre uma das paredes de caixas que encerrava o corredor. Parecia estar a uns quatro metros de altura e seu corpo fundia-se à escuridão.

Não era possível vê-la com nitidez, mas percebia que estava agachada, tinha os cabelos encaracolados presos em um rabo de cavalo, olhava para ele com olhos arregalados. No meio daquele turbilhão e do ambiente pouco iluminado, não viu a cor de seus olhos, mas notou uma pinta que ela trazia sob o olho esquerdo, bem no canto interno, como uma lágrima escura. Seus gestos revelavam que ela estava nervosa, mas sua voz não demonstrava isso. Transparecia apenas segurança e um autoritarismo exagerado:

— Isso! Muito bem... Agora, mantenha esses olhos abertos, menino, e suba aqui de uma vez. Vamos, rápido!

— O quê? Subir? Essas caixas vão desmoronar!

— Pode ser, mas essa é a única chance que você tem de sair daqui. E é melhor subir rápido – finalizou, apontando para a serpente que aparecia no corredor.

Ele reconheceu que essa era a única opção. Então, respirou fundo e passou a escalar a parede. Os dois primeiros metros estavam firmes e nem oscilaram com seu peso. Mas, como havia previsto, assim que atingiu uns três metros de altura, tudo começou a tremer. Ele continuou subindo, o mais determinado e firme que pôde, e, quando estava a menos de meio metro do topo da parede, sentiu tudo se desestruturar. As caixas balançaram. Seu pé esquerdo perdeu o apoio, ele escorregou e segurou em alguma coisa. Podia sentir a respiração da serpente muito próxima. Não tinha coragem de olhar para baixo, mas sabia que ela estava ali, pacientemente o esperando cair.

II
REALIDADE CHAMANDO...

Acordou se debatendo, sufocando um grito em meio a uma terrível sensação de queda. O pijama grudado no corpo ensopado de suor.

"Sonho mais esquisito esse! Nunca tive um pesadelo assim, tão absurdo, tão... tão... real."

Levantou com a impressão de que estivera assistindo a um filme. Ou melhor, estivera dentro de um filme.

O corpo doía, cansado.

O pior era acordar desse jeito e ter pela frente uma sexta-feira que começava com uma prova de matemática.

"Ninguém merece uma coisa dessas! Vai ver esse foi o motivo do meu pesadelo. A serpente devia ser o Aurélio ou era a minha prova de matemática querendo me devorar. Só pode!"

O problema era que não dava para escapar da realidade... Não havia nenhuma parede de caixas para escalar e fugir. Então, o melhor era enfrentar o dia.

Depois de se arrumar, arrastou-se para a cozinha e encontrou seu café da manhã pronto, com o costumeiro bilhete da avó:

"Come tudo, Alek! Nos vemos no jantar. Boa prova! Beijo, Leila."

Ele sorriu. Ela nunca assinava vó ou vovó. Leila era vaidosa demais para assumir que já tinha um neto de quinze anos. Ainda assim, cercava-o de cuidados, mimos e carinho, como uma típica avó. Sempre que Alek pensava nas pessoas de sua vida, concluía que Leila era a mais importante.

Ela era mãe de seu pai, Guilherme, que falecera em um acidente quando a mãe de Alek, Gálata, ainda estava grávida. A avó contava que nunca aceitara a relação do filho com Gálata. Ela a chamava de cigana, mas Alek nunca soube se era um apelido ou se a mãe realmente era uma cigana.

Leila dizia que, quando ele completou seis meses, Gálata apareceu em sua porta falando que não poderia mais cuidar da criança. Foi assim que ele passou a viver com a avó. Às vezes, tinha vontade de procurar a mãe, mas nunca a vontade foi tão forte a ponto de fazê-lo buscar por Gálata. No fundo, não conseguia entender como uma mãe podia abandonar o filho e nunca mais fazer contato com ele, ligar em um aniversário ou em um Natal qualquer.

Afinal, todas as suas memórias eram da vida com a avó, naquela casa que o fazia se sentir confortável e seguro, aninhado como um filhote de passarinho. Passava horas no pequeno jardim todo bagunçado, que ficava na parte da frente, entre a casa e o muro baixo, lendo ou viajando em pensamentos, refugiado em seu canto preferido. Era um jardim que se autocuidava, como dizia a avó. As flores que volta e meia eram plantadas por Leila misturavam-se às plantas semeadas pelos passarinhos. Tudo crescia junto ali, em uma harmonia caótica.

Dentro de casa, todos os móveis tinham a marca dos dois. A cozinha antiga parecia ter sido decorada há muitos e muitos anos. Era pouco iluminada, mas muito aconchegante. A sala tinha sofás vermelhos que traziam a forma certinha de onde Alek encaixava o corpo. A única coisa moderna ali era a tevê, que ele perturbara a avó para conseguir.

O escritório era todo de madeira escura, estantes que iam até o teto, abarrotadas de livros, uma escrivaninha com papel e caneta-tinteiro. Parecia uma viagem ao passado. As cortinas pesadas quase nunca eram abertas para deixar a luz do dia iluminar o ambiente. A avó dizia que o sol poderia estragar seus preciosos livros.

O quarto de Leila também era antiquado, mas muito bem arejado. Já o de Alek nem parecia encaixar-se naquela casa. Todo moderno, com os móveis que ele escolhera, o computador, as persianas que abriam com um toquezinho e a janela enorme que dava para o quintal dos fundos, também adorado por Alek. Chegava-se a ele por uma porta da cozinha, que levava a uma varanda espaçosa — ou pulando a janela de seu quarto, seu caminho predileto. O quintal não era grande, mas tinha muitas árvores que formavam sua floresta particular, como ele gostava de dizer aos colegas.

Alek estava confortável ali, em sua casa simples mas deliciosa, e não valeria a pena deixá-la para sair em busca de uma mãe desconhecida que o abandonara há tanto tempo.

No entanto, não era nada disso que ocupava a mente de Alek naquela manhã de inverno. Toda a sua atenção estava voltada para o estranho sonho que dominara a sua noite agitada e, agora, começava também a dominar seu dia.

O garoto tomou o suco, comeu o lanche de pão com queijo e colocou a banana de volta na fruteira. Abriu o armário, pegou uma barra de cereais e saiu, mastigando-a.

Fez tudo maquinalmente, sem pensar, sem prestar atenção em nada, sem saborear o que comia.

De sua casa até a escola, levava uns vinte minutos caminhando. Seguiu no seu andar de sempre, vagaroso, mas sem observar o que acontecia ao redor, tampouco preocupado com a prova de matemática que enfrentaria logo mais. Continuava preso ao sonho. Ainda agora, de olhos abertos, indo para a escola, ele parecia tão real, tão intenso, tão mais verdadeiro do que aquela manhã, do que tudo que vivera até ali...

O medo que sentira não se comparava a nada que já havia experimentado. O mais perturbador era que, em todos os seus quinze anos de vida, não conseguia destacar uma única experiência que se aproximasse da intensidade daquele sonho. Nada parecia real se comparado a ele. A sensação era horrível. Não sabia como conseguiria se desvencilhar do pesadelo, não fazia ideia de como se ancorar no mundo que o rodeava, um vazio crescia em seu peito.

E foi desse jeito, perdido em sentimentos intensos, que chegou à escola, encontrou os amigos e caminhou em meio à agitação costumeira para a sala de aula. Todos falavam animados, ele respondia, mas como se estivesse no automático, sem ouvir de fato o que lhe perguntavam. Minutos depois, nem sabia dizer como, estava na entrada de sua classe.

"Voltei menos vivo do sonho. É isso!"

A ideia o aterrorizou e ele mesmo rebateu: *"Estou impressionado, só pode ser. Daqui a pouco passa!"*.

Na porta da sala, estacou.

Sentada na segunda carteira da fileira do canto oposto à entrada, bem abaixo da janela, estava a menina de seu sonho – aquela que o chamara do alto da parede de caixas. Não vira a garota por muito tempo, mas tinha certeza de que era ela. Os cabelos encaracolados eram loiros, e o rabo de cavalo era tão igual!

Os amigos pararam atrás dele, empurrando uns aos outros para entrar e se divertindo com a situação:

– O que aconteceu? Viu fantasma, Alek?

– Que nada! Viu a aluna nova, isso sim!

– Já se apaixonou?

Ele ia reagir, dizer algo, mandar calarem a boca, mas aí ela se virou para a porta e ele viu a pinta-lágrima, escura, sob o olho esquerdo.

"É ela! Mas como isso é possível? Será que ainda estou sonhando? Não acordei?"

A menina o fitou e fez um gesto com a cabeça, como que o cumprimentando. Seus olhos eram azuis. Absurdamente azuis.

Os amigos faziam a maior algazarra ao redor, mas tudo foi interrompido com a chegada de Aurélio, o professor de matemática, dando bom-dia, pedindo que se sentassem e fizessem silêncio.

— Bom dia, pessoal! Todo mundo pronto para a prova?

A pergunta era retórica e ele nem deu atenção aos muitos "nãos" que se fizeram ouvir pela sala. Alek sentou-se em seu lugar no fundão e não descolou o olhar da nuca da aluna nova.

— A coordenadora me avisou que temos uma nova colega: Abhaya, é você? — falou Aurélio.

— Sim, senhor.

— Abhaya, bem-vinda! Infelizmente, você chegou no dia da prova bimestral. Como já veio com as notas fechadas do outro colégio, não precisa fazer o exame. Se preferir, pode sair da sala enquanto seus colegas realizam a prova.

— Posso ficar, professor?

— Claro, desde que em silêncio. E, se quiser se divertir um pouquinho, posso dar uma cópia da prova pra você resolver.

— Prefiro ficar desenhando, pode ser?

— Pode.

"Abhaya? Que espécie de nome é esse?"

Aurélio começou a andar entre as fileiras, entregando a prova na mão de cada aluno, como gostava de fazer, e desejando um "bom desempenho".

Alek só saiu do transe quando viu o professor na sua frente, estendendo a prova e falando com ele.

Foi como um estalo. De repente, estava ali de volta, na sala de aula, com a prova de matemática nas mãos. Um choque!

Respirou fundo, encarou os exercícios e, quando percebeu, o sinal tocava indicando o fim da aula. Entregou a prova apenas meio satisfeito, como sempre. Fizera o que sabia e esperava que fosse o suficiente. Não tinha muita dificuldade em matemática, mas também não se dedicava aos estudos de nenhuma matéria a ponto de ser um ótimo aluno. Era razoável. Razoável em tudo. Razoável o suficiente para passar neutro por todos os professores, não ficar de exame nem atrair a atenção dos colegas.

Aurélio recolheu as provas e saiu da sala, dando lugar à professora de espanhol, que chegou sorridente, trocou algumas palavras com o professor e entrou se dirigindo a todos.

— Queridos, bom dia! O professor Aurélio me disse que, por conta da prova, não pôde dar espaço para a nova colega de vocês se apresentar. Abhaya, seja bem-vinda! Eu sou Teresa, professora de espanhol. Gostaria de se apresentar a seus colegas?

— Obrigada, professora. Bem, eu não sei direito o que falar... — respondeu a garota, com timidez.

— De onde você veio? Por que mudou para essa escola? Já conhecia essa região? Coisas desse tipo...

Teresa tentou ajudar, mas complicou tudo em seguida:

— Mas fique em pé, querida, para que todos possam vê-la e ouvi-la melhor.

Abhaya levantou-se e Alek percebeu que ela corou, como qualquer menina normal. Entretanto, quando começou a falar, sua voz não revelava nenhum traço de nervosismo. Era como se contasse uma história decorada, ensaiada, num tom tranquilo, quase monótono.

— Meu nome é Abhaya. Este é um nome de origem indiana que significa "sem medo".

Um estranho arrepio percorreu o corpo de Alek. Ele procurou os olhos de Abhaya, mas ela fitava, a cada instante, o rosto de um aluno diferente, sem pausar por muito tempo em ninguém, e não passou por ele.

— Meus pais contavam que meu nome veio comigo, já me pertencia. Sempre achei isso curioso. Eu me mudei para cá no início desta semana. Esperamos o bimestre acabar na outra escola para eu não precisar fazer as provas quando chegasse aqui. Assim, poderia me adaptar sem estresse. Não consegui vir antes na escola porque a gente ficou ajeitando a mudança, mas eu estava muito curiosa para conhecer vocês.

E, por alguns segundos, os olhos de Abhaya encontraram os de Alek e foi ele quem desviou o olhar e, quando se recuperou, não mais recebeu a atenção da garota.

— Bem, estava tão curiosa que decidi vir mesmo sendo sexta-feira e as férias começando na próxima semana. Ah, eu vim da capital e não conhecia essa cidade, não. Mas quero conhecer todos e tudo. É isso!

Sentou-se. A professora agradeceu e as atividades da aula começaram. Os minutos correram como em qualquer outro dia, o sinal tocou e todos saíram apressados para o intervalo.

De sua carteira, Alek viu as meninas da frente rodeando Abhaya e levando-a para fora. Não haveria chance de se aproximar e conversar com ela. Se bem que nem teria coragem para isso.

"O que eu iria dizer? 'Oi, por acaso você é a menina do meu sonho? Aquela que tentou me salvar da serpente gigante?'"

Sendo realista, não tinha o que falar com ela.

Levou um cutucão no braço que o despertou, pelo menos em parte:

— E aí, cara? Vamos ou não? — era o Lucas, o único a esperá-lo. Os outros já estavam na porta, quase saindo da sala.

Alek saiu com os amigos, mais uma vez distante, mesmo estando em meio a eles, ouvindo e respondendo sem saber o quê. Na cantina, pediu "o de sempre", pegou o lanche de atum e o suco de laranja e foi para a mesa onde Lucas já devorava o pão de batata recheado de hamburger. Assim que se sentou, Douglas e Marcelo chegaram e uniram-se a eles com seus lanches e sucos extragrandes.

Formavam um quarteto interessante: Alek, tímido, alto, magro, de pele morena, com os olhos amendoados e cinzentos, os cabelos longos, lisos e escuros como os da mãe — a avó contava. Não se vestia, como gostavam de brincar os amigos: jogava a roupa em cima do corpo de qualquer jeito. Tinha um ar perdido, adorava tocar violão, mas só para os amigos. Lucas, acelerado e tagarela, o mais baixo e magro dos quatro, cabelos ruivos, curtos e espetados, absolutamente sardento. Suas marcas registradas: aparelhos nos dentes e óculos da moda. O *nerd* do grupo. Lucas vivia com a tia há dois anos, desde a morte de seus pais. Esse, com certeza, era um dos pontos que unia ainda mais Alek e Lucas, o sentimento de estarem muito sós, de viver em uma família diferente da maioria, de terem perdido muito ainda tão jovens. Marcelo, o mais alto e mais atlético, destaque do time de basquete do colégio, forte, negro e com um corte de cabelo todo cheio de desenhos tribais. Usava brinco nas duas orelhas e sempre vinha superarrumado para a escola, como se fosse para uma balada. Estava sempre bem-vestido e cheiroso – como comentavam suas fãs, que não eram poucas. Pelo tamanho e físico, parecia ser bem mais velho do que de fato era. E Douglas, que preferia se definir como "gostoso em excesso", em vez do "gordo" usado pelos amigos e inimigos. Seus pais diziam que ele "era grande". Realmente, era grande. Tinha a pele tão branca quanto a de Lucas, mas sem sardas. Olhos verdes e cabelos escuros e encaracolados. Era charmoso, tinha bom papo, bom humor e já havia conquistado várias garotas. Praticava judô e, no último verão, fizera uma tatuagem de dragão no braço esquerdo que se tornara seu orgulho. Por isso, mesmo com o frio das manhãs de junho, andava para lá e para cá de camiseta só para mostrar a *tattoo*. Quem os visse pela primeira vez diria que não tinham nada em comum. No entanto, esses garotos cresceram juntos e, apesar das aparências, jeitos e gostos tão distintos, eram amigos de verdade.

— Se não bastasse a esquisitice de comer sempre a mesma gororoba, você ainda tá mais esquisito hoje, né, Alek? – disparou Marcelo, no que foi apoiado pelos outros dois.

— Deve ser a Cachinhos de Ouro. Ele viu a mina e ploft! Já era! Ficou besta... – arriscou Douglas de boca cheia.

— Não foi, não. Foi antes disso. Ele chegou assim – concluiu Lucas, o mais observador do grupo e o mais próximo de Alek também. – Já estava em outro mundo. A gente falando dos preparativos para o nosso superacampamento de fim de semana e ele só no "hum-hum", "tá bom", "é"... Aposto que não ouviu nada do que a gente falou. Não é não, Alek?

— Assumo. Tô viajando. Não acordei bem. Tô esquisito. É isso. Podem me deixar em paz agora? – respondeu agressivo.

— Mas que ficou pior depois da Cachinhos, ficou – insistiu Douglas, de novo falando com a boca cheia.

— É que eu achei a mina uma...

— Uma o quê? – intrometeu-se Marcelo, ansioso de carteirinha.

— Uma... Assim...

— Gata? – arriscou o amigo.

— Não... Uma...

— Gostosa? – de novo Marcelo perguntou.

— Não... Deixa eu falar, Marcelo!

— Só tava tentando ajudar, Alek...

— Uma esquisita. É isso: achei a mina uma esquisita.

— Esquisita? – perguntaram os três sem entender.

— Por que essas caras? Vão me dizer que vocês não acharam a mina esquisita?

— Não, eu não achei.

— Nem eu.

— Eu também não.

— Pois eu achei. Começar na escola numa sexta-feira, faltando menos de uma semana pra gente entrar de férias?

— Ela disse que tava curiosa. Não ia esperar até agosto, né? Eu achei normal – defendeu Marcelo.

— É, mas começar bem no dia da prova de matemática?

— Ah, Alek... Ela não tinha como saber disso. Esquisito seria se ela tivesse aceitado a diversão proposta pelo Aurelhudo e fizesse a prova sem precisar – rebateu Douglas.

— Bem, eu achei tudo esquisito. E o nome dela, então? Abhaya... Que nome é esse?

— No seu lugar, não falaria mal do nome de ninguém, Alekssander, com K e dois esses! – Douglas provocou e todos caíram na risada.

— Ah, vai, Alekssander é bem mais normal que Abhaya... – Lucas falou em tom de gozação.

Os quatro riram alto e Alek continuou:

— Tá, meu nome também é esquisito. Mas e a história dela, então? Falou, falou e não disse nada. De onde ela veio?

— Ela contou, Alek. Você não prestou atenção? Ela veio da capital – repassou Lucas.

— Qual capital? Capital de onde?

— Daqui, né? Óbvio! – devolveu Douglas.

— Óbvio por quê? Não existem outras capitais?

— Cara, você é que tá muito esquisito hoje. Sua avó deve ter colocado algum remédio bem forte no seu café da manhã! – Douglas falou em tom sério, o que era raro no caso dele.

— Nada disso. Vocês não estão percebendo. E quando ela falou do nome dela? Ela disse que os pais dela "contavam a origem do nome". Notaram? "Contavam". Não "contam"...

— E daí? – foi a vez de Lucas encarar o amigo.

— Não é esquisito?

— Não. Nem um pouco. Pode ser que os pais dela contavam quando ela era pequena e não contam mais. Pode ser que os pais dela morreram. Pode ser...

— Aí é que tá! – interrompeu Alek. – É o que eu disse: ela falou, falou, falou e a gente não sabe nada sobre ela.

— Cara, é normal. Você acha que é fácil chegar assim num lugar cheio de gente estranha, ficar em pé na frente de todo mundo e começar a falar da vida? Maior estresse. E você devia saber disso, já que detesta falar em público. Eu, no lugar dela, também não ia sair falando tudo, não. Ia dar só pistas pra deixar todo mundo curioso, tipo: meu nome é Douglas, um nome poderoso, que tem um significado misterioso, mas que eu não vou dizer qual é porque...

— Porque você nem faz ideia de qual seja, maluco! – caçooou Marcelo.

O sinal indicando o final do intervalo soou.

— Pô, a gente ficou conversando sobre esquisitices que nem existem e gastamos todo o intervalo! Nem acertamos os detalhes para o acampamento de amanhã! – reclamou Lucas.

— Na saída a gente combina – Marcelo resolveu.

Alek voltou a ficar calado. Não importava o que os amigos dissessem, ele continuava achando tudo estranho. Principalmente o fato de sonhar com uma garota, acordar e pronto!... encontrar a menina, nunca vista antes, na sala de aula! E sobre isso não poderia se abrir com nenhum dos amigos, ou daria mais motivo para zoação.

Os meninos passaram no banheiro antes de ir para a sala. Quando chegaram na classe, encontraram a dona Marta, professora de história, escrevendo no quadro e explicando a matéria.

Dona Marta era muito severa, por isso os garotos pediram desculpas pelo atraso, entraram em silêncio e sentaram-se em seus lugares, sob o olhar contrariado da professora que, em seguida, para desespero deles, anotou algo no diário de classe. Ela era especialista em descontar pontos de comportamento da nota final.

Alek abriu o caderno e levou um susto quando encontrou na página da parte de história uma mensagem escrita a lápis dizendo:

*"Não marque nada para seu fim de semana.
Não vá acampar! De jeito nenhum!"*

A letra era caprichada.

"Letra de menina. Só pode ser!"

Alek olhou para Abhaya, mas ela, concentrada, anotava observações sobre a explicação da professora e, em nenhum momento, virou-se para ele.

"Foi ela quem escreveu isso aqui? Mas como conseguiu pegar meu caderno? Será que voltou antes do intervalo? Estava sozinha? Como ela sabe do acampamento? E por que eu acho que foi ela quem escreveu? Pode ter sido outra menina... Mas quem?"

Sua vida estava ficando complicada demais para alguém que fazia de tudo para ser o mais normal possível. Começava a achar que a avó tinha razão quando dizia que não adianta se esconder do mundo, muito menos das encrencas, porque uma hora o mundo te acha e as encrencas despencam de uma única vez na sua cabeça! Sempre que ouvia isso, pensava que era um exagero, mas agora começava a considerar que sua avó dera um bom aviso.

III
QUESTÃO DE ESCOLHA

Alek não conseguiu prestar atenção em nada das três últimas aulas. Passou as horas buscando uma forma de chegar em Abhaya e perguntar se ela era a autora da mensagem e por que motivo escrevera aquilo. Não queria fazer papel de ridículo. Se ela não tivesse nada a ver com o bilhete, acharia que ele era um maluco ou pior: *"como toda e qualquer menina, concluiria que ele estava a fim dela e tinha arrumado uma desculpa qualquer para se aproximar!"*. Num piscar de olhos, a notícia se espalharia.

"O que eu faço? Como descubro se Abhaya tem algo a ver com o bilhete esquisito? Como faço isso sem ser direto demais?"

Alek criou várias cenas em sua mente, mas todas com finais catastróficos, para ele, é claro.

Por outro lado, não desmarcaria o final de semana com os amigos só por causa de uma mensagem idiota escrita em seu caderno.

Mas, como as coisas reais não têm apenas dois lados, ele pensava que o certo seria desmarcar o acampamento, pois tinha quase certeza de que Abhaya era autora da mensagem e de que tudo tinha uma relação direta com o sonho e com a serpente gigante!

Formulava isso e, instantaneamente, concluía que só poderia estar enlouquecendo.

No meio desse turbilhão, as três últimas aulas voaram e o sinal da saída tocou. Lucas chamou os colegas:

— Vamos ficar aqui na sala para combinarmos os detalhes de amanhã?

Bateu o desespero em Alek: Abhaya acabava de guardar seu material e sairia logo. Precisava falar com ela, mesmo arriscando ser mal interpretado.

— Podem combinar e eu ligo depois pra você, Lucas, pra saber o que ficou decidido.

— Como assim? Aonde você vai, cara? — Marcelo questionou meio de saco cheio.

— É que... Minha avó... Então... ela pediu pra eu pegar os óculos novos dela na ótica e levar lá na clínica na hora do almoço.

— Mas você não disse um monte de vezes que sua avó nunca deixou você ir lá no hospício com ela? — perguntou o Douglas.

— É... Por isso mesmo. Oportunidade única! Não posso perder! E não chama o lugar de hospício, Douglas. É clínica psiquiátrica! Tchau, galera! Depois ligo pra você, Lucas!

Falou afobado e saiu correndo, sem olhar de novo para a cara dos amigos. Do lado de fora da sala, reinava aquela confusão habitual com todo mundo falando, empurrando uns aos outros e saindo junto.

Alek empurrou daqui, apertou dali e foi avançando, tentando achar Abhaya naquela bagunça. Esticou-se e viu o rabo de cavalo dela balançando lá na frente. Um "dá licença", mais um aperto e ele se aproximou, mas a menina já atingia o portão principal. Aí, não pensou mais e gritou:

— Abhaya! Espere!

Ela olhou para trás e manteve a expressão séria.

Parecia que ia esperar! O coração de Alek, ao invés de sossegar, acelerou ainda mais.

Quando ele estava a poucos passos dela, viu um carro preto, de vidros escuros, estacionar. Abhaya virou-se para ele, deu um tchau com a mão e entrou no carro, que partiu em seguida.

— Que droga! — Alek falou, talvez alto demais, porque percebeu o grupo das meninas de sua sala, aquelas que passaram o intervalo inteiro com Abhaya, rindo e cochichando bem próximo dele.

"Pronto! A versão do garoto idiota apaixonado está oficializada. Na segunda-feira ela vai se espalhar mais rápido que gripe."

Alek foi para casa arrastando-se, não suportando o mau humor que crescia dentro de si. Chegou, colocou a comida preparada pela avó no micro-ondas e tirou o caderno da mochila. Queria ler aquela mensagem mais uma vez. Ver se algo passara despercebido.

Foi até a matéria de história, mas não tinha nada escrito ali!

"Como pode ser? O que aconteceu com o recado?"

Nem sinal de que houvera algo escrito a lápis e que fora apagado ou a página arrancada...

"Será que estou enlouquecendo? Será que ainda estou dormindo? Será que tudo não passa de um sonho dentro de um sonho? Se bem que aquela prova de matemática foi bem realista..."

O micro-ondas apitou avisando que a comida estava pronta, mas a fome havia desaparecido.

Folheou o caderno de ponta a ponta e nada. Absolutamente nada!

"Eu imaginei o bilhete?" A certeza se diluiu.

Jogou o caderno longe, irritado. E foi muito estranho ver o caderno chocar-se contra a parede, cair no chão e um pedaço de papel sair de dentro dele.

"Mas eu acabei de folhear o caderno e não tinha nada ali dentro! Nenhum pedaço de papel solto... De onde veio isso?"

Levantou-se e foi ver o que era aquilo.

Um bilhete. Mais um bilhete!

Escrito com a mesma letra daquele que havia lido na matéria de história pela manhã:

"Desmarque o acampamento. Deixe seu fim de semana livre. Este é o último aviso."

Dessa vez, não tirou o olho do recado. Resolveu comer, mas manteve o pedaço de papel entre os dedos. Seu cérebro estava em curto-circuito. Não conseguia explicar nada daquilo. Repassava cada trecho da mensagem, tentando encontrar nela algo ainda não visto.

E, a cada frágil conclusão a que chegava, uma nova pergunta surgia, despertando uma dúvida ainda mais inquietante que a anterior.

"Este é o último aviso... Então, não estou louco, houve mesmo uma mensagem anterior. Um primeiro aviso. Mas como desapareceu de meu caderno se fiquei o tempo todo com ele?"

"Desmarque o acampamento..."

Quem escrevera conhecia seus planos para o final de semana. Ele não comentara com muitas pessoas, sabia que Lucas também não. Mas Marcelo e Douglas falavam tudo para todo mundo. Assim, não seria fácil definir quem conhecia ou não os planos do acampamento.

A mensagem não dizia para ele ficar em casa ou ir a um determinado lugar.

"Só pede pra eu não agendar nada, deixar o final de semana livre, mas pra quê?"

Alek mergulhava cada vez mais fundo, buscando entender a situação que vivia. Terminou o almoço e jogou-se no sofá da sala, procurando encontrar uma solução. Sentiu que precisava de ajuda, mas não tinha coragem de contar nada para os amigos ou para a avó. Não por enquanto. Precisaria decidir sozinho o que fazer e só via dois caminhos a seguir. Um era ignorar o bilhete e ir acampar com os amigos, arriscando-se a nunca descobrir o significado daquilo tudo. O outro era desmarcar o acampamento, deixar o final de semana livre, ver o que acontecia e arcar com a guerra iniciada por seu furo com os companheiros.

Escolha difícil.

O telefone tocou, arrancando-o desse conflito. Era o Lucas:

— Eu ia ligar pra você. Só estava esperando dar tempo de você chegar, almoçar, essas coisas.

— O quê? São cinco da tarde! Eu achei que você tivesse esquecido de ligar! Dormido... Sei lá!

— Cinco da tarde? Como pode ser? — Alek não percebera que ficara tanto tempo concentrado naquelas questões.

— Você dormiu, não foi?

— É, foi isso. Peguei no sono — achou melhor concordar do que explicar a história verdadeira.

— Então, Alek, a gente acertou tudo, quem leva o quê. Anota aí pra você não esquecer que nem da última vez.

— Lucas...

— Que é? Que voz é essa?

— Lucas, não vou mais acampar.

— Que é isso agora? Você que agitou o lance todo! Faz mais de um mês que a gente tá combinando esse acampamento pra comemorar o fim das provas, do semestre, as férias que estão chegando!

— Eu sei, Lucas. Eu sei de tudo isso... mas não vai dar.

Alek ouviu o amigo respirar fundo do outro lado e um silêncio foi mantido por longos segundos, até Lucas dizer:

— É coisa séria?

— É. Bastante séria — respondeu Alek no automático.

— Então tá, cara. A gente se vê na segunda. Mas não espere que eu livre a sua cara com o Douglas e o Marcelo. Você se vira!

— Tá bom, Lucas. A gente se vê na segunda-feira. Aproveitem bastante.

— Pode ter certeza disso! E lá no hospício? Como foi? Me conta tudo.

— Já falei pra não chamar a clínica de hospício. Se minha avó escuta, tira o seu couro.

— Tá, conta como foi.

— Ih, cara, minha avó mandou uma enfermeira me atender na portaria. Maior roubada. Nem cheguei a entrar no casarão – inventou.

– Tá vendo? Não adiantou nada sair correndo daquele jeito. Bom, até segunda, que eu tenho que preparar tudo pra nossa aventura! E agora, preciso levar a sua parte também, né, furão?

Os dois se despediram e Alek ficou como um bicho enjaulado, andando de um canto para outro da sala, impaciente.

Não sabia se tinha agido da melhor forma. E se tudo fosse uma gozação? Perderia a viagem que planejara com tanto empenho. Deixaria de viver grandes aventuras com os melhores amigos: escalada da cachoeira, mergulhos no rio gelado, fogueira, céu estrelado com histórias de terror ridículas inventadas pelo Douglas...

"E tudo por quê? O que meu final de semana promete? Será que fiz a escolha certa? Tomara que sim."

IV
E COMEÇA O FIM DE SEMANA

A agitação de Alek foi tanta que o levou à exaustão. Quando sua avó chegou, perto das sete da noite, encontrou o garoto adormecido no sofá.

Dona Leila não acordou o neto, talvez por intuição, talvez por preferir cuidar de seus afazeres antes.

Tomou seu banho e preparou a refeição. Serviu a mesa e só então chamou Alek, que despertou assustado de um sono pesado, sem sonhos.

— Boa noite, meu querido. Vamos jantar?

— Que horas são, vó? A senhora chegou faz tempo? Por que não me acordou pra ajudar?

— Agitado, Alek? São quase oito e meia. Cheguei no horário de sempre e encontrei você dormindo. Achei sua aparência tão cansada... por isso pensei que fosse melhor deixar você relaxar. Ainda mais porque amanhã começa sua grande aventura, não é mesmo?

— Eu não vou mais, vó – Alek respondeu mais para dentro que para fora.

— Como assim? Não vai mais? O que aconteceu?

— Eu... eu desisti.

— Por quê? Brigou com os meninos? Está doente?

— Nada disso, vó. Eu só desisti. Entende?

— Não, não entendo. Você só fala nesse acampamento há mais de um mês. Tem um calendário de contagem regressiva na parede de seu quarto. Está arrumando e desarrumando a mochila a semana inteira. Como desistiu e só?

— Ah, vó, sei lá... Desisti! A senhora devia era ficar feliz com a notícia. Vou passar o fim de semana aqui, com minha vovó querida!

— Ah, mas não vai, não! Pelo menos não antes de me explicar essa história direito. Ou você acha que me engana com essa tentativa de me adoçar?

— A senhora é fogo, dona Leila.

— Sou mesmo! E cuidado. Explica logo ou corre o risco de se queimar.

Alek não conseguia decidir o que fazer. Não sabia se devia se abrir com a avó, se contava tudo o que aconteceu para ela... Não parecia ser uma boa ideia. A avó era psiquiatra e trabalhava na clínica especializada da região. Lidava com absurdos assim o dia todo. E se ela pensasse que ele estava enlouquecendo? Qualquer adulto pensaria isso. Ainda mais alguém que lidava com distúrbios mentais o dia todo, não? Melhor não arriscar.

— E então, Alekssander? Vai explicar o que acontece? — dona Leila quebrou o silêncio.

Ele decidiu contar uma meia verdade.

— Olha, vó... Promete não rir?

— Prometo.

— É que entrou uma aluna nova na escola. E ela não conhece ninguém por aqui... E eu dei atenção pra ela, sabe como é?

— Sei. E...

— E a gente marcou de sair amanhã.

Dona Leila caiu na risada.

— Você desistiu da grande aventura com seus companheiros por uma menina, Alekssander? Está apaixonado? Até que seus hormônios demoraram um tanto pra começar a agir... — e continuou rindo.

Alek segurou-se para não gritar um "Não é nada disso!" e esclarecer tudo. Melhor a avó rir por pensar que ele estava apaixonado do que concluir que estava louco. Por isso, só levantou os ombros e fez uma cara como que dizendo "É a vida!".

Dona Leila passou a mão em sua cabeça como fazia quando era um garoto, despenteando seus cabelos. Depois, abraçou o neto e disse:

— Quem não vai ficar nada feliz com isso são seus companheiros. Mas, agora, vamos comer?

Permaneceram em silêncio durante boa parte do jantar. Dona Leila parecia muito pensativa e Alek ainda se remoía. Agora, precisaria passar algumas horas do sábado na rua e o bilhete dizia para ele deixar o fim de semana livre.

O silêncio foi quebrado por sua avó:

— Então, Alek... como você ia viajar, troquei meu plantão com a Janete. Vou precisar trabalhar no fim de semana. Você acha que se vira bem sem mim?

— Claro! — respondeu, controlando-se para não deixar muito evidente que estava feliz da vida pelo fato de a avó não estar por perto para acompanhar seu dia.

— Vou dar um jeito de voltar à noite, como sempre.

Aí ele estranhou:

— Mas por quê? A senhora ia dormir por lá?

— Tinha pensado nisso, já que estaria sozinha, assim pouparia a viagem. Mas, com você aqui, tudo é diferente.

— Em nenhum plantão a senhora dormiu lá.

— Esquece, Alek, esquece. Nem devia ter falado nada.

A avó mostrou-se irritada de repente, de um jeito que Alek a vira poucas vezes. Levantou-se e começou a tirar a mesa, agitada. Ele somou aquela situação às muitas esquisitices que aconteceram ao longo de seu dia e resolveu esquecer, como ela pedira.

— Vó, deixa que eu lavo a louça.

— Que doçura! — comentou, voltando ao seu estado normal. — Assim posso escrever minhas correspondências.

Dona Leila saiu da cozinha, deixando Alek imerso em seus pensamentos.

Aquele era um hábito da avó que Alek não entendia: escrever cartas. Ela sabia lidar muito bem com computadores, enviava e-mails com facilidade, navegava na internet, mas continuava a escrever diversas cartas. Toda semana passava algumas horas trancada no escritório escrevendo suas correspondências. Alek não sabia quem eram as pessoas com quem a avó se correspondia. Nas poucas vezes em que perguntou, recebeu a mesma resposta:

– Amigos, amigos de outros tempos, de lugares distantes e que você não conhece. Logo, não lhe interessa!

Esse era o jeito de dona Leila: direto. Mas sempre no mesmo tom calmo, como se estivesse falando "comi um pão com manteiga no café da manhã" ou algo assim. Eram raríssimas as situações em que Alek a vira irritada ou com a voz alterada como há pouco. Mesmo quando ele aprontava alguma coisa, sempre encontrava a avó disposta a conversar e a entender a situação.

Quanto às correspondências, o estranho era que todos esses amigos da avó não usassem internet. Se mantinham um contato tão frequente, seria muito mais prático se comunicarem on-line. Ou, pelo menos, poderiam ligar de vez em quando. Nunca nenhum desses amigos ligou. Mas a avó recebia muitas cartas, tantas quanto enviava.

Pessoalmente, achava essa correspondência por correio algo obsoleto. *"Esperar mais de uma semana por uma resposta quando podemos tê-la no mesmo instante?"*

Mas a avó nem dava chance para ele apresentar seus argumentos.

Tudo isso passou por sua cabeça enquanto lavava a louça e até serviu para tirar sua atenção dos outros fatos estranhos que haviam preenchido seu dia.

Foi tomar um banho e, quando voltou, encontrou dona Leila na sala, sentada no escuro, com a tevê ligada, mas sem olhar para ela. Sua expressão revelava preocupação. Quando começou a falar, manteve o tom habitual do "comi um pão com manteiga", mas Alek notou que a avó estava se contendo, quase a ponto de explodir – coisa que nunca imaginou que pudesse acontecer:

– Sente-se aqui, Alekssander. Precisamos conversar.

Ele sentou-se ao lado dela e esperou em silêncio. O que viria agora?

– Essa menina nova de sua sala... como ela é?

– Como assim, vó?

– Ora, você me entende, Alek! – exasperou-se a mulher. – Pergunto sobre sua aparência, seu jeito de falar. Como ela é?

– E por que quer saber isso, vó?

– Não tenho o direito de saber como é a garota por quem meu único neto se apaixonou?

"É isso, então? Ciúmes?"

Alek sorriu:

– Ah, vó... ela é bonitinha.

Ela esperou. Ele calou.

– E o que mais? Isso não quer dizer nada, Alekssander. É loira? Tem cabelos cacheados? Olhos azuis? Uma pinta sob o olho esquerdo?

Alek abriu a boca.

– Vó, como a senhora sabe disso tudo?

– Ai, céus! Eu sabia que aconteceria mais cedo ou mais tarde!

– O quê, vó?

– Uma das cartas que recebi hoje fala da mudança de uma conhecida minha para essa região, e ela tem uma filha da sua idade. O sobrenome dessa sua amiga é Anuar?

– Não sei o sobrenome dela, vó.

– Você não disse que conversou bastante com ela, Alekssander?

– É, conversei... mas só perguntei o nome, né, vó? Quem sai perguntando sobrenome assim?

– E qual o nome dela?

– Abhaya. Ela disse que é indiano e que significa...

— Eu sei o que significa — Leila o cortou, ríspida. — Sem medo. Conheço bem esse nome.

Alek ficou intrigado. A avó era culta, mas saber o que significa um nome incomum como Abhaya era demais. O que mais fazia sentido era que todo aquele dia não passava de um sonho e que acordaria a qualquer instante.

— E posso saber aonde vocês vão no sábado?

— Ah, ainda não sei, vó. Ela ficou de ligar pra gente combinar.

— Entendi — disse apenas isso e fechou-se em silêncio.

Alek passou a fingir que começara a prestar atenção no programa de tevê, mas estava incomodado. Em um único dia, vira sua vó mais alterada do que em toda a sua vida. Era coincidência demais essa história da amiga, conhecida, sei lá o quê. E a carta chegar no mesmo dia em que Abhaya apareceu na escola... Isso sem falar no seu sonho.

"Nossa! Tanta coisa aconteceu hoje que o sonho parece tão distante..."

Ficou mais um pouco ali. Até que decidiu levantar e ir para o quarto.

— Vó, vou dormir. Boa noite!

— Boa noite, Alek. Quando você for sair amanhã, por favor, me dá uma ligada? Só para eu ficar despreocupada. Tudo bem?

— Tudo, vó. Fica tranquila. Eu ligo!

— Durma bem, querido.

E Alek dormiu mesmo. Depois de dar um beijo na avó, foi para o quarto, deitou-se em sua cama e apagou. Só acordou na manhã seguinte, quando o sol já ia alto. Nem sonhar, sonhou, pelo que se lembrava. Levantou-se com muita preguiça, foi ao banheiro e, depois, como fazia todos os finais da semana, arrastou-se para a cozinha para tomar o café da manhã.

A tranquilidade que acompanhou sua noite de sono desapareceu assim que encontrou o bilhete da avó, bem mais longo que os costumeiros:

"Bom dia, Alek, querido! Seu café está no micro-ondas, é só esquentar. Deixei pronta a lasanha para o seu almoço também. Antes de sair com a Abhaya, não se esqueça de me avisar. Quero saber aonde irão e a que horas estará de volta.
Até a noite. Leila."

Sem beijo. E, de quebra, fizera o favor de lembrar tudo o que acontecera no dia anterior, o dia mais estranho de sua vida.

Tomou seu suco, comeu um lanche quente e jogou-se de pijamas na frente da tevê. A avó só voltaria no final do dia, então não precisava se preocupar em estar arrumado naquele resto de manhã.

Passou horas assistindo a desenhos animados na companhia de um tédio mortal. O telefone não tocou uma única vez. Os amigos estariam aproveitando o sol e tomando o primeiro banho na água gelada da cachoeira. O céu azul, sem nuvens, o sol quente que espantava o frio da manhã, em pleno inverno tropical... E ele ali. Tédio absoluto!

Perto da uma da tarde, almoçou só por almoçar, pois estava sem fome. Depois, tomou um banho e vestiu uma roupa confortável.

Não parava de pensar nos amigos: o dia continuava lindo, um final de semana com cara de meia estação, nos últimos dias de junho. Com certeza aproveitariam muito o acampamento.

– Eu devia ter ido com eles! – esbravejou consigo.

Foi logo após esse desabafo que o telefone tocou. Ele correu para a sala e se atirou por cima do sofá. Atendeu ofegante:

– Alô!

– *Não devia, não, Alekssssander* – respondeu uma voz estranha, envelhecida, como se arranhasse a garganta quando usada, e sibilasse os esses de seu nome.

– Alô! Quem está falando?

Silêncio.

— Com quem você quer falar?

— *Com você, Aleksssssander.*

Um arrepio percorreu todo seu corpo. A voz era bizarra. O "s" de seu nome vibrava de uma forma medonha quando pronunciado por ela. E não dava para ter certeza se era uma voz feminina ou masculina.

Seu primeiro impulso foi de perguntar de novo quem estava falando, mas tinha a impressão de que a pessoa desligaria.

— E o que você quer falar comigo?

— *O que eu já disse no início da ligação: que você fez a escolha certa. Não devia ter ido acampar com seus amigos. E não foi. Não precisa ficar com essa dúvida, Aleksssssander. Você decidiu bem* — todos os sons de "s" vibravam quando eram pronunciados, mas a forma como a voz falava seu nome... Ah, ele não gostava.

— Como você sabe que eu estava pensando nisso?

— *Eu sei muito sobre você, Aleksssander. Tenho uma ligação com você. Sempre tive.*

— Quem é você? Quem está falando? — Alek desesperou-se, mas do outro lado só ouviu uma respiração forte que lhe lembrou algo conhecido e que ele não imaginaria ser possível ouvir fora daquele labirinto de seu pesadelo.

— *Você precisa tomar cuidado, Aleksssssander. O momento chegou e não será fácil escolher. Só peço que você se lembre, Aleksssssander. Lembre-se: para os filhos da noite, a Escuridão é a Luz* — e desligou.

Alek ficou parado por minutos, com o telefone nas mãos, olhando a parede. Aquela ligação fora pior do que os dois bilhetes juntos. Com quem tinha falado? Que voz era aquela? Qual o sentido do que ela dissera?

Correu para seu quarto e pegou o caderno para anotar tudo antes que esquecesse:

- não ter ido acampar foi certo. POR QUÊ???
- sabia o que eu estava pensando. COMO???

- é o momento de escolher. ESCOLHER O QUÊ???
- não esquecer: para os filhos da noite, a Escuridão é a Luz. O QUE ISSO QUER DIZER?
- LEMBRAR: voz velha e rouca. Faz o som de "s" vibrar. Respiração forte, horrível. Não sei se é mulher ou homem!

Quando acabou de escrever, estava suando frio, com a respiração curta, rápida. Ao mesmo tempo em que toda essa situação o deixava nervoso, fazia com que ele experimentasse emoções novas. Era como se todos os seus sentidos estivessem despertos. Seu corpo inteiro pressentia o perigo.

Decidiu pegar o celular e mandar algumas mensagens. Iria checar se as meninas de sua turma estavam on-line e pediria o contato da Abhaya. Já não se importava se pensariam que ele estava apaixonado ou qualquer coisa do gênero. Precisava falar com ela. Com certeza estava ligada a esses fatos malucos.

Como previra, estavam ali, todas on-line.

"Deve estar rolando uma conferência..."

Pensou em quem contatar. Com certeza, o que escrevesse seria repassado às outras, mas não podia deixar de agir por causa disso. Sentia que algo maior estava acontecendo e precisava entender o que era.

Decidiu escrever para Bia, a mais tímida.

> Oi, Bia. E aí, beleza?

> Oi, Alek! Td bem ☺. E vc?

> Tudo em paz. Diz aí, a Abhaya tá on-line? Preciso falar com ela.

> Tá, sim. Manda uma mensagem pra ela.

> Não tenho o número dela. Me passa?

> Espera aí.

> Alek, ela não deixou eu passar... Falou pra vc dizer o q quer. ;-)

"E agora? O que faço? As meninas conseguem ser muito irritantes!"
Alek pensou em desistir, mas precisava tentar mais um pouco.

> Diz pra sua amiga que preciso falar sobre o bilhete que ela me escreveu.

A resposta demorou. Alek sabia que sua última mensagem devia ter soado como uma bomba entre as meninas.

> Ela falou que não escreveu nada pra vc. :-o

"Será? Talvez seja melhor pedir desculpa e desconectar..."
Mas algo em seu interior mandava que tentasse mais um pouco. Resolveu arriscar mesmo que não fizesse sentido algum.

> Então fala pra ela que a voz rouca ligou e deixou um recado.

Esperou mais de um minuto e, para sua surpresa, leu na tela do celular:

> Ela pediu seu contato.
> Posso dar?

> Claro!

Depois disso, Alek ficou mexendo no celular por mais de duas horas, jogando, navegando, matando o tempo na espera de uma mensagem de Abhaya.

Mas nada...

Já eram quase quatro horas da tarde quando o telefone tocou. Ele atendeu ali mesmo no seu quarto, esperando ouvir Abhaya do outro lado:

— Alô!

— Está em casa, Alekssander? Não saiu?

— Vó?

— Quem achou que fosse?

— A Abhaya — falou a verdade.

— Ah, então, meu neto levou um bolo no primeiro encontro? Não fique triste, querido. Melhor assim. Pode ter certeza disso. Lá pelas sete eu chego, a gente pede uma pizza e alegra o sábado, tudo bem?

— Tá, vó. Tudo bem — queria desligar logo.

Era estranho, mas não se importava mais que o mundo pensasse que ele estivesse apaixonado. Queria ser deixado em paz e, acima de tudo, desejava que as peças se encaixassem, que os acontecimentos começassem a fazer sentido. Despediu-se da avó e voltou a navegar a esmo na internet.

Uns quinze minutos depois, ouviu uma batida na porta de entrada. Estranho. Por que alguém bateria e não tocaria a campainha? Talvez tivesse imaginado e, por isso, nem saiu do lugar. Mas logo bateram de novo e ele foi espiar quem era.

Quase caiu de costas quando viu Abhaya do outro lado do olho mágico.

Ficou tão agitado que foi difícil encontrar a chave para abrir a porta.

— Oi. Pensei que você fosse me enviar uma mensagem.

— Eu pedi seu endereço, não seu número. Esse tipo de coisa não pode ser conversado por telefone, pela internet. É melhor aprender logo.

Ele achou a menina meio ríspida.

"Nem um oi ela deu."

Mas, talvez, estivesse certa e fosse melhor ir direto ao assunto.

— Quer entrar?

— Melhor não. Vamos conversar aqui mesmo. Você disse que recebeu um telefonema de uma voz rouca. É isso?

— É.

— O que ela disse?

— Peraí, eu também quero fazer umas perguntas. Foi você ou não foi quem escreveu os bilhetes pedindo para eu não ir acampar?

— Não escrevi bilhete algum. Já falei isso pra Bia. Eu não minto.

— Estranho... tinha certeza de que eram seus. Então a voz também não é sua?

— Claro que não! Por que você quis falar comigo?

— Você sabe de quem é a voz?

— Sei, mas, se ela não se identificou, melhor você continuar sem saber.

— Então alguma ligação você tem com tudo isso.

— Tudo está ligado, Alekssander! Será que você ainda não entendeu isso?

Ele teve um estranho pressentimento: muito esquisito a garota chamá-lo de Alekssander se na escola ele era o Alek; e algo o intrigou mais — o fato de que deixara de anotar essa informação em seu caderno, a voz dissera que estava ligada a ele e que sempre estivera.

— E o que ela disse pra você? — insistiu Abhaya.

Alek já não sabia se devia contar algo para a garota, estava entendendo menos ainda do que antes dessa conversa. No entanto, precisava conquistar a confiança dela para tentar arrancar alguma informação. Decidiu revelar um pedaço da verdade:

— Foi estranho. Ela ligou quando eu pensava que não deveria ter desistido do acampamento que faria com meus amigos. Eu atendi e ela disse que eu fiz o certo, que a escolha correta era desistir. E falou algo parecido com o que você disse... que tudo está ligado. Como ela sabia o que eu estava pensando?

— Foi só isso? Ela não falou mais nada?

— Não... — Alek abaixou a cabeça. Temia que Abhaya lesse a mentira em seus olhos.

— E os tais bilhetes, o que diziam?

— Pediam para eu desistir do acampamento.

— Então vieram dela também...

Era tão óbvio. Bilhetes e telefonema estavam conectados. Deviam ter a mesma autoria. Mas quem era o autor? De quem era a voz? Seria alguém de sua turma? Um trote?

— Por que tudo isso está acontecendo? — Alek perguntou mais para si mesmo que para Abhaya, mas a menina respondeu.

— Porque chegou a hora, Alekssander.

— Hora de que, Abhaya?

— Chega uma hora em que a gente percebe que tudo é diferente do que se acreditava. É isso o que posso dizer, Alekssander. Essa hora chegou para você. Eu preciso ir. Leila está voltando. Não conte a ela que estive aqui, ok? Isso evitará problemas para nós dois.

— Espere, você não vai me deixar perdido, que nem barata tonta. Vai? — Alek falou isso tentando segurar o braço de Abhaya.

A garota desviou-se com uma agilidade impressionante e olhou séria para ele:

— Não me toque, Alekssander. Não sem o meu consentimento.

Girou nos calcanhares e foi embora. Alek ficou parado na porta, pensando no quanto ela era petulante.

"*Irritante. Insuportável! Grossa!*

Veio até aqui, não me cumprimentou, não entrou, tirou um monte de informação e partiu me dando bronca.

Abhaya é a menina mais chata e estúpida do mundo!

E como ela pode saber que minha avó está vindo? E...

Espera um pouco... Ela conhece minha avó?"

Nem eram cinco horas e Leila dissera que chegaria às sete. Fechou a porta e foi para a sala. Jogou-se no sofá e ouviu o carro da avó estacionando.

"*Não pode ser! Pode?*"

Pouco depois, Leila entrava na sala:

— Olá, querido. Algum sinal da sua amiguinha?

— Não, vó – Alek respondeu de mau humor, sem tirar os olhos da tevê.

— Estranho... Ela não veio até aqui?

Alek teve vontade de contar tudo para a avó, mas nesses dois dias ela estava diferente do que sempre fora e isso o repelia.

— Não, vó. Não veio, não. Ela nem tem o endereço...

— E você não tentou falar com ela? Não pegou seu telefone?

— Ela ficou de me ligar, vó. Eu até tentei achá-la na internet, mas não consegui.

A avó virou as costas e foi até a porta de entrada mais uma vez. Alek esticou-se no sofá para ver o que ela estava fazendo e observou uma cena bizarra: Leila abriu a porta e farejou o ar como um animal.

Em seguida, Leila voltou como se nada tivesse acontecido.

— Vamos pedir uma pizza?

– É cedo ainda, né, vó? – respondeu, inseguro.

– Tem razão. Saí antes do horário... Não aguentava mais de canseira. Bom, vou tomar um banho, escrever umas correspondências e, depois, jantamos. Você vai ficar vendo tevê?

– Hum-hum...

A avó deu um beijo em sua testa e saiu. Alek ficou ali no sofá, imóvel, pensando no que poderia fazer. Sua vontade era de escapar dali e ir para qualquer lugar, talvez atrás dos amigos, mas não conseguia tomar uma atitude. Estava congelado, um ser amedrontado e inerte.

V
PAPEL E TINTA

Leila tomou um banho demorado. Estava fatigada. Não tinha mais idade para fazer tantos atendimentos. A cada missão, sentia-se mais desgastada e, agora, para complicar, era cobrada a cumprir seu antigo papel de guardiã.

"Não fiz isso a vida toda, afinal?" – pensava Leila, insatisfeita.

Estava incomodada com a advertência que recebera na correspondência do dia anterior:

"Leila, você se descuidou. Anuar aproximou-se perigosamente. A hora chegou e ele corre perigo. Assuma o papel que lhe foi confiado. Seja uma verdadeira guardiã da Escuridão!"

Como sempre, a mensagem desaparecera instantes depois de ser lida, mas Leila tinha palavra por palavra gravada em sua mente: "Assuma o papel que lhe foi confiado".

"Quando deixei de lado a função de guardiã? Nunca!" – discutia consigo mesma.

Ninguém parecia considerar que ela sofria com o acúmulo de funções. Guardiã e curandeira. Para alguém na sua idade, era um pouco demais. Já requisitara diversas vezes sua dispensa do pessoal de cura, mas seu pedido fora negado em todas as tentativas. Não há curandeiros suficientes, diziam. Não temos quem a substitua... Mas agora era diferente. Havia chegado a hora. Não poderia exercer sua função de guardiã mantendo todos os atendimentos.

Saiu do banho mais decida em relação ao que fazer. Vestiu um moletom confortável e foi para o escritório. Sentou-se, pegou uma folha de papel, sua antiga caneta tinteiro e preparou-se. Hesitou. Escrever diretamente para ela não era costumeiro, mas a situação exigia:

> *"Retorno concluído. Encontrei Alekssander em casa. Ao que parece, nada aconteceu. O cheiro de Anuar estava ao redor da casa, na soleira da porta, mas não em seu interior. Provável contato. Alekssander nega, mas pode estar escondendo algo. Requisito urgente liberação da função de curandeira. Preciso me dedicar exclusivamente a guardá-lo. O cerco se fechou."*

Assim que lacrou o escrito em um envelope, antes mesmo que preenchesse o destinatário ou o remetente, um fino fio de luz esverdeada o percorreu, e ele desapareceu de suas mãos. Leila não demonstrou qualquer estranhamento ao fato. Fechou os olhos, recostou-se na cadeira e esperou, relaxando.

Passaram-se longos minutos e, se alguém a observasse naquela situação, teria a sensação de que ela dormia, repousando tranquila após um cansativo dia de trabalho.

De repente, ela se mostrou desperta, endireitou-se na cadeira e aquele estranho brilho esverdeado se repetiu, refletindo-se em seus olhos. Na sua mesa, em sua caixa de correspondência, apareceu uma carta esperando para ser lida. Abriu o envelope selado com um brasão de cera em forma de uma serpente mordendo a própria cauda, o ouroboros, símbolo do ciclo eterno. Tirou dali um bilhete escrito naquela letra caprichada e delicada:

> *"Notícias recebidas, Leila. Todas foram inúteis. Falei com Alekssander hoje. Decidi fazer o contato antes que Anuar tomasse a iniciativa. No entanto, sei que uma representante dele, a guerreira Abhaya, esteve aí, mas não consegui descobrir o que tratou com Alekssander. Ainda não tenho acesso total à mente do menino. Leila, não é possível dispensá-la da cura, ainda mais em tempo*

de guerra. Por isso, enviarei reforço. Garib chegará na segunda-feira à noite e vocês duas se revezarão na guarda de Alekssander. Até lá, fique com ele."

Assim que acabou de ler, a mensagem desapareceu. Em sua mão, o mesmo papel que pegara há pouco mais de meia hora para escrever sua carta. Estava em branco. Era como se nada tivesse acontecido.

No entanto, Leila não estava feliz com o que lera. Remoía em silêncio toda a situação:

"Ela se comunicou com Alekssander? O que disse a ele? O fato de o garoto não ter comentado nada a respeito até que é bom, mostra que está inseguro, duvida dos acontecimentos. Deve estar confuso e ainda não conhece toda a verdade, senão sua reação seria diferente."

A outra notícia a desagradava ainda mais: a chegada de Garib. Pensava:

"Essa guardiã não é confiável e chama muita atenção. Ainda mais aqui, entre os humanos."

O estilo de Leila não tinha nada a ver com o da jovem Garib. Além disso, como explicaria sua chegada a Alekssander? Sua mente não conseguia encontrar uma solução: *"Uma parente distante? Nunca recebemos notícias de parentes... Ele nunca perguntou. Talvez pense que não há mais ninguém da família."*

Ele era muito pequeno quando passou a morar com Leila. A versão de que sua mãe o tivera e o abandonara para a avó cuidar era a única conhecida por ele. Com certeza não se lembrava de nada. Ela precisaria arriscar e inventar uma desculpa convincente. Tomou a caneta tinteiro mais uma vez e escreveu:

"Garib, você será uma sobrinha distante e problemática que veio passar as férias comigo a pedido de sua mãe. Envolveu-se com drogas e, por isso, as férias com a tia psiquiatra. Tudo compreendido?"

Papel e tinta

Fechou o envelope. Endereçou. Indicou o remetente e a correspondência desapareceu com o fio verde luminoso.

"*É tão mais prático assim...*" — Leila estava realmente cansada. — "*É tão cansativa a estrutura armada para Alekssander não desconfiar de nada! Fingir que posto as cartas no correio. Fingir que espero dias para receber respostas... Tudo tão lento... Tanto fingimento...*"

Dessa vez nem precisou esperar alguns minutos pelo retorno, pois ele chegou quase que de imediato, bem ao estilo de Garib:

"Entendido, guardiã. Achei tudo ótimo! Vou ficar sem cabelos, desenhar umas tattoos e colocar uns piercings para compor a personagem. Até segunda. Beijinho!"

Era o que ela temia. Já imaginava a figura que chegaria em sua casa dali a dois dias. E estava assustada por antecipação!

"*Devia ter criado uma sobrinha comportada em excesso, que não consegue se comunicar com o mundo exterior ou algo assim. Quem mandou eu inventar uma jovem rebelde e drogada? Isso é o que dá não pensar direito antes de agir!*", Leila ralhou consigo mesma.

VI
DOMINGO DE INVERNO

Quando Leila saiu do escritório, o neto estava sonolento no sofá. Ela pegou o folheto da pizzaria, escolheram o que pedir e ficaram ali, em silêncio, vendo tevê.

Logo o entregador chegou e os dois comeram sem conversar muito. A avó foi para o quarto ler. Alek ficou na sala, ainda assistindo à televisão.

Horas mais tarde, Leila foi dar uma espiada nele e o encontrou dormindo. Achou melhor não acordá-lo. Desligou a televisão, colocou um edredom sobre o garoto e voltou para seu quarto.

No domingo, ele despertou com o cheirinho de café e de bolo de chocolate assando, o seu preferido. Abriu os olhos e percebeu que dormira mais uma noite tranquila e sem sonhos malucos. Mexeu-se e sentiu o corpo todo dolorido.

"Bem que a vó fala que estou grande demais para esse sofá…"

O cheiro gostoso da comida espantou o mau humor.

— Bom dia, Alek. Pronto para um café da manhã especial?

A avó parecia ter voltado ao estado normal, aproximou-se dele e deu um beijo em sua testa.

— Oi, vó. Bom dia! Não vai trabalhar hoje?

— Não, querido. Resolvi destrocar o plantão. Hoje passo o domingo com você.

— A senhora fez bolo de chocolate? — perguntou com um sorriso.

— Fiz, sim. Mas só come quem estiver de cara lavada.

Alek não precisou de mais nenhum incentivo. Levantou-se, foi ao banheiro e, minutos depois, voltava mais acordado, de cabelo penteado e hálito cheiroso.

Os dois tomaram um café da manhã delicioso e dona Leila chamou Alek para um passeio no parque da cidade. Fazia tempo que não iam até lá. Ele aceitou o convite e o domingo transcorreu muito tranquilo: parque, almoço no restaurante da dona Ema e volta para casa com direito a chá da tarde especial, com uns bolinhos de chuva que só a avó sabia fazer. Um belo domingo de comilança. Nem chegou a pensar muito nos amigos e no acampamento perdido. Foi um dia gostoso, tranquilo e sem surpresas. Do jeitinho que ele gostava.

Bem, sem surpresas até a noite chegar e, com ela, uma visitante nada convencional.

Neto e avó espantaram-se quando a campainha tocou perto das dez da noite. Leila estava no banho, por isso foi Alek quem atendeu a porta e levou um susto: uma garota de uns vinte e poucos anos, branca como um vampiro, careca, toda tatuada e com *piercings* na sobrancelha e no nariz, vestida de preto e com um cinto prateado em forma de serpente estava parada à sua porta com uma mala que mais parecia um caixão, de tão grande e esquisita.

— E aí, primo!?

— Primo? — foi a reação imediata de Alek.

— A tia não falou que eu vinha?

— Tia, que tia? Você tem certeza de que não errou de casa?

— Tenho, sim. Você é o Alekssander, né?

— Sou — Alek estava ainda mais surpreso. — Mas quem é a sua tia?

— A Leila, sua avó. E aí, posso entrar? Tá um vento gelado aqui fora.

Alek achou que a moça tinha dado informações suficientes para entrar em sua casa. Afinal, logo a avó sairia do banho e poderia esclarecer a situação. Ele ajudou a carregar o malão, que estava pesadíssimo.

— O que você leva aqui? Um cadáver?

— Mais ou menos... — ela respondeu séria e Alek estremeceu.

Os dois se sentaram na sala. Alek serviu a prima de um pedaço de bolo e chá quente. Logo estavam conversando. Ela contou que seu nome era Garib, e Alek achou que era um nome diferente, que combinava com ela. Falou que seus pais a mandaram passar as férias por lá para ver se a distanciavam da galera. Alek desconfiou de que havia algo mais por trás daquela história, mas não teve coragem de perguntar. Afinal, acabara de conhecer a prima. Garib disse que os pais escreviam de vez em quando para Leila, mas que não se viam há uns quinze anos. Aí, Alek entendeu por que não a conhecia. E a conversa fluía quando Garib parou, abriu um sorriso e falou, olhando para o corredor que ligava a sala aos quartos:

— Oi, tia. Tudo em paz? Quanto tempo, né?

— Você não devia chegar amanhã à noite, Garib? — foi a resposta seca de Leila. Alek estranhou, mas também se sentiu aliviado em ver que a avó realmente conhecia a garota.

— Pois é, fiquei pronta antes. Aí decidi antecipar minha chegada. Estava ansiosa... Sem problema, né?

— Ciaran sabe disso?

Quando ouviu a avó falar "Ciaran", Alek sentiu um frio repentino, como se o vento que balançava as árvores no quintal tivesse entrado na sala. O sobrenome era o mesmo que o seu, não devia provocar estranheza, mesmo porque Garib era sua parente. Devia, então, ser uma Ciaran.

— Ela não sabe e nem precisa saber, não é mesmo? — foi a resposta da jovem.

Era isso o que Leila temia. Garib já começara fazendo as coisas como bem entendia, sem respeitar o combinado.

"E esse visual?" — questionava-se em silêncio, mas a ponto de explodir. — "Não teria como ser mais exagerado. Até a cor da pele ela mudou.

Da última vez que a vi, ela era negra... Amarela... Vermelha? Ah! Já não lembro mais."

Garib mudava a cor da pele a cada nova missão como quem trocava de roupa. Algo totalmente desnecessário aos olhos de Leila. Um verdadeiro desperdício de força vital. Alek já estranhava o longo silêncio das duas quando ouviu:

— Pelo visto vocês já se conheceram. Alek, não sei se Garib disse, mas ela é filha de uma prima minha. É uma parente distante. Ela teve problemas com drogas, foi internada, mas não deu muito certo.

Alek contraiu-se, era desconfortável ouvir sua avó expor a vida de Garib daquela forma indelicada e bem na frente da garota. No entanto, Garib parecia não se incomodar. Ao contrário, sorria e mostrava uma certa empolgação diante do frio relato de Leila, balançando a cabeça em concordância.

— Seus pais me escreveram há algumas semanas pedindo que ela passasse as férias aqui. Pensam que ela pode melhorar longe da influência dos amigos e com meu acompanhamento profissional.

— Hum-hum... — Alek respondeu, balançando a cabeça automaticamente. Queria que aquela situação acabasse logo!

— O combinado era que ela chegaria amanhã. Eu iria prepará-lo para isso, mas... Parece que houve uma mudança de planos.

— E onde vou ficar? — interrompeu Garib, descontraída.

— No escritório. Tem um sofá-cama lá – respondeu Leila com rispidez.

— E minha bagagem? — perguntou, apontando para o malão.

Só então Leila parecia ter visto o tamanho da mala da "sobrinha". Se antes estava de cara feia, a situação piorou muito. Ela respirou fundo e respondeu:

— Por enquanto, deixe a mala aqui na sala. Agora, precisamos conversar. Vamos para o escritório. Alek, por favor, tome seu banho e, depois, cama. Amanhã você acorda cedo.

A avó falou isso, virou as costas e saiu levando Garib pelo braço. A garota, antes de entrar no escritório, girou e deu uma piscadela para Alek. Ele até que tinha gostado dela. Tudo bem que parecia ser maluca, mas era legal descobrir que tinha parentes, ainda que distantes. Queria conversar mais com Garib, mas ficaria para amanhã. Por hoje, só restava banho e cama. O fim de semana mais estranho de sua vida finalmente tinha acabado.

VII
A SEMANA COMEÇA QUENTE...

Não era comum Alek encontrar a avó pela manhã. Ela sempre saía de madrugada para o trabalho. No entanto, naquela segunda-feira foi diferente. Ele acordou com Leila chamando, sentada ao seu lado, na cama:

— O quê? Já está na hora? — despertou assustado e sem entender nada ao ver que ainda estava escuro.

— Calma, querido — Leila falou com voz suave. — Preciso falar com você antes de sair.

Alek abriu os olhos e encarou a avó, sonolento, ainda sem compreender o que acontecia.

— Garib irá com você para o colégio hoje. Está bem?

— O quê? — a fala da avó funcionou como uma bomba. Todo o sono desapareceu. — Como eu vou chegar com a Garib no colégio? O que vou falar para meus professores? E para meus amigos? Que estresse, vó!

— Calma, Alek. Já está decidido.

— Vó, por que você não leva a Garib para o hospício?

— Hospício? Você quer dizer para a clínica? Nada feito, Alek. Impossível!

— Vó, mas... No colégio? Então, por que ela não fica aqui em casa?

— Fora de cogitação, Alek. É preciso que alguém fique de olho nela. Garib vai com você e pronto!

— Mas, vó...

— Sem "mas"... Está decidido. Pode voltar a dormir. E fique tranquilo que eu converso com a diretora — falou, deu um beijo na testa do neto, virou as costas, apagou a luz da luminária e saiu, deixando para traz um garoto desperto e apavorado.

Está certo que tinha simpatizado com Garib, mas entre achá-la interessante e aparecer com ela no colégio havia uma enorme diferença. Já previa as brincadeiras dos amigos, os olhares da escola inteira. Ele estaria no centro das atenções e isso era o que mais odiava.

"Não pode ficar pior!
E se a Garib quiser fazer outra coisa? Eu é que não vou tentar impedi-la…"
Contudo, para surpresa e desconforto de Alek, Garib parecia muito satisfeita com o fato de ficar colada nele e passar a manhã numa escola. Durante o café, encontrou a garota pronta, de coturno, maquiagem carregada, toda vestida de preto e com aquele cinto chamativo, prateado, brilhante, em forma de serpente mordendo a própria cauda. Parecia ainda mais pálida que na noite anterior e ele achava que suas tatuagens estavam mais vibrantes, mais coloridas. Talvez fosse a claridade do dia. Garib permanecia tão sorridente quanto antes. Era como se sua personalidade não coubesse naquele visual, não encaixasse.

Alek demonstrava um mau humor absoluto. Falou apenas duas palavras nesse início de dia: "oi" e "vamos".

Ela, ao contrário, tagarelou sem pausa. Durante a refeição, contou que há muito não ia a uma escola, que estava curiosa para ver como as coisas eram hoje em dia. Alek estranhou. Afinal, ela parecia ter pouco mais de vinte anos. Mesmo que não estivesse cursando uma faculdade, não faria tanto tempo assim que teria acabado o Ensino Médio. Ele, porém, não estava com a menor vontade de tirar a dúvida.

Depois, no caminho para a escola, ela perguntou que tipo de coisas Alek aprendia por lá. No início ele fez de conta que não ouvia, mas era impossível não responder, pois Garib sabia ser insistente. O remédio foi dar as respostas que ela buscava, e a garota parecia surpresa demais em ouvir coisas básicas como aula de inglês ou de geografia. E, quando ele falou da aula de história, ela suspirou e comentou:

— Ai, eu adoraria aprender a história da humanidade na escola…

Alek concluiu que as drogas tinham fritado o cérebro de Garib ou que ela havia burlado a vigilância de dona Leila e usado alguma coisa naquela manhã.

O caminho para a escola foi feito da forma mais longa possível. Ele planejava chegar em cima da hora, na esperança de encontrar os amigos direto na sala, com a aula começando e, dessa maneira, ganhar tempo até o intervalo para dar as inevitáveis explicações.

Não tinha percebido, mas nem se preocupava com os estranhos acontecimentos que haviam inundado a sexta-feira e o sábado. Apenas a companhia de Garib o atormentava e ocupava sua mente por completo.

O plano deu certo: alcançavam a esquina do quarteirão da escola quando o sinal tocou, indicando o início das aulas. Alek saiu correndo e, por alguns segundos, teve a esperança de que Garib não o acompanharia. Ela não só o seguiu na corrida como o ultrapassou com facilidade. Quando ele chegou ao portão, ela estava pedindo para o bedel não fechá-lo porque o primo já vinha se aproximando.

Alek entrou direto sem nem dizer bom-dia ao seu Paulo e sem explicar quem era aquela garota, na esperança de que fosse barrada ali mesmo, na entrada. Mas Garib seguiu atrás. Chegaram juntos na sala, no momento em que o professor Aurélio, que faria a correção da prova de matemática, também entrava na classe. O professor os cumprimentou na entrada e parece que levou um susto com a aparência de Garib, mas não comentou nada.

Alek foi para o fundo da sala e Garib, mais uma vez, foi atrás. Parecia brincadeira, mas uma cadeira havia sido colocada bem ao lado da sua.

"Com certeza minha avó já conversou com a diretora…"

Sentiu todos os olhares da turma voltados para ele e Garib. Um zum-zum-zum tomou conta da sala.

Ele foi direto para o fundo da classe, de cabeça baixa e olhar no chão.

Garib agora mantinha uma expressão fechada, que Alek julgou ser sua cara de *bad girl,* e parecia que funcionava, pois logo todos pararam de olhar diretamente para os dois. Sentou-se ao lado de Alek e, com certeza, foi a única que prestou atenção na correção da prova que Aurélio desenvolveu naqueles cinquenta minutos. O pior é que parecia estar se divertindo bastante com a aula de matemática e até fez anotações no caderno de Alek.

Todos os outros alunos se ocupavam em passar bilhetes, teclar no celular, cochichar ou até mesmo ficar olhando fixo para a frente, como era o caso de Alek, mas sem nenhuma concentração no que era dito pelo professor. Um bando de zumbis.

O sinal tocou e Aurélio prometeu divulgar as notas no dia seguinte. Ao contrário do que era comum, ninguém reagiu. Sempre que falava de trazer provas corrigidas e notas, todos se contorciam e reclamavam. Dessa vez, silêncio. Saiu da sala, dando lugar a dona Eneida, a professora de literatura, que teve a mesma reação de Aurélio ao ver Garib sentada no fundão. Mas, com o desenrolar da aula, dona Eneida até sorria para Garib. Alek concluiu que era porque a turma do fundão nunca estivera tão quieta em nenhuma outra aula. Dona Eneida devia ter relacionado o excelente comportamento à presença de Garib.

Para a infelicidade de Alek, a hora do intervalo chegou. E foi o sinal tocar para Douglas aproximar-se:

— Olha, eu nem ia falar com você depois do furo do acampamento... Mas quem é ela? – disse, apontando para Garib.

Marcelo e Lucas também já estavam ali em pé, fechando o cerco. Alek olhou para Garib e viu que ela permanecia sentada a seu lado, com os braços cruzados, a cabeça meio abaixada. Olhava para seus amigos de um jeito torto, de baixo para cima, de forma ameaçadora. Ele não gostou daquilo. Antes que respondesse à pergunta de Douglas, ouviu:

— Garib. Meu nome é Garib Ciaran.

Ciaran. Era a segunda vez que Alek ouvia esse nome de forma diferente e, como da primeira, sentiu o frio repentino, mas o sol reinava lá fora, não havia vento como na noite anterior. Por isso, a situação era ainda mais intrigante. Todas as vezes em que dissera seu nome completo, e foram poucas porque o achava digno de gozação, não sentira nada ao pronunciar Ciaran. Por que isso começara a acontecer assim de repente? Quando deu por si, os três amigos olhavam para ele e Garib voltara à sua postura inicial.

— Ela é uma prima distante... — disse. — Veio passar as férias aqui, e minha avó pediu que Garib fique comigo enquanto ela estiver no trabalho.

Ninguém falou mais nada. Foram os quatro saindo para o intervalo e Alek não chamou Garib para acompanhá-los, mas ela o seguiu mesmo assim. Durante aqueles vinte minutos, Garib esteve com os meninos como uma sombra. Permaneceu em silêncio e manteve certa distância, andando de cabeça baixa e braços sempre cruzados sobre o peito. Alek não sabia explicar a mudança de comportamento. Toda a leveza que a prima demonstrara na noite anterior e naquela manhã havia desaparecido. Agora ela era uma figura de dar medo. Parecia uma vampira, um ser noturno saído de algum livro de mistério caminhando em plena luz do sol. Ele e os amigos nem conseguiam conversar direito com a proximidade da garota. Comentaram o acampamento, mas o que dominou foram os minutos de silêncio. Marcelo até tentou puxar conversa com Garib, mas foi ignorado: ela não respondeu a nenhuma de suas perguntas e agia como se nem o visse.

Alek sabia que os amigos tinham muitos questionamentos a fazer, mas não se arriscavam, dada a proximidade da figura ameaçadora.

Quando o sinal soou, Lucas se aproximou de Alek e perguntou baixinho:

— Na boa, ela vai ser nossa sombra até quando?

— Não sei...

— Ela foi o motivo de você não ter ido acampar com a gente?

— Hum-hum – mentiu.

— E você vai precisar ficar com ela as férias todas?

— Também não sei...

O amigo parou a conversa ali, mas, por sua expressão, Alek percebeu que não tinha gostado daquelas notícias. As promessas de férias e de aventura desapareciam. O acampamento programado para o fim de semana anterior era como uma amostra grátis do que teriam em julho. Contudo, com a presença de Garib, era muito provável que nada acontecesse como o planejado.

Voltaram para a sala de aula e, pelo menos, esse segundo período seguiu mais normal. A aula era de história. Havia um debate programado que valeria nota, por isso as atenções se desgrudaram de Garib para focar na atividade.

Só durante o debate Alek notou que não tinha visto Abhaya naquele dia. Não conseguia dizer se a menina estivera presente nas primeiras aulas. Para ser sincero, com toda a confusão em torno de Garib, nem tinha se lembrado de Abhaya.

Durante a troca de professores, depois do debate, perguntou para Lucas:

— Lucas, a Abhaya não veio hoje, né? O que será que aconteceu? Será que já matou a curiosidade que tinha em conhecer a gente?

— Olha, cara, ela tava lá no portão de manhã, mas não entrou na sala, não... Achei estranho, mas vá saber o que rolou...

O professor de geografia chegou para a quarta aula, e a conversa acabou ali. Alek concordava com o amigo: era suspeito ir até a escola e não entrar. Mas também era possível que alguém tivesse contado a ela sobre o debate de história e Abhaya não estivesse com vontade de ficar de lado mais uma vez, desenhando.

Alek levou um susto quando percebeu que Garib estava olhando para ele como se tentasse ver o que se passava em seus pensamentos, e mais esquisito ainda foi que Alek teve a impressão de ter visto os olhos da garota acenderem em um tom de verde esmeralda. Aconteceu apenas por um segundo, mas a experiência o deixou tenso e cismado. Não tinha como se afastar dela ali na sala, por isso se concentrou para não voltar a olhá-la diretamente até o final das duas últimas aulas.

Quando o sinal tocou, indicando que as atividades da segunda-feira chegavam ao fim, Alek só teve um pensamento: *"Não quero passar a tarde sozinho com Garib, de jeito nenhum!"*.

Foi assim que resolveu improvisar:

— Pessoal, amanhã apresentamos nosso projeto de Arte, né? Que tal ensaiar agora?

— O quê? De novo? — reagiu Douglas sem entender.

— Cara, a gente passou o semestre inteiro ensaiando aquela música. Nós já sabemos de cor... O que tá rolando? — perguntou Marcelo.

— É que... — Alek sentia que o olhar de Garib queimava sua nuca, não podia demonstrar que estava inventando tudo de improviso. Então respirou fundo e falou com segurança. — Eu compus uma música nova para o show. Com certeza a professora vai gostar! Fala de natureza, preservação e todas essas coisas que ela colocou como tema.

— Mudar agora, na véspera da apresentação? — perguntou Lucas de olhos arregalados.

— Eu acho que vale a pena, sabe? Ela é muito mais legal que a outra. E é inédita, né? Não é sucesso de nenhuma banda, foi criada para o projeto. Acho que isso vai contar uns pontos na nota. E ela é bem simples... Se a gente ensaiar agora, vai ficar perfeito.

Alek tinha mesmo criado uma música para o projeto, há mais de um mês, mas, por vergonha de apresentá-la no evento, havia concordado em tocar um sucesso pop. Agora, no desespero de encontrar uma saída para aquela tarde, só achou a desculpa da música, até ali desconhecida pelos amigos.

Um olhou para a cara do outro, e Lucas foi o primeiro a responder:

— Por mim, tudo bem. A gente pode tentar. Eu não ia fazer nada de importante agora à tarde mesmo. Ia ficar lá em casa sozinho, jogando on-line, mas isso pode esperar, né?

Os outros dois também aceitaram participar.

— A que horas a gente se encontra na sua casa? — perguntou Marcelo.

— Eu pensei de a gente ir direto pra lá, o que acham? Eu preparo os *hot dogs* do super Alek.

Os amigos estranharam ainda mais, mas, como adoravam o cachorro-quente, que Alek só preparava em ocasiões especiais, resolveram não questionar e aceitaram logo. Enquanto avisavam a família sobre o que fariam, Alek se concentrou em si mesmo, percebendo a gostosa sensação de alívio que o invadia e que desapareceu ao ouvir Garib:

— Posso participar do ensaio? Eu canto muito bem e toco tambor...

— Vemos isso depois, tá? — ele respondeu, seco.

O caminho para sua casa foi quase normal, exceto pela sombra-Garib que os acompanhava, muda e emburrada. Alek chegou a pensar se não deveria integrá-la entre os amigos, mas a imagem de seus olhos acesos em verde tomou conta de sua mente e o convenceu de que o melhor seria deixá-la ali atrás, quietinha. Voltou a conversar com os meninos, que aproveitaram para matar a curiosidade:

— Todo mundo da sua família tem nome esquisito, Alek? — foi a primeira pergunta de Douglas.

— Não faço ideia! Até agora eu pensava que minha família éramos só eu e a minha avó... — e trocou um olhar com Lucas.

— Não entendi... Você não conhecia sua prima? — quis saber Marcelo.

— Eu nem sabia que tinha parentes... Sério!

— É, vocês são estranhos... — concluiu Douglas. — Tipo Família Addams.

— E o que ela tá fazendo aqui? — questionou Lucas.

— Parece que ela se envolveu com drogas e os pais dela mandaram passar uns meses, eu acho, com minha avó. Para se tratar, sabe?

— E você precisa tomar conta dela? — perguntou Douglas.

— É mais ou menos isso...

Quando estavam a três quadras de sua casa, Alek teve certeza de ver, parada na esquina de sua rua, Abhaya.

Pela primeira vez ao longo de todo o trajeto, Garib acelerou o passo, ultrapassou os meninos e começou a andar alguns metros à frente deles. Como os garotos conversavam animados, nem perceberam o desenrolar dos acontecimentos, somente Alek via tudo com atenção.

Assim que Garib se destacou do grupo, Abhaya sumiu na rua em que Alek morava. Ele tentava se convencer de que, talvez, ela estaria esperando por eles no portão de sua casa, mas, no íntimo, sabia que ela tinha ido embora, fugido.

"Fugiu? Do quê? De quem? De Garib? Por que faria isso? Tá certo que a figura mete medo, mas Abhaya podia ter esperado."

Mais uma vez, mergulhou em seus pensamentos e se distanciou da conversa dos amigos. Quando chegaram na esquina de sua rua, Garib já os esperava sentada no muro baixo de sua casa, olhando para todos os lados, e Alek teve a certeza de que ela farejava o ar. Isso o deixou perturbado e o fez lembrar de como sua avó tivera a mesma reação no sábado, em relação à visita de Abhaya. No entanto, a agitação dos meninos, que comentavam a mais nova conquista de Marcelo, arrancou Alek desse universo de dúvidas.

Chegaram, passaram por Garib empoleirada e entraram tagarelando e empurrando uns aos outros. Jogaram as mochilas na sala e foram até a cozinha para ver Alek preparar os lanches. Em pouco mais de vinte minutos, devoravam seus *hot dogs* caprichados com direito a repetição. Para beber, suco de carambola feito na hora. Tinha de ter o toque natureba, senão não era o Alek.

Garib também comeu um lanche e gostou bastante, mas disse isso do jeito dela:

— É o sanduíche mais excêntrico que comi na minha vida toda! Gostei muito do sabor desse bastão de carne macia... Diferente!

Os quatro olharam para a cara da garota por uns segundos, mas, como já tinham concluído que era maluca, logo voltaram a se concentrar na comilança.

Após o almoço, foram para a varanda no fundo da casa, jogaram-se nas almofadas e ficaram olhando as árvores. Alek levou o violão para lá e, depois de uma meia hora de descanso, tomou coragem e começou a dedilhar a melodia da música que havia composto para o projeto de Arte. Sua voz era suave e envolveu a todos quando começou a cantar uma balada que falava sobre como o homem detona a natureza, mas que ela pode se vingar.

Quando acabou, os três bateram palmas e foram acompanhados por Garib. Alek agradeceu e começou a explicar onde achava que ficaria legal todos cantarem juntos e onde sentia que uma percussão ajudaria. Os amigos não entravam no ritmo, e nenhum dos três se deu bem tocando o pandeiro que Alek passou de mão em mão.

Garib estava por ali, olhando insistentemente para Alek, mas ele a ignorava. A garota sumiu e, quando Alek tocava mais uma vez a canção, ela reapareceu tocando um tambor com aparência medieval, tirado sabe-se lá de onde. Ela inseriu as batidas de um jeito bem diferente do que Alek havia imaginado, mas casou com perfeição à melodia e, quando Garib soltou a voz no refrão, todos ficaram arrepiados. Era perfeito! Os dois cantando e tocando juntos era simplesmente perfeito.

No final da música, os amigos fizeram uma farra, Garib sorria e Alek olhava para ela de boca aberta. A prima não estava brincando quando disse que sabia cantar e tocar.

Sem nenhum voto contra, ficou decidido que ela participaria da apresentação como convidada especial. Para completar, ela ensinou o trio a fazer um acompanhamento com palmas, no estilo cigano, explicou. O que antes era uma balada tranquila tornou-se uma canção que convidava a todos para dançar, lembrando algo antigo, retirado do fundo do tempo.

Depois do ensaio, Garib estava integrada ao grupo. Ria abertamente e Alek percebeu que Marcelo se mostrava todo derretido por ela. A garota tinha mudado tanto seu comportamento que se ofereceu para preparar o lanche da tarde e Lucas foi junto para ajudá-la.

Ela saiu de cena e Alek atacou:

— Marcelão, você está babando na minha prima...

— Ih, está tão evidente assim?

Douglas caiu na risada:

— Põe evidente nisso, cara.

— Eu achei a Garib uma gata desde cedo. Ela tem um corpo perfeito! E o rosto dela então? Mesmo com quilos de maquiagem escura, é tão delicado... E o estilo? A cabeça raspada... As *tattoos*... Os *piercings*... Tudo perfeito! Depois de ouvir a menina cantando, está decidido: vou ficar com ela! Ela merece.

— Isso se ela quiser, né? – alfinetou Alek, já que percebera que Garib não dera nenhuma atenção especial ao gostosão do grupo.

— Ih, está com ciúmes, mané? Que garota não quer ficar com o Marcelão aqui?

— Ela é minha prima... Um pouco de respeito...

— Prima distante... — falou Douglas em tom de acusação. — Tá com ciúmes! — sentenciou.

— Dá um tempo, Douglas! Eu acho a Garib esquisita e meio velha, né?

— Ih, olha o cara! Agora toda menina que aparece é esquisita. A Abhaya é esquisita. A Garib é esquisita. Você que é esquisito, Alek! — continuou Douglas na provocação.

— Bom, vou dar uma espiada naqueles dois que estão demorando... — Marcelo disse, levantando-se, e foi acompanhado por Alek e Douglas.

Na cozinha, encontraram Lucas e Garib conversando animados sobre dragões, ogros, elfos, vampiros e coisas assim. Acabavam de colocar a massa de um bolo para assar. Marcelo apressou-se para entrar na conversa:

— Você também gosta de *games*, Garib?

— *Games*? — ela devolveu como se não tivesse entendido o que o rapaz dissera.

— A gente está falando de seres fantásticos e a Garib entende muito do assunto — respondeu Lucas. — Ela estava explicando uma teoria que defende que todos esses seres são duais, são luz e escuridão. O desafio é descobrir se é a luz ou a escuridão que predomina dentro de cada um... Não é, Garib?

— Como pode haver uma teoria assim se essas coisas nem existem de verdade? — perguntou Douglas, espiando a tigela largada na pia com um resto de massa. Por isso mesmo, não viu o olhar contrariado que recebeu de Garib e de Lucas.

Marcelo até tentou demonstrar interesse, mas não conseguiu porque também achava que fantasia e seres fantásticos eram coisas de criança ou de *nerd*. Mudou logo de assunto:

— E o que vocês fizeram aí? — perguntou apontando para o forno.

— Ah, preparei um bolo de especiarias. Receita antiga dos Ciaran... O Alek deve conhecer.

Alek só levantou os ombros. Não se lembrava de nenhum bolo da família. Se bem que, até a noite anterior, nem sabia que tinha uma família além de sua avó.

Marcelo perguntou se Garib não queria cantar alguma outra canção para eles enquanto esperavam o bolo assar. Lucas foi o único que pareceu contrariado, pois com certeza queria continuar sua conversa sobre seres fantásticos. Garib falava como se os conhecesse, como se fossem reais e convivesse com eles, e Lucas adorava isso. Apesar de não confessar a ninguém, ele realmente acreditava que todas essas criaturas existiam em algum canto do universo.

Ela foi até a varanda e voltou com o tambor e o violão. Passou o violão para Alek e disse:

— Se tiver vontade, me acompanha.

Então começou a tocar uma canção estranha e a cantou numa língua desconhecida por eles. Mesmo sem entender uma só palavra, os corpos dos garotos balançavam ao ritmo das batidas e todos sorriam ao ouvir a voz de Garib preencher a cozinha. A melodia era simples e, sem pensar no que fazia, Alek começou a dedilhá-la no violão. Pouco depois, tocava forte e até elaborava um pouco mais o arranjo. E o mais estranho: cantava com Garib naquela língua diferente.

Os olhos dos dois estavam conectados, cantavam sorrindo e parecia que nada poderia quebrar o encanto gerado ali. Nada, a não ser o ciúme de Marcelo, que acabou com a harmonia e com a magia ao tentar cantar também e destoar completamente por não saber quais palavras usar.

A música parou e ele veio com um:

— Desculpa aí, foi mal...

Alek sentia-se pouco à vontade, não queria continuar olhando para Garib, mas não conseguia deixar de olhá-la. Agora, desejava livrar-se dos amigos e ficar sozinho com ela antes que a avó chegasse. Precisava saber o que acontecera naqueles minutos, que ligação fora aquela que sentira, como conseguira cantar naquela língua desconhecida. Mas os amigos estavam ali, não era possível falar sobre nada disso.

Enquanto Alek se recolheu em dúvidas, Garib voltou a conversar com o trio, mas, algumas vezes, olhou diretamente nos olhos dele e aquilo fez o garoto sentir-se quente, em ebulição. Procurou convencer-se de que era apenas atração física, mas era algo mais forte. Já tinha ficado com garotas antes e o que estava sentindo era muito diferente, era uma conexão.

Alek também estranhou o fato de nenhum dos amigos fazer sequer uma brincadeira com o episódio. Apenas perguntaram sobre a língua da canção e Garib respondeu de forma vaga, dizendo que era uma língua dos povos antigos.

O bolo ficou pronto. Alek preparou um chá de gengibre com maçã e canela para acompanhar e, quando acabavam de colocar a mesa, ouviram o carro da avó estacionando. Pouco depois, Leila entrava na cozinha.

— Que cheirinho delicioso! Há anos não sinto o aroma desse bolo! Que saudades!

— Ah, então você o esqueceu, tia? — perguntou Garib em tom de recriminação.

— Não, minha cara. Mas por aqui é impossível encontrar algumas das especiarias.

— Sempre as levo comigo para onde vou. Se quiser, providencio um pequeno estoque para você.

— E aí, vamos comer? — interrompeu Alek, que não identificava nenhuma gentileza na conversa entre as duas.

— Ainda bem que consegui sair mais cedo hoje! — falou a avó, mais descontraída. — Senão nem ia provar essa delícia. Duvido que vocês deixariam um pedaço para mim!

E era mesmo uma delícia. O bolo foi devorado pelo grupo em instantes e, se tivesse mais, com certeza teria o mesmo destino. Depois do lanche, dona Leila chamou Garib para mais uma conversa particular no escritório.

Os meninos até tentaram esperar pelo fim da conversa, mas, depois de uma hora, cansaram.

– Ontem elas ficaram lá mais de três horas! – comentou Alek.

Decidiram ir embora e pediram para Alek despedir-se por eles. Sozinho, ele foi para a varanda e jogou-se na rede, acompanhado de seu violão. Não tinha vontade de assistir à tevê. A música que cantara com Garib não lhe saía da cabeça. Sem pensar, dedilhava-a no violão e a cantarolava baixinho. Sentia-se tão bem enquanto fazia isso, mesmo não compreendendo as palavras que pronunciava.

Acabou adormecendo e acordou com Garib de nariz encostado no seu. Levou um susto ao abrir os olhos e ver os dela ali, tão perto. Sentou-se na rede de um salto e o violão só não foi parar no chão porque ela o segurou. Alek estava gelado com o frio da noite, mas sentia o calor dominar seu peito.

– Sua avó mandou chamá-lo. O jantar está pronto – disse, sorrindo, e entrou.

Alek ainda ficou um pouco ali fora, buscando recuperar o fôlego e controlar o fogo que a proximidade de Garib havia reacendido.

Muitas coisas passavam por sua cabeça. Garib era mais velha que ele e, durante toda a tarde, havia sido cordial com seus amigos, mas mantinha uma certa distância, como se falasse com crianças. Até Marcelo era tratado assim. Ele pensava que podia ser tudo da sua cabeça, mas sentia que com ele era diferente. Garib o tratava como igual.

"Será que ela está interessada em mim? Bobagem! Acorda, ALEK! ACORDA!"

Soltou os cabelos que estavam bagunçados. Passou a mão e voltou a prendê-los no eterno rabo de cavalo. Levantou e foi para a cozinha jantar.

Sentiu-se decepcionado ao não ver Garib à mesa. A avó disse que ela já havia deitado, estava indisposta. A garota não parecera indisposta instantes atrás, na varanda.

— Alek, Garib disse que o ajudará amanhã numa tarefa de Arte. Tudo bem isso?

— Tudo, vó. No início eu não queria. Mas a gente estava ensaiando aqui em casa e ela cantou. Aí todo mundo concordou que ela precisa cantar com a gente amanhã. Vai ajudar muito na nota do grupo. Ela até ensinou a galera a bater palma de um jeito diferente para acompanhar. Ela disse que é um jeito cigano.

Ele não conseguia esconder a empolgação. A avó ergueu as sobrancelhas e ficou séria. Alek achou que talvez fosse pela referência ao cigano que, com certeza, a fazia pensar em sua mãe, Gálata.

Depois do jantar, ele se ofereceu para lavar a louça e a avó despediu-se, indo para o quarto e justificando que ela também estava um tanto indisposta.

Alek ficou até tarde na frente da tevê. Não tinha sono e, no íntimo, esperava que Garib viesse falar com ele, o que não aconteceu.

Perto da uma da madrugada, levantou-se do sofá com o corpo dolorido, tomou um banho e foi para a cama.

Ainda demorou para adormecer e teve uma noite agitada, povoada por sonhos desconexos, em que várias imagens perturbadoras flutuavam: a serpente branca de seu sonho no labirinto, a avó farejando o ar, Garib fazendo a mesma coisa e, então, era a serpente que farejava, ele corria em um labirinto de caixas e dava de cara com Abhaya, que lhe dizia "Tudo está ligado", e então via a serpente de novo, a avó e Garib, sucessivamente, todas de olhos acesos e verdes, verdes-esmeralda...

Acordou assustado e ofegante. Lá fora, o sol nascia. Ouviu a avó mexendo na cozinha, preparando o café da manhã. Levantou-se e tomou um banho demorado. Quando saiu do banheiro, a avó já havia partido e não encontrou nenhum bilhete à sua espera na mesa do café. Isso nunca havia acontecido antes. Contrariado, sentou-se e começou a comer. Pouco depois, Garib apareceu. Estava com a maquiagem bem mais suave e sem os *piercings*. Alek se viu concordando com Marcelo: seu rosto era delicado. Usava um vestido de veludo preto, longo, com um corpete rendado todo em vermelho-escuro. Continuava a parecer uma vampira, mas uma bonita vampira. A única coisa que não combinava com o visual era o cinto de serpente prateado que ela colocara de novo, agora dando duas voltas em sua cintura, como que formando um X sobre seu ventre. Parecia que o cinto havia esticado... Talvez fosse de elástico.

— Bom dia, Alekssander Ciaran.

Ouvir seu nome assim, desse jeito, o tirou do transe e Alek percebeu que estava com a xícara parada no ar, a meio caminho da boca. Respondeu o bom-dia e fez força para concentrar-se apenas no chocolate quente.

— Pronto para a nossa apresentação?

— Ham-ham...

— Você fala pouco de manhã, né? É sempre assim?

— É... – ele respondeu sem jeito, lembrando o quanto fora ríspido com ela na manhã anterior. Alek sentia-se meio bobo, não sabia como agir. Garib o observava como que divertida, com a cabeça inclinada para o lado.

Ela comeu em silêncio. Levantou-se e sumiu. Logo depois, esperava por Alek sentada à soleira da porta com o tambor pendurado nos ombros.

O caminho para a escola foi o oposto do dia anterior: rápido e silencioso. Os amigos esperavam no portão e fizeram a maior algazarra quando viram os primos chegando.

Garib estava sorridente e ficou vermelha quando Marcelo falou para todo mundo ouvir:

— Você está linda! Parece uma personagem de alguma história mágica, dessas que o Lucas tanto lê. Vai fazer o maior sucesso na apresentação.

Ela não respondeu.

Os cinco entraram falando de coisas diferentes, fazendo bagunça, e não perceberam que alguém os observava da esquina. Alguém que trazia uma lágrima escura sob o olho esquerdo.

NADA MAIS SERÁ COMO ANTES

As apresentações de artes eram a única atividade daquele dia para o Ensino Médio, e as férias começariam na quarta-feira, pelo menos para quem já havia fechado todas as notas.

Esse evento era tradicional no colégio: a cada semestre, todas as turmas do período eram reunidas no teatro da escola para as apresentações. Alunos e professores acompanhavam o show temático da disciplina e a animação era contagiante, com torcida organizada e tudo. Além de valer nota, existia uma certa competição entre as turmas para ver quem apresentava os melhores números. O pessoal dos segundos e dos terceiros anos sempre preparava grito de guerra, camiseta, faixa.

Era o primeiro semestre em que Alek e seus amigos participavam do evento, agora que cursavam o primeiro ano do Ensino Médio. Sentiam-se ansiosos, queriam ver como era de fato essa briga e também tinham medo porque, dentro em pouco, estariam no palco.

Apesar de, desde muito pequeno, tocar e cantar muito bem, Alek só fazia isso para os amigos mais íntimos. Quando se oferecera para tocar e cantar na apresentação, não tinha refletido que isso significava encarar uma exposição perante o colégio inteiro, ou quase. Justo ele que sempre buscava o anonimato. Optou por fazer uma apresentação musical por impulso, já que era a área de artes que mais dominava. E, entre cantar, atuar, dançar ou preparar uma performance para executar no palco, o melhor era encarar uma atividade com que se identificava.

O professor de matemática tinha fixado as notas da turma no mural ao lado da secretaria. Então, todos passaram por lá antes de ir para o auditório. Os quatro comemoraram as notas, todas boas o suficiente para garantir média.

— Agora só falta a apresentação de hoje e, depois, férias! — comemorou Douglas.

Marcelo e Lucas pareciam compartilhar a empolgação, mas Alek sentiu que faltava o pior do semestre inteiro: expor-se na frente de uma multidão!

Entraram no auditório e foram se sentar próximo aos colegas de sala. Joana, a professora de Arte, chegou, subiu no palco e fez o sorteio da ordem de apresentações. As seis salas somavam dezoito grupos. Cada um teria um tempo determinado para a apresentação e, com certeza, toda a manhã seria ocupada pelo evento.

O grupo de Alek foi o último a ser sorteado. Na avaliação dos meninos, fechar o dia só era "menos pior" que abrir o dia. Alek foi afundando na cadeira à medida que as apresentações aconteciam. Claro que havia alguns trabalhos fraquinhos, mas a maioria tinha preparado algo sério, inédito, criado para o evento. As apresentações dos grupos dos terceiros anos eram as melhores e levantavam a galera.

Depois de quase duas horas, a professora propôs um intervalo de vinte minutos.

Alek saiu arrastado por Garib. Ele e seu grupo foram direto para uma reunião estratégica em uma sala vazia.

— Meu, esse pessoal é muito bom... Se a professora for comparar, não sei se a gente tira um 6... — Lucas conseguiu verbalizar o que incomodava a todos. A todos menos ao Alek, que estava muito mais preocupado em cantar e tocar na frente da escola inteira.

— Eu acho que a música do Alek é ótima e vamos nos sair bem — Garib passou muita segurança em sua fala, e até Alek conseguiu respirar mais leve ao ouvi-la.

Decidiram ensaiar uma vez a canção, mas estavam tão nervosos que o resultado não foi nada bom, nem as palmas ciganas saíram direito. O intervalo acabou rápido e o grupo voltou para o teatro ainda mais inseguro.

Alek ficou sozinho na sala, talvez buscando uma saída para evitar o vexame. Garib, retornou para buscá-lo e o encontrou distante, perdido em seus pensamentos. Ela foi chegando perto e, como na noite anterior, aproximou seu nariz ao de Alek. Dessa vez ele não se assustou e deixou-se perder naqueles olhos castanhos, castanho-esverdeados. Garib falou baixinho e bem devagar:

— Acredite em você, Alekssander. Acredite no seu dom. Acredite na nossa ligação. Se acreditar, tudo dará certo.

Então ela girou a cabeça de lado e, suavemente, beijou seus lábios. No exato momento em que se afastou, Alek viu os olhos da garota acenderem em esmeralda e, em seguida, voltarem ao normal. Ele recuou assustado. Ela sorriu e estendeu a mão para ele:

— Vamos, Alekssander?

— Vai na frente. Eu já vou... — respondeu, trêmulo.

Garib saiu carregando o tambor e Alek foi logo depois, com seu violão e uma perturbação sem tamanho. Com certeza tinha problemas bem mais complexos pela frente do que apenas enfrentar a plateia daquele teatro.

Alek ficou com a impressão de que a segunda parte das apresentações aconteceu mais rápido. Logo seu grupo subiu ao palco e, lá em cima, Alek travou, não tirava os olhos do chão, não se mexia, não liderava o grupo como combinado. Garib percebeu e assumiu a posição bem ao seu lado. Começou a tocar o tambor com vontade e tirou Alek daquele estado de choque. Seu toque era intenso e logo o pessoal foi fazendo silêncio. Alek acompanhou o ritmo do tambor com o violão. Estava mais acelerado do que o ensaiado, mas ele achou melhor seguir a garota que destoar do ritmo logo de cara.

Fechou os olhos e sentiu a batida vibrar no interior de seu corpo. Soltou a voz limpa, firme, suave.

Cantou.

Garib se juntou a ele.

Cantaram.

No refrão, as palmas deram um ritmo contagiante, e logo alguns tentavam acompanhar, na plateia. A letra simples de Alek começou a ser repetida pela turma. Foi encantador e todo mundo aplaudiu de pé a apresentação que encerrava o festival de Arte.

A professora agradeceu a todos. Estava emocionada. O olhar das pessoas para Alek e Garib era diferente, agora. Não parecia mais que observavam seres estranhos. Durante toda a apresentação, deixou-se envolver pelo ritmo da música e, de olhos fechados, só revia o instante em que Garib o beijou e seus olhos acenderam em esmeralda.

Terminado o evento, o pessoal se despedia de forma barulhenta. Muitos entravam em férias a partir dali.

Os amigos de Alek combinaram programas com Garib, queriam se encontrar durante as férias. Marcaram um cinema para quinta-feira e, talvez, um passeio no parque para o dia seguinte, quarta-feira.

Alek e Garib voltaram sozinhos para casa. Ele quieto. Ela cantarolando a canção que tinham apresentado na escola e dando batidas suaves no tambor com os dedos.

Como no dia anterior, a umas três quadras de distância de sua casa, Alek viu Abhaya parada na esquina de sua rua. Dessa vez, Garib não acelerou o passo nem tomou a dianteira. Estendeu o braço e segurou no punho de Alek. Ele olhou assustado para ela e viu os olhos da garota mais uma vez acesos e, dessa vez, não foi por apenas um relance. Os olhos de Garib permaneceram verdes e luminosos no restante do trajeto. Não tentou fugir nem teve vontade de tentar. Garib não olhou para ele, continuou com o olhar fixo à frente, focando Abhaya.

Abhaya não saiu de sua posição.

Eles se aproximaram e passaram por ela.

Abhaya encarou Garib e recebeu o olhar aceso de volta. Não demonstrou estranhamento nem medo. Permaneceu firme, séria. Também não olhou para Alek, apenas para Garib.

Entraram em casa. Garib trancou a porta e perguntou:

— Me responda a verdade, Alekssander. Aquela Anuar alguma vez entrou nesta casa?

— Aquela o quê?

— Aquela garota que vimos na esquina, Alek! — falou, irritada. — Por favor, me responda a verdade. Se fizer isso, depois também lhe darei o direito da pergunta — os olhos dela ainda estavam acesos.

— Não, Abhaya não entrou aqui em casa. Já veio até aqui, mas não passou da porta — não sabia a razão, mas sentia que devia ser sincero com Garib.

— Então estamos seguros por enquanto. Mais uma coisa: você a convidou para entrar?

Alek fez força para lembrar:

— Acho que sim, não tenho certeza.

— Maldição! Precisamos nos proteger!

Garib disse isso e abriu seu malão, encostado em um canto da sala. Ali tinha uma infinidade de potes, roupas, tudo misturado. Ela revirou aquela bagunça e pegou um pote de vidro que trazia um pó escuro no seu interior. Começou a espalhar aquele pó em todas as portas e janelas da casa, murmurando palavras naquela língua diferente que Alek não compreendia.

— Pãhi, pãhi. Domus pãhi...

Ele acompanhou tudo a uma certa distância. Depois, quando acabou, Garib olhou para ele como se nada de diferente tivesse acontecido. Seus olhos tinham voltado ao normal, castanho-esverdeados, sem nenhuma luminosidade verde.

— Pode fazer as duas perguntas, Alek.

— O quê? — respondeu o garoto saindo do transe.

— Você me respondeu a duas perguntas com a verdade. Agora tem o direito a fazer duas perguntas respondidas com a verdade. Costumo cumprir os tratos que faço.

Alek não sabia o que perguntar. Tinha tantas dúvidas em sua cabeça: quem era ela, afinal? Ou o que era ela? Por que a acompanhara em uma canção em uma língua estranha? Por que seus olhos mudavam de cor e acendiam? O que tinha acontecido entre ela e Abhaya? O que era uma Anuar? O que era aquilo que ela havia colocado nas portas e janelas de sua casa? Mas o que saiu de sua boca foi:

— Por que você me beijou, Garib?

Nem ela esperava por isso. Riu gostoso, e seu riso envergonhou Alek. Ela percebeu, pediu desculpas e falou:

— Beijei você porque tive vontade, Alekssander. Você é um menino agora, mas será um guerreiro em breve. Beijei a sombra do guerreiro que vejo em você.

Alek sentiu-se ainda mais confuso. Ele nunca seria um guerreiro. Novas perguntas surgiam, mas não conseguia controlar a sua boca:

— O que você é, Garib?

— Sou uma guardiã, Alek. Uma guardiã Ciaran. Uma guardiã da Escuridão.

— Guardiã do quê? O que quer dizer guardiã Ciaran? Guardiã da Escuridão?

— Já respondi a duas perguntas... Trato cumprido. Quer jogar baralho? – falou Garib num tom descontraído.

— Jogar baralho? Fala sério, Garib! Preciso saber...

— Precisa nada! Se não soube de nada até hoje é porque não precisa.

— Então pergunte mais alguma coisa que eu respondo com a verdade. Assim terei direito a outra pergunta e...

— E chega, Alek. Não há mais nada que eu queira saber por enquanto.

Alek ficou possesso com a atitude da garota e sentiu-se um idiota. Acabou agindo como criança: foi direto para seu quarto e bateu a porta com força. Não saiu nem para almoçar.

No final da tarde, ouviu o carro da avó chegando. Quando foi espiar, não encontrou nem a avó nem Garib. Só podiam estar no escritório conversando.

Decidiu descobrir o que tanto falavam aquelas duas. Aproximou-se com cuidado e encostou o ouvido na porta fechada.

— Mas eles fizeram isso agora? – perguntava Garib com a voz esganiçada, como se estivesse muito irritada ou nervosa.

— Há pouco mais de uma hora. Prestei os primeiros socorros para Ciaran e corri para cá. Não sei quando poderei voltar, entende, Garib? – sua avó demonstrava nervoso.

Alek teve vontade de entrar no escritório e esclarecer de vez aquela situação, mas o que ouviu em seguida o fez congelar.

— Se atacaram Ciaran, o próximo será Alekssander – falou Garib num tom de voz muito mais sério. – E o que poderão fazer a ele?

— Ninguém sabe, Garib. A partir de agora, você estará sozinha. Compreende sua responsabilidade, Garib? Será a única guardiã de Alekssander.

"Então Garib é minha guardiã? Mas para que eu preciso de uma guardiã? E quem pode querer me atacar?"

Não quis mais ficar lá. Só pensava em sair de casa. Ir para um lugar longe de Leila e de Garib. Não conseguia lidar com a sensação de que não conhecia de verdade a pessoa que mais amava, em quem mais confiava, sua avó. E começava a desconfiar de que nem mesmo sabia quem era ele próprio.

Voltou para o quarto. Colocou algumas roupas na mochila, a escova e a pasta de dentes, um pente, seu canivete, uma lanterna e saiu. Passou na cozinha e apanhou dois pacotes com barrinhas de cereais e sua garrafa de água. Quando abria a porta da rua, sua avó apareceu do nada.

— Alek, não saia — falou com a voz trêmula. — Não saia, meu querido — Alek se deteve. Estava sentindo-se mal, não gostava de ver sua avó assim, fragilizada. — Eu sei que coisas estranhas têm acontecido, mas não posso explicar tudo agora... Não posso, meu querido. Vou ser muito sincera com você. Por isso, peço que ouça.

Leila fazia força para controlar suas emoções. Pegou Alek pelo braço e o levou carinhosamente para a sala. Sentou-se ao seu lado no sofá, afagou seus cabelos e continuou:

— Preciso sair. Preciso cuidar de algo que aconteceu. Algo muito grave. Não sei quando retornarei, Alek. Para falar a verdade mais absoluta, não sei se retornarei, Alek — o garoto sentiu um aperto no peito ao ouvir isso.

Percebendo que ele iria interrompê-la, Leila colocou o dedo sobre os lábios dele, pedindo silêncio, e concluiu:

— Não tenho tempo para lhe contar tudo. Sei que confia em mim, meu neto. Sei que me ama assim como eu te amo. Por isso, peço que não saia. Fique em casa durante toda a noite, Alek. Fique ao lado de Garib. Ela tem minha permissão para lhe responder toda e qualquer pergunta. E, principalmente, faça o que ela mandar, Alek. Confie nela assim como você confia em mim — e, dizendo isso, beijou-o na testa como fizera tantas outras vezes, mas Alek soube que aquela era a última vez que recebia o beijo de sua avó.

Ele a abraçou e começou a chorar. Queria dizer tantas coisas, mas não conseguia. O sentimento de que perdia a avó era muito intenso. Leila uniu-se a ele no choro, mas logo se controlou.

— Eu preciso ir, não tenho escolha — disse, levantando-se e enxugando os olhos. — Garib, agora é com você. Adeus por enquanto, meu querido.

Alek não se moveu, não se levantou do sofá, não correu atrás da avó. Ficou como que assistindo à cena. Parecia que nada daquilo estava acontecendo a ele. Sua cabeça tentava encontrar uma explicação lógica para tudo, mas não conseguia. Sua avó partiu. Garib sentou-se ao seu lado e colocou o braço sobre seus ombros. Só então Alek percebeu que ainda chorava. Virou-se para ela e sabia exatamente o que perguntar:

— Garib, o que está acontecendo? Eu não estou entendendo, Garib! O que é tudo isso?

— Chegou a hora, Alek — ela falou pensativa, com o olhar perdido em algum lugar muito além das paredes daquela sala.

— Que hora, Garib?

— Alek, você sabe que foi criado por Leila. Não sei qual a história que ela lhe contou, também não conheço os detalhes. Poucos sabem o que de fato aconteceu. Até alguns dias atrás, eu achava que você nem existia. Que era apenas uma lenda... Fiquei sabendo há pouco que Leila é sua guardiã desde seus primeiros meses de vida e sempre desempenhou muito bem seu papel.

— Ela é minha avó, Garib.

— Bem, Alek... nem tudo é como parece. A realidade é muito mais ampla do que conseguimos ver. Se pensarmos nos humanos, então! Muito limitados... Só podem ver e compreender um pedacinho assim da realidade... – falou juntando o indicador e o polegar, mostrando uma dimensão tão pequena quanto um grão de areia. – E você foi criado como humano. Então vai ser difícil explicar as coisas como elas realmente são.

– Como assim, criado como humano? Eu não sou humano?

– Não um humano comum, como os que você conhece. Você traz o nome dos Ciaran, Alek. Assim como eu. Os Ciaran são seres da Escuridão, não seres humanos deste mundo.

– Sou o quê?

– Vai ser difícil entender assim de repente, ainda mais se você não me deixar falar – respondeu, irritada. – Seguinte: já disse que não sei dos detalhes, mas lembro bem que na época em que você nasceu foi um inferno! Ninguém sabia se a profecia havia se cumprido ou se era um golpe dos Anuar...

– Como você lembra? Devia ter o quê? Cinco anos?

– Alek, sou bem mais velha do que você pensa. Pelo tempo dos humanos eu tenho 320 anos.

– Você está de gozação, Garib? Numa situação dessas e você de brincadeira...

– De jeito nenhum. Sua avó pediu para eu ser verdadeira com você. Vou honrar o que prometi a ela.

– Mas 320 anos?

– Sou uma metamorfa guardiã, Alek, uma guardiã da Escuridão. Não sou humana, já disse isso. E o tempo aqui, neste lugar, não é igual ao tempo do nosso mundo. Um ano lá seriam umas quatro semanas aqui... Logo você acreditará no que falo – ficou em silêncio uns instantes, fechou os olhos e Alek viu, estarrecido, as tatuagens de Garib mudarem de forma, de cor, seu cabelos crescerem lisos e loiros, depois encaracolarem e ficarem azuis, e a pele dela tornar-se roxa e, logo depois, sua aparência voltar a ser como antes, do jeito que ele a conheceu.

Ele estava mudo. Ela continuou:

— Agora que você sabe que digo a verdade, vamos prosseguir. Como eu descrevi, foi um inferno quando você nasceu. Os seres da Luz entraram em guerra com os da Escuridão.

— Tá difícil de acreditar no que estou vendo... E você quer que eu acredite em uma guerra entre anjos e demônios?

— Não disse isso, disse? Essa cabeça humana simplista me irrita tanto! Com tantos lugares no universo, não sei por que decidiram enviá-lo justo para cá. É o seguinte: estou irritada. Fica quietinho e escuta, ok? Não tenho compromisso de ir provando a você tudo o que digo, meu compromisso é de lhe contar a verdade. Não tenha esperança de entender tudo de uma vez.

— Mas...

— Quieto! – falou ríspida e, logo em seguida, voltou ao tom calmo. – Então aconteceu a guerra e todo mundo caçava o menino, você. E caçavam sem nem ter certeza se o tal do menino existia mesmo. Falavam que você era o Sombrio, e Ciaran mobilizou todas as forças para encontrá-lo. De repente tudo acabou e ninguém sabia se você tinha sido encontrado ou não, se o mataram, se inventaram tudo ou por que as buscas foram interrompidas. Há alguns dias fiquei sabendo que Leila tinha sido escolhida para guardá-lo aqui, entre os humanos. Eu, todos os Ciaran e todos os Anuar... Algum olheiro Anuar o localizou, em um sonho, e a notícia espalhou-se mais rápido que fogo. Imagine a confusão que isso gerou. Todo mundo quer controlar o Sombrio e...

Garib parou. Alek já ia dizer que não estava entendendo nada, mas ela levou os dedos aos lábios e depois aos ouvidos, indicando que era para ele ficar quieto e prestar atenção aos ruídos. Alek obedeceu e identificou um barulho no telhado. Era como se um animal pequeno, como um gato talvez, estivesse correndo sobre as telhas.

— São eles. Estão aqui – disse Garib, nervosa, e seus olhos se acenderam no mesmo verde de antes. – Eu não protegi o telhado! Vão entrar por cima!

Ela ficou de pé, segurou a mão de Alek e o guiou para o escritório. Lá, a garota pegou uma folha de papel e a caneta tinteiro de sua avó. Sentou-se no lugar onde Leila costumava escrever suas cartas e começou um bilhete. Alek, em pé, atrás dela, leu:

"Os Anuar chegaram. Vão entrar pelo telhado. O que faço? Aguardo instruções."

Garib colocou o bilhete em um envelope e, antes que o fechasse, ele desapareceu de suas mãos com um flash brilhante e esverdeado. Alek arregalou os olhos, era muita coisa absurda acontecendo de uma só vez. Segundos depois, o mesmo verde cintilante vibrava na caixa de correspondências da avó e uma carta aparecia do nada.

Alek deixou seu espanto de lado e concentrou-se no que acontecia. Garib abriu o envelope e ambos leram a resposta.

"Perdemos o controle. Alekssander deve ser removido. Leve-o até Leila. Vocês devem sair daí imediatamente."

Garib levantou-se.
— Vamos, Alek. Agora!
— Para onde vamos?
— Iremos ao encontro de sua avó.
— Lá no hospício?
— Lá no casarão... — Garib fechou os olhos. — Pegue aquela mochila que preparou para sua partida. Agora, precisará partir de verdade.
— Como você sabe da mochila?
— Depois retomamos o interrogatório, certo? Faça o que eu digo, Alek. É importante, compreende?

Alek correu até a sala e apanhou a mochila atirada ao chão. Sabia que iria ao encontro da avó, mas isso não fazia com que se sentisse melhor. Depois do que tinha ouvido de Garib, depois do que vinha acontecendo nos últimos dias, ele tinha certeza apenas de uma coisa: nada mais seria como antes.

• PARTE II •
LUZ E ESCURIDÃO

IX
UMA NOITE DE ENCONTROS

Alek encontrou Garib na cozinha, farejando a porta dos fundos, que dava para o quintal. Ela se virou para ele agitada. Seus olhos estavam ainda mais luminosos do que antes:

— Por aqui é impossível. Os Anuar vieram em grupo. Querem mesmo você, Alek. Deve ter pelo menos meia dúzia deles ao redor da casa... Bom, ao menos atacaram à noite, quando são mais fracos. Temos alguma chance de sair dessa!

O comentário não pareceu muito animador para ele. Sem dizer mais nada, ela segurou sua mão e o puxou para o escritório:

— Ainda bem que você teve uma das melhores guardiãs ao longo desses anos, Alek...

No escritório, ela empurrou a antiga e pesada escrivaninha para o lado. Sob o móvel havia uma portinhola. Alek estranhou. Nunca soube que a casa tinha um porão, e morava ali desde pequeno.

— Se eles vêm por cima, saímos por baixo — Garib falou e puxou a portinhola.

O que havia ali não era um porão, mas um buraco escavado na terra.

— Está muito escuro, melhor usar minha lanterna — falou Alek, já tirando a mochila das costas para procurar o objeto.

— Não. Por enquanto, não. A luz pode atraí-los e ajudá-los a nos encontrar. Confie em mim. Posso ver muito bem na escuridão. Coloque seus dois braços sobre meus ombros e fique com o corpo próximo ao meu. Iremos devagar. Só não faça barulho, ok?

A situação era muito insólita e não parecia ser uma boa ideia enfiar-se em um buraco escavado sob sua casa, mas Alek fez que sim com a cabeça e enfiou-se com Garib no que se revelou ser um túnel — *"escavado por minha avó?!"*.

Era absurdo demais pensar na avó escavando aquele túnel, mas começava a compreender que precisaria se adaptar ao que julgava ser incoerente. Precisaria olhar a realidade de maneira diferente da que vinha fazendo...

Assim que entraram, Garib puxou a portinhola e fechou a passagem. A escuridão reinou e Alek teve vontade de sair dali. Uma sensação sufocante dificultava sua respiração. Os olhos de Garib desapareceram, ela devia tê-los apagado ou fechado.

Ele ouviu um ruído no piso acima e se contraiu. Não soube que a escrivaninha voltava para seu lugar, como se fosse empurrada por alguém invisível. Alek sentiu um alívio ao reencontrar a luminescência verde dos olhos de Garib à sua frente. No meio da escuridão total, aquele brilho frio que saía deles era reconfortante.

— Vamos — ela sussurrou.

Alek fez como ela havia indicado. Segurou em seus ombros e a seguiu devagar, passo a passo. Aos poucos foi perdendo o medo de não enxergar onde estava. Em alguns trechos chegou a fechar os olhos e, nesses instantes, percebeu o cheiro da terra úmida ao seu redor. Não tinha ideia da largura ou da altura do corredor. Garib o guiava de maneira a não deixá-lo esbarrar em nada. O chão era muito regular, sem degraus ou buracos. Quem cavou aquele túnel empenhou muito trabalho e o fez com cuidado. Não caminharam por muito tempo, talvez por uns dez minutos. Então, Garib parou e Alek ouviu o que julgou ser a garota farejando o ar.

— Alek, os Anuar estão por perto. Se houver um confronto quando sairmos, você sabe para onde ir. Não espere a luta acabar. Apenas vá. Compreendeu?

— Mas... não vou te deixar... — Alek não sabia o que podia acontecer e não queria se separar de Garib.

— Sua avó disse que você devia me obedecer, está lembrado disso?
— Certo, Garib. Eu irei — concordou, relutante.
— Então, vamos sair e encontrar nosso destino.

Começaram a subir uma pequena escada vertical que devia ter cinco ou seis degraus. Garib abriu outra portinhola e, quando saiu por ela, Alek reconheceu onde estavam, a quitanda do seu Gregor.

— Como minha avó fez essa saída sem que ele soubesse?
— Ele sabia, Alek. Gregor é um vigilante, é um dos nossos.
— O que é um vigilante? É igual a um guardião?
— Agora não temos tempo, Alek. Vamos sair daqui. A porta dos fundos da quitanda dá para onde?
— Para um terreno baldio.
— Serve.

Alek não conseguia imaginar o gordo e sorridente Gregor como um vigilante, fosse isso o que fosse. Para ele, Gregor era o quitandeiro que tantas vezes lhe deixara experimentar uma fruta diferente quando vinha fazer as compras para a avó. Ele lembrava que fora Gregor quem lhe ensinara a lidar com dinheiro, conferir o troco e até a pechinchar. E sorriu recordando isso. Também se deu conta de que há mais de uma semana não via Gregor e sua quitanda estava fechada, com aparência de abandonada. Mesmo no escuro, foi possível notar que havia poucas frutas nas prateleiras e um cheiro ácido de decomposição no ar. Ficou pensando no que teria acontecido com ele e não percebeu que Garib já saíra para o pequeno quintal dos fundos e amontoava as caixas vazias perto do muro alto que separava o quintal do terreno baldio.

— Pronto, Alek. Acho que você consegue subir por aqui. Vamos.

Inseguro, fez o que ela orientou, escalando a escada improvisada e oscilante. Não gostou. Nunca havia gostado de subir em muros, árvores, nada disso. Em sua mente, como um *flash*, viu a si mesmo escalando a parede de caixas, a imagem de seu sonho. Quando percebeu, Garib estendia a mão de cima do muro para ajudá-lo.

"Como ela chegou até ali?"

Ele não viu.

— Para o outro lado não há escada, Alek. Precisaremos pular. Certo?

Alek olhou para os três metros abaixo, onde o chão estava, e gelou.

— Faça assim – Garib falou, sentou-se no muro e deslizou seu corpo para o outro lado segurando-se no alto do muro. Aí soltou e caiu macio, em pé, na grama que crescia alta.

Alek pensou que não era tão difícil e imitou a garota, mas, na hora em que se soltou do muro, fez alguma coisa errada e ralou os braços, desequilibrou-se e caiu sentado no mato. O moletom o protegeu um pouco, mas ficou molhado por conta da grama úmida. Fora os arranhões no braço, nada mais saiu ferido. Deixou as mangas arregaçadas para não ficarem esbarrando nos machucados que começavam a sangrar.

☾

— Agora vamos... — Garib falou isso e uma flecha passou exatamente entre os dois. Uma flecha flamejante!

Alek gritou:

— O que foi isso? Uma flecha pegando fogo?

Só tinha visto isso em filmes...

— Os Anuar! — Garib respondeu, colocando a mão sobre seu peito e o empurrando para trás, posicionando-se à sua frente, como se fosse um escudo vivo.

— Entregue o garoto, Ciaran. Vocês estão cercados!

Alek percebeu que os olhos de Garib reacenderam. Ela tirou o cinto prateado da cintura e Alek deu um passo para trás quando viu o artefato se mexer como se fosse uma serpente de verdade. Viva. Garib movimentou o cinto como um chicote e ele esticou, cresceu e se acendeu inteiro, como os olhos dela, mas em uma luz prateada, friamente prateada.

— Garib, é você? — Alek ouviu a mesma voz perguntar.

— Está preparada para perder outra batalha para mim, Abhaya?

"Abhaya? Então elas se conhecem mesmo? E Abhaya tem algo a ver com toda essa história."

Tudo está ligado... Abhaya era uma Anuar, mesmo que ele ainda não compreendesse o que isso significava. E os Anuar estavam atrás dele...

— Hoje não estou sozinha, Garib Ciaran.

Dizendo isso, o cerco se fechou e Alek viu seis pessoas como que surgindo do nada, formando um semicírculo ao redor dele e de Garib. Abhaya empunhava um arco já carregado com outra flecha em fogo. Ela estava acompanhada de uma mulher de longos cabelos ruivos e que trajava uma roupa justa, um tipo de macacão vermelho, de mangas longas e gola alta. Ela era toda vermelha, até a pele era avermelhada. A mulher trazia dois punhais, um em cada mão, vermelhos como ela, como se ardessem em brasa. Os quatro homens se mantinham a uma distância maior. Alek não conseguia vê-los em detalhes nem perceber se tinham alguma arma.

— Entregue Alekssander, Garib. Entregue-o e, por hoje, a deixaremos ir — falou a ruiva.

A resposta de Garib foi um movimento extremamente rápido do chicote-serpente que cortou o ar com um estalo e, como se estivesse em câmera lenta, tocou o pescoço da ruiva com suavidade — apenas a cabeça da serpente encostou nela, como se a beijasse. A Anuar gritou em desespero e levou a mão ao pescoço que sangrava num pequeno corte. No segundo seguinte, caiu de joelhos e seus olhos ficaram brancos, seus gritos cessaram e seu corpo permaneceu estendido no chão, imóvel.

Abhaya não demonstrou qualquer reação. Não tirou os olhos de Garib. Um dos homens aproximou-se e Alek pôde ver que ele era alto, forte, vestia-se de cores claras e com roupas soltas, largas, de um tecido rústico. Seu rosto era doce, não passava nenhuma ameaça, nenhum medo. Parecia um anjo, não um guerreiro. No entanto, quando abaixou para tocar a companheira, Alek viu que ele trazia uma lança presa às suas costas.

— O beijo da serpente. Está morta — ele falou numa voz potente e sem qualquer emoção. — Voltará para a roda da vida.

— Que assim seja! — os demais guerreiros Anuar responderam.

— Um único toque e ela morreu. Como é possível, Garib? — Abhaya perguntou segundos depois.

— Tempos de guerra, Anuar... — foi sua resposta, acompanhada de um sorriso cínico.

Os quatro guerreiros, agora, estavam à vista de Alek, todos próximos à Abhaya e com suas armas em punho. O conflito se agravaria a qualquer instante. Garib olhou para ele:

— Vá! — sussurrou como uma ordem, dura, e se agachou.

☾

No momento em que ela tocou o chão, Alek viu uma estranha poeira esverdeada, escura, levantar-se da terra e começar a tomar conta do ar. Teve a impressão de que Garib também se tornava verde, mas logo não conseguia mais vê-la com precisão, pois a poeira deixava tudo muito mais escuro. Só os olhos da guardiã e seu chicote eram visíveis, o restante ficou desfocado. Ele ouviu gritos de ataque e saiu correndo na direção que o levaria ao casarão onde encontraria sua avó. Poucos metros depois, parou e se virou para ver o que acontecia. O chicote de Garib ainda cortava o ar numa velocidade absurda, e os corpos, agora não mais que vultos, moviam-se em todas as direções, buscando escapar do beijo da serpente e atingir a guardiã Ciaran.

Voltou a correr. De início, pensou que sua fuga seria notada e impedida, mas não foi. Depois, passou a imaginar que seria seguido, porém, mesmo quando ultrapassou a área invadida pela poeira verde, ninguém o seguiu. Ainda assim, Alek não parou de correr até chegar aos portões do casarão.

Quando atingiu a entrada, muitas foram suas impressões: primeiro, a de que estava exausto, ensopado em suor, sem fôlego; segundo, de que os portões se encontravam estranhamente abertos e sem nenhum segurança na guarita, como era costumeiro; por fim, que a clínica estava escura, como se fosse um casarão abandonado.

"Será que vim para o local errado? Será que deveria encontrar minha avó em outro lugar?"

Decidiu entrar. Andou pela alameda florida que levava ao prédio. A noite escura, sem lua ou estrelas, deixava tudo com uma aparência bizarra, sem a beleza que revelava durante o dia.

Alek chegou na grande porta de entrada e tocou a campainha. Esperou, mas ninguém veio atendê-lo. Insistiu na campainha outras vezes, mas não conseguiu nada. Tentou abrir a porta, ela estava trancada.

Gastou alguns minutos ali, pensando no que fazer. Devagar, contornou o casarão, tentando ver alguém por alguma das janelas, mas só enxergou a escuridão quando espiou por elas, a escuridão e seu próprio reflexo.

Quando chegou na parte de trás da casa, Alek encontrou uma escadinha que levava a uma frágil porta de madeira. Só podia ser a entrada do porão. Não refletiu sobre o que estava para fazer. Desceu os degraus e abriu a porta, ela estava destrancada. A escuridão ali dentro era absoluta. Ainda assim, decidiu entrar. Ele se guiaria pelas paredes, não teria como se perder. Buscaria uma comunicação entre o porão e o interior da casa ou se esconderia ali, esperando a manhã chegar.

Assim que entrou, Alek teve a sensação estranha de que o chão era em declive, mas, naquela escuridão, não tinha certeza. Lembrou-se da lanterna e, com a lembrança, veio a advertência feita por Garib, de que a luz atrairia os Anuar. Não sabia se isso era válido ali, longe do conflito, mas decidiu não arriscar. Andou mais um pouco no escuro, tateando a parede com a mão direita.

De repente, bateu a cabeça em algo cortante e sentiu uma dor forte na testa. Colocou a mão nela instintivamente e seus dedos ficaram melados. Estava sangrando.

Resolveu acender a lanterna. Precisava ver o lugar, situar-se.

"Os Anuar ficaram para trás. Não fazem ideia de onde me encontrar nem têm como ver o brilho de minha lanterna! Eu acho..."

Tateou o interior de sua mochila até encontrá-la e, quando iluminou o lugar, teve uma surpresa: era um corredor estreito, não uma sala, como imaginava, e de fato vinha descendo desde o início, tanto que, olhando para trás, já não via a entrada. Iluminou acima da cabeça e viu que tinha batido a testa numa quina de concreto, pois o teto era rebaixado bruscamente ali. Sorte ter decidido acender a lanterna, pois a partir dali o declive se acentuava e a passagem se fechava; só era possível prosseguir agachado. Abaixou-se e iluminou a descida de concreto à frente. Era como um grande escorregador. Não conseguia ver o fim. A dúvida o dominou: *"O que estou fazendo? Não é melhor voltar daqui? Tentar entrar no casarão por uma janela? Procurar minha avó? Se eu descer, vai ser bem complicado subir isso de volta..."*

Ficou parado, buscando decidir. Pensou que não poderia retornar para sua casa, que talvez encontrasse os Anuar do lado de fora do casarão, que, se conseguisse sair ileso dali, poderia procurar o Lucas, mas que isso significaria levar o perigo para a casa de seu melhor amigo. Lembrou-se de Garib: *"O que terá acontecido a ela? Será que escapou ou ainda está lutando? Ela disse que eu precisava encontrar minha avó. Mas onde está a minha avó?! Ela cavou aquele túnel sob a nossa casa... Quem sabe este túnel também não tem uma relação com ela?"*

Seguiria em frente.

Sentou-se à beira da descida. Mochila nas costas, lanterna firme em uma das mãos. Com a outra, deu um impulso e começou a deslizar para baixo. O declive acentuou-se e a descida ganhou velocidade. Alek desiquilibrou-se, esbarrou o cotovelo já esfolado no chão e gritou de dor. Acabou deitado, deslizando rápido para o fundo daquele túnel.

☾

Apenas quando bateu os pés no chão, ao final do declive, percebeu que a lanterna estava apagada. Tentou acendê-la. Nada. Colocou a mão na parte da frente com cuidado e descobriu que o vidro estava quebrado. Com certeza batera durante a descida brusca.

Só então considerou a possibilidade de aquele lugar não ter outra saída. Seria difícil voltar por ali. Em pé, começou a tatear novamente, andando devagar. Seus olhos já estavam acostumados com a escuridão. Mesmo assim, não via quase nada.

Encontrou um caminho à esquerda e, mais uma vez, seguiu colocando a mão na parede.

Essa parede era irregular, como que formada de blocos desiguais no tamanho e na textura. Sentiu um arrepio, um pressentimento de que já estivera ali.

Nervoso, tateou a parede com as duas mãos. Sua respiração acelerou, o coração batia cada vez mais forte.

Um cheiro de mofo invadia o ar.

Contornou um bloco após o outro.

"São desiguais, parecem... caixas!"

Deu um passo para trás e bateu na outra parede.

"Estou num corredor. Um corredor de caixas... Caramba! É o labirinto do meu sonho! Respira, respira, Alek... você está surtando... isso não é possível..."

Tateou essa parede também e teve a mesma sensação: um bloco de algo áspero, outro liso e frio, menor. Blocos para cima, para baixo, para os lados.

"Serão mesmo caixas? Como isso pode estar acontecendo comigo?"

Sentiu-se tonto e apoiou as costas na parede.

Um suor abundante escorria por todo o seu corpo, apesar de ser uma noite de inverno e de ele estar em algum lugar bem abaixo da superfície.

Passou a mão em sua testa e seus dedos se encheram do sangue grosso que coagulava sobre o ferimento. A cabeça latejava.

Alek não queria acreditar, mas todos os seus instintos gritavam: estava no lugar de seu sonho, no labirinto de caixas!

"Voltar.

Preciso voltar para a rampa. Vou dar um jeito de subir."

Virou-se e seu corpo retesou-se por inteiro. Ele ouviu algo farejando o ar. Acordado, tinha certeza: algo farejava o ar... Não era uma respiração como tinha pensado em seu sonho. O som vinha da direção da abertura por onde ele chegara, do corredor-escorregador. Não poderia voltar...

"Não se desespere, Aleksssssander... nosso encontro é inevitável!"

– O que foi isso? – perguntou em voz alta.

Era como se alguém tivesse falado com ele, mas sem palavras, dentro de sua cabeça! Ele não tinha certeza, mas achava que não ouvira alguém falando de verdade. Ainda assim, Alek percebeu o sibilar dos esses em sua mente, mas ficou em dúvida. Seria sua imaginação?

Melhor não arriscar.

Virou-se para a direção contrária e começou a correr no caminho escuro. Não havia a estranha luminosidade branca que dominava o labirinto de seu sonho. Tudo era uma só escuridão. Ele não sabia explicar como, mas pressentia quando uma parede se aproximava e, então, virava para a esquerda ou para a direita, sem pensar, apenas virava.

Alek não via o caminho, mas o sentia. Ouviu algo rastejando num corredor próximo e segurou o grito que fazia força para sair e revelar seu desespero. Como era possível seu sonho virar realidade dessa maneira?

Sua vida fora transformada por completo, em poucos dias, e ele ainda não compreendia o que essa nova realidade significava. Ou se tudo aquilo era mesmo real...

Em que acreditar? Como definir se algo é real de verdade ou se estamos experimentando uma ilusão?

Confuso e ofegante, Alek parou. Tateou por todos os lados. Dera num beco sem saída.

"Foi diferente no meu sonho, não foi?"

Virou-se para voltar, encontrar outro caminho, mas ao longe viu o brilho de dois olhos verdes acesos. Diferentes dos olhos de Garib, grandes, oblíquos. Pareciam olhos de serpente e ele sabia que eram olhos de serpente.

Alek não chorou. Não gritou. Não fechou os olhos.

Conhecia o que se aproximava e decidiu esperar. O ferimento em sua testa queimava. Sentia um aperto intenso na garganta. Seu corpo todo tremia. Mesmo assim, ficou firme, atento. Lentamente os olhos acesos aproximavam-se e seu brilho verde e frio revelava o contorno da imensa serpente que deslizava em sua direção. Era negra. Não era albina como em seu sonho. Não irradiava luz. Nenhuma luz. Nenhuma névoa luminosa. Ao contrário, olhar para ela era como olhar para a escuridão mais absoluta, uma escuridão capaz de absorver toda claridade.

Por um único instante, Alek fechou os olhos e, quando os reabriu, a serpente não estava mais ali. Nem o brilho dos olhos esmeraldas, nem o ruído de seu rastejar. Nada!

— Vamos, antes que ela volte — foi o que ele ouviu acima de sua cabeça. Não precisou olhar para saber que era Abhaya quem lhe chamava.

Quando virou a cabeça para o alto, ela estava empoleirada no topo da parede, segurando algo que parecia uma tocha. Alek observou o cenário iluminado pelo fogo bruxuleante. Confirmou que estava no labirinto com que sonhara, no labirinto feito de caixas. Sorriu. De certa maneira, ver o lugar o tornava mais concreto, mais real.

— Vai ficar parado olhando a paisagem? — Abhaya bronqueou.

— Como subo aí? Escalo a parede? — ele perguntou, lembrando-se de que, no sonho, caía com as caixas ao se desequilibrar.

— Melhor não. Vai demorar muito. Espere um segundo. Badi, você pode ajudá-lo? — ela falou para um lado oculto nas sombras, onde Alek não conseguia enxergar.

Aquele guerreiro de expressão suave e bela, que ele vira no terreno baldio, aproximou-se e se agachou sobre a parede. Então estendeu sua lança para baixo. Erguendo os braços, Alek conseguia alcançá-la. Segurou firme, mas, quando o guerreiro o suspendeu, ficou claro que não aguentaria com o peso de seu próprio corpo por muito tempo.

— Segure e não solte — ordenou Abhaya, como que adivinhando seus pensamentos. — Temos pouco tempo antes de Ciaran voltar com reforços. Ela só se afastou porque está fraca, mas com certeza não desistiu de você.

Ao ouvir aquele nome, Ciaran, Alek teve dúvidas se devia segurar na lança.

— Ciaran é a serpente?

— Alek, agora não. Não é hora de duvidar! Eu sou uma Anuar, aquela que tem a Luz. Venha conosco, Alek. Prometo que, em breve, compreenderá tudo.

Alek olhou para Abhaya. Ela parecia bem mais dócil que a serpente que vira ali no labirinto. No entanto, tinha fugido dessa garota e de seus companheiros há pouco mais de meia hora.

"Como posso seguir com ela? E Garib? Onde está? E minha avó?"

Ouviu o rastejar conhecido aproximando-se e não pensou, apenas agiu. O medo falou mais alto. Alek segurou a lança e Badi, com uma força incrível, endireitou-a, estendendo-a na horizontal. Alek sentia seus braços doendo com o esforço. Foi erguido, mas ficou distante da parede em que Badi e Abhaya estavam.

— Melhor colocá-lo sobre a outra parede antes que caia — ouviu Abhaya dizer ao guerreiro e ele obedeceu. Alek viu-se sentado sobre uma parede que ficava praticamente à frente daquela de onde Abhaya e Badi o observavam.

Então, o Anuar colocou a lança sobre as duas paredes, formando uma ligação sobre o corredor, e ele e Abhaya fizeram a travessia equilibrando-se sobre ela com uma agilidade impressionante. Alek achou que a lança parecia muito maior do que aquela que vira às costas do guerreiro.

— Precisamos sair daqui — falou Abhaya.

— Você sabe para que lado fica a saída? — perguntou Alek, perdido.

— Para qualquer lado, Alekssander — respondeu e, dirigindo-se a Badi, concluiu:

— Você sabe o que deve fazer.

O guerreiro apenas consentiu com um aceno de cabeça. Não falou nada. Abhaya começou a andar sobre a parede e fez um gesto para que Alek a seguisse. Vendo Badi ficar para trás na escuridão, ele perguntou:

— Ele não virá conosco?

— Não. Precisa ficar e enfrentar a serpente e seus aliados, afastá-los de nós. Evitar que sigam o nosso rastro.

Por pelo menos dez minutos, andaram sobre os muros em direções diversas. Não parecia haver teto sobre sua cabeça, apenas uma escuridão tão intensa quanto aquela que provinha do corpo da serpente.

Abhaya não demonstrava conhecer o caminho, apenas o escolhia a esmo. Não ouviram nenhum ruído de onde ficara Badi.

— Eles não verão sua tocha? — perguntou Alek.

— Não. Os Ciaran não conseguem ver esse tipo de luz.

"Não? Então como eu vejo? Não sou um Ciaran?"

Pouco depois, Abhaya parou no encontro de duas paredes.

— Acho que já nos distanciamos o bastante — e, dizendo isso, colocou a tocha sobre a caixa em que pisavam.

Alek pensou que ela se apagaria ou incendiaria a caixa de madeira, mas algo diferente aconteceu: uma espiral brilhante levantou-se da tocha, formando um vórtex alaranjado que se perdia nas alturas, em meio à escuridão do teto inexistente. Alek olhou para cima e percebeu que o lugar não tinha mesmo teto algum. *"Mas como? Não estamos embaixo do casarão?"*

— Venha — falou, entrando na espiral luminosa e estendendo a mão para Alek. — Vamos sair deste lugar.

UM OUTRO UNIVERSO

Mais do que tudo, ele queria sair dali, daquela escuridão que o cegava. Pegou a mão de Abhaya e entrou com ela no vórtex de luz. Do lado de dentro da espiral, Alek não conseguia ver nada, apenas um intenso brilho laranja, quente. Seus olhos chegavam a doer com a claridade.

Um único pensamento formou-se em sua cabeça: *"Não é possível ver nem quando a escuridão é muita, nem quando a luz é demais"*.

Alek não sabia, mas sua essência começava a manifestar-se naquele breve pensamento.

No momento seguinte, Abhaya o puxava para fora da espiral e o que Alek viu fez sua atenção concentrar-se no "ao redor" e deixar para trás suas reflexões.

Estavam em um local diferente em tudo daquele labirinto escuro. Um vale verde, imenso, lindo, todo iluminado pelo sol.

"Mas como? Se era noite quando entrei no labirinto?"

À sua direita, um lago tranquilo refletia o céu azul e as nuvens brancas e leves, que se espalhavam com o vento. Árvores habitavam toda a região, árvores de diferentes tipos, com distintos tons de verde e flores colorindo o vale. Ao longe, muitas montanhas cercavam o local, como que o protegendo, formando uma barreira natural. Alek girou em torno de si mesmo, observando extasiado. Nunca estivera em um lugar tão lindo, tão calmo, tão perfeito. Parecia uma pintura, um sonho...

"Será um sonho?"

Fazia calor como em um dia de verão, nada em comum com a noite fria que deixara para trás. Tirou o moletom e sentiu o sol aquecer sua pele. Gostoso. Amarrou a blusa na cintura para não precisar carregá-la.

Ouviu um barulho atrás de si e se virou assustado.

— Será que nos seguiram?

Abhaya não precisou responder. Do meio das árvores próximas ao lago, a uns cinquenta metros de distância, surgiu um cavalo branco que, sem se importar com a presença deles, foi até o lago beber água. Alek notou algo diferente e apertou os olhos tentando focar melhor.

— O que é aquilo na testa dele? — estranhou.

— Um chifre — Abhaya respondeu, calma.

Um chifre espiralado no alto de sua cabeça!

Sem se conter, Alek entusiasmou-se:

— Um unicórnio? De verdade? Eles existem?

— Claro que existem, Alek. Muito pouco do que os humanos chamam de pura imaginação foi realmente imaginado. Você vai comprovar isso em breve. Vamos andando!

Ele olhou para Abhaya sem vontade de sair dali. Mesmo duvidando de tudo o que lhe acontecera nos últimos dias, Alek não tinha como negar o que via, não tinha como voltar a acreditar no mundo que antes chamava de real. Era inevitável ficar surpreso, mas também era impossível continuar teimando na inexistência de uma realidade mais ampla, em que metamorfos, guardiões, guerreiros, flechas flamejantes, labirintos de caixas, serpentes gigantes, unicórnios e sabe-se lá mais o que coexistiam. Afinal, estava vendo em sua frente um ser que julgava ser personagem de histórias fantásticas. E essa criatura estava ali, a poucos metros, bebendo água como qualquer animal. Não era fantasia, era realidade!

— O Lucas ia adorar isso!

Abhaya o observava impaciente e ele não se dava conta:

— Onde estamos, Abhaya? Que lugar é este?

— É um lugar protegido, Alek. Precisamos ir...

— Outro planeta?

— Não... — ela riu. — Não é um planeta diferente do que estávamos. É como se fosse... Digamos... Outra realidade. Entende?

— Não sei. Outra dimensão?

— Mais ou menos isso. Aqui é um santuário dos Anuar. Anuar falou que seria seguro trazê-lo para cá. Pelo menos por enquanto. Precisamos andar e chegar a nosso local de descanso ainda durante o dia. Vamos?

— Anuar... Um santuário Anuar... Você não é uma Anuar?

— Sim, sou. Uma filha da Luz. Assim como os Ciaran são seguidores de Ciaran, filhos da Escuridão, eu sou seguidora de Anuar, daquele que tem a Luz.

— E este lugar... Como aqui pode ser dia? Ainda era noite lá no labirinto, não era?

— O santuário não fica na mesma realidade do Labirinto, Alek. O Labirinto pertence a um mundo muito mais antigo. Não é um território da Luz, nem da Escuridão.

Alek sentia-se esquisito falando sobre essas coisas. Era difícil tratar como natural o que sempre considerou fantasioso e absurdo. Estava evidente que ele devia mudar sua forma de ver e de julgar o que era normal ou natural. Esforçava-se, mas não era uma simples mudança de comportamento. Era difícil compreender. Precisava aprender, ouvir com atenção, ver com olhos curiosos, observar tudo em detalhes... deixar os julgamentos de lado. Não queria seguir adiante, queria olhar aquele ser incrível que continuava a beber água com imensa tranquilidade.

— E quem são Anuar e Ciaran? — perguntou sem pensar.

— Ciaran você já conheceu.

— Quem? A serpente? — questionou inseguro, saindo do estado de encantamento.

— Isso, a serpente dos olhos de esmeralda. Anuar se revelará no tempo certo, Alek. É só esperar.

— Abhaya, como você sabia que eu estaria no Labirinto? Como você me encontrou?

— Garib me disse — ela respondeu e desviou o olhar.

— Garib? Onde ela está? — Alek sentiu o coração acelerar.

— Ela está morta, Alek. De volta à roda da vida. Foi necessário — respondeu com frieza.

Alek teve vontade de pular sobre a garota. Afastou-se dela, enojado.

— Como você pode dizer algo assim? Por que foi necessário matar Garib? Como alguém fala algo tão cruel com essa frieza?

— Alek...

— Eu quero ir embora! Agora! Quero voltar. Vou encontrar minha avó!

— Alek... — Abhaya estava perdendo a paciência.

— Garib estava me defendendo de vocês! Eu não devia estar aqui! Não podia ter confiado em você. Eu sou um Ciaran e você, uma Anuar. Somos inimigos!

— Alek, não sou sua inimiga. Foram Leila e Garib que o enviaram para a serpente. Não queriam protegê-lo — Abhaya alfinetou, percebendo a reação dele.

"Como acreditar em algo assim? Como negar o que Abhaya dizia?"

Ele seguira as ordens de Garib ao ir para o casarão, mas a guardiã não havia mandado que ele entrasse naquele lugar subterrâneo. Havia dito para procurar sua avó. Não falou nada do porão ou do Labirinto. Como saber se Abhaya falava a verdade?

— Sai de perto de mim! — gritou, indo em direção ao lago.

— Estamos perdendo um tempo precioso, Alek. Quem mentiu para você por anos foi aquela que dizia ser sua avó. Está na hora de crescer e encarar a verdade!

— Por que estou envolvido nisso, Abhaya? Por que tudo isso está acontecendo? — Não era a primeira vez que fazia essa pergunta e não esperava uma resposta direta.

— Alek, precisamos descansar, cuidar dos seus ferimentos e dos meus. Ou você vem comigo ou fica aí olhando o unicórnio até cansar. Pra mim, chega! Não sou guardiã. Não tenho paciência pra cuidar de criança. Se Anuar quiser, manda alguém te buscar. Ou, quem sabe, a noite caia e Ciaran o encontre. Aí você tenta conversar com a serpente sobre as intenções de Leila e Garib. Fui.

Abhaya deu as costas para ele e seguiu andando sem olhar para trás.

Ele ficou alguns instantes parado, seguro de que com ela não iria, que encontraria um caminho de volta e teria essa conversa com Leila. Mas, conforme Abhaya se afastava, sua segurança desaparecia e ele começou a caminhar lentamente atrás dela.

Só então se lembrou de sua testa cortada e voltou a sentir dor, como se ela não existisse antes de ser lembrada. Também notou que a blusa de Abhaya estava manchada de sangue do lado direito, na altura da última costela. A região estava ensopada, grudada no corpo dela, e o ferimento continuava a sangrar. Apertou o passo, aproximando-se da garota, e perguntou:

— O que foi isso? Você está sangrando.

— Sua amiguinha Ciaran e aquele chicote maldito! — respondeu, ríspida. — Isso vai me fazer senti-la por muito tempo! Só estou aqui porque a serpente passou de raspão. Se o beijo tivesse sido dado, seria eu a regressar para a roda da vida.

— Se foi de raspão, por que não parou de sangrar ainda?

— Um ferimento Ciaran demora a cicatrizar. E, depois, sempre deixa um cicatriz enegrecida. Lembrarei de Garib por toda essa vida. Agora, chega de conversa e venha comigo, Alek. Vou levá-lo a um lugar onde poderemos repousar e falar sobre tudo.

Ele não confiava nela, mas não tinha opção. Para onde ir? Como reencontrar sua avó? Não sabia. Então, apenas seguiu em frente.

☾

Enquanto andava, sua mente saltava de um pensamento para outro. Sua avó, a serpente, Garib morta, Abhaya a matando e caminhando bem ali na sua frente. Ela não poderia ser sua amiga, querer de fato protegê-lo. Havia algo de errado, peças faltando no quebra-cabeça. Precisava de respostas, e Abhaya disse que falariam sobre tudo em breve. Não via outro caminho, por enquanto só podia andar, acompanhar aquela Anuar. Pelo menos teria respostas, ainda que sob a ótica de Abhaya e talvez não completamente verdadeiras.

Alek diminuiu a velocidade de sua caminhada, tomando distância dela. Ele a seguia, sem tentar alcançá-la. Sozinho, observava tudo ao redor e, mesmo confuso como estava, mantinha o olhar atento e se encantava com as cores das flores, da grama, das árvores, o canto dos pássaros, o vento fresco, o cheiro de mato, de terra úmida. Tudo isso aliviava a dor de seu corpo e de seus sentimentos. Anestesiava.

Seria mesmo um outro mundo? Onde de fato estariam? Ainda não conseguia entender o que era essa outra realidade sobre a qual Abhaya falara.

Caminharam contornando o lago e, quando chegaram a uma área de mata fechada, seguiram por uma trilha que levava para o meio das árvores.

A luminosidade ali era suave, e Alek respirava mais fundo, sentindo o aroma que se desprendia de alguma planta. Era como uma resina forte e, ao mesmo tempo, delicada, que o revigorava. Era bom sentir as folhas secas estalando sob seus pés – o caminhar tornava-se mais macio, menos cansativo.

Andaram por mais de uma hora e, então, ele passou a ouvir barulho de água corrente. Devia existir um rio ali por perto, mas não o via. Adorava rios e cachoeiras. Pensou que gostaria de tomar um banho gelado e se deitar na grama, deixando o sol secar e aquecer seu corpo cansado.

A trilha mudava de direção, ora era plana e fácil de seguir, ora era irregular, com subidas e descidas e um tanto tomada pela vegetação. Abhaya parecia segura do caminho e ele a acompanhava com olhos atentos. Se a perdesse, não saberia continuar em frente, muito menos voltar para o lago.

Seu corpo doía e pedia descanso. A mochila parecia estar cada vez mais pesada.

A cada metro percorrido, o barulho da água tornava-se mais e mais intenso. Convidativo!

Poucos minutos depois, a cachoeira revelou-se e Alek ficou boquiaberto: era em tudo muito parecida com aquela em que acamparia com seus amigos no final de semana que antecedeu as férias escolares.

Belíssima, grande e com águas douradas. A queda acabava num poço que se transformava num rio não muito largo, correndo ligeiro por entre as pedras. Até as pedras eram iguais àquelas da cachoeira de seu mundo. Tantas vezes estivera ali que se lembrava de cada uma. Mas todo o resto ao redor era diferente, ou parecia ser. Refletiu que era outra realidade, outra dimensão, mas o mundo era o mesmo.

Do outro lado do rio, havia uma grande área plana, na qual costumava acampar, mas ali estava uma cabana de pedras que não existia na cachoeira que conhecia. As pedras usadas na construção pareciam as mesmas encontradas próximas à água. O telhado era feito com algum tipo de palha.

— É ali que descansaremos — Abhaya quebrou o silêncio. — Vamos atravessar?

A garota preferiu ir pela água, mergulhando no poço da cachoeira sem tirar o arco e a aljava das costas. Alek sabia que era fundo e sentiu vontade de mergulhar também. Precisou resistir para não seguir Abhaya e se atirar na água.

Foi um pouco à frente e atravessou pisando nas pedras, assim poderia deixar a mochila do outro lado e, depois, aproveitar a cachoeira. As pedras estavam escorregadias, cobertas de musgo molhado, e ele teve que tomar muito cuidado para não cair.

Abhaya chegou antes e ficou sentada na margem, esperando com o arco e a aljava pousados no chão, ao seu lado. Estava molhada dos pés à cabeça. O rabo de cavalo se desmanchara e os cachos estavam mais escuros e alongados, pingando água.

Ela olhava para ele, que se aproximava com os tênis soltando água, encharcados.

— Não quis aproveitar para tomar um banho?

— Ia molhar tudo o que tenho na mochila. Ficaria sem roupas secas.

Ela apenas ergueu as sobrancelhas como se desprezasse sua atitude. Alek percebeu isso e só aí notou que ela não levava bagagem alguma além de sua arma.

— Vamos? — ela chamou.

— Dá tempo de eu tomar um banho?

— Você pode fazer isso depois.

— Então vamos... — respondeu dando de ombros, soltando um suspiro decepcionado e olhando para a água convidativa.

☾

Caminharam lado a lado até a cabana e em pouco tempo chegaram à sua porta. Abhaya deu três batidas secas na madeira. Um barulho de arrastar cadeira se fez ouvir.

Logo, uma mulher muito velha abria a porta. Era pequena, menor que Alek e Abhaya. Magra e curvada. Os cabelos brancos e longos estavam presos em uma trança que formava um coque arrumado em sua nuca. No corpo, um vestido simples, azul-escuro, e, sobre ele, um avental grande, branco, atado à cintura.

— Estava esperando por vocês — a senhora falou numa voz suave e envelhecida. — Vamos, entrem.

"Como ela estava esperando por nós? Sabia que viríamos? Aqui não deve ter telefone, muito menos internet! Será que os Anuar também usam aquela comunicação por cartas, como Garib fez?"

Alek pensava que o melhor seria não estranhar mais nada, mas, para alguém tão acostumado a ser sensato, era difícil aceitar o novo sem reagir.

— Temos outras formas de comunicação, meu jovem. Bem mais eficientes que a dos humanos. Uma delas, pelo visto, você já conhece, as cartas. Mas existem muitas outras. É bom preparar-se, Alekssander: você verá muitas coisas surpreendentes acontecerem em seus dias de agora em diante...

— Como sabe o que eu estava pensando? – perguntou assustado, sentindo uma espécie de tontura.

— Ela lê pensamentos! Entra na cabeça da gente! Um dom da Escuridão! – falou Abhaya em tom de alerta, agarrando a própria cabeça e fazendo uma expressão de desprezo.

— Esse é o meu dom, menina... – respondeu a mulher ríspida, olhando para Abhaya. Em seguida, voltou ao tom suave, dirigindo-se a Alek:

— E você está aqui para descobrir qual é o seu dom, Alekssander.

Alek achou melhor ficar quieto e fez força para não pensar em nada. *"Cachoeira, cachoeira, cachoeira, cachoeira..."*, repetia para si mesmo. A mulher seguiu para dentro da casa, sorrindo.

O interior da cabana era bastante simples. A entrada dava para a cozinha, onde havia um fogão a lenha, uma mesa com quatro cadeiras, prateleiras e um armário grande e pesado. Muitas ervas estavam penduradas no teto baixo, potes transparentes com substâncias coloridas ocupavam as prateleiras e uma panela fumegava sobre a chapa do fogão. Ao fundo da cozinha, uma porta. Em tudo, parecia uma casa de bruxa, dessas de contos de fadas.

Abhaya disse que precisava se trocar e sumiu por aquela porta rústica. Alek pensou onde ela arrumaria roupas.

A senhora permaneceu em silêncio. Serviu um prato de sopa e o deu a Alek. Ele não tinha vontade de falar nem queria pensar em nada. Tinha medo. Não se sentia bem com a ideia de que a mulher poderia ler tudo o que pensasse. Então, fez algo que fazia desde pequeno. Desligou. Deixou um vazio imenso invadir sua cabeça e passou a agir no automático. Não percebeu que tomou a sopa e nem seria capaz de descrever seu sabor. Quando o prato esvaziou, a mulher disse:

— Interessante... Você consegue ir para o vazio... Quem lhe ensinou isso, Alekssander? Um Ciaran?

Ele não teve tempo de responder. Abhaya reapareceu, vestida em uma roupa escura, azul como a da senhora. Mas não era um vestido, e sim uma calça justa e uma camiseta também grudada ao corpo. Os cabelos estavam secos e presos no costumeiro rabo de cavalo.

— Alek, deixei água quente pra você na banheira. Vá tomar seu banho — disse Abhaya em tom de ordem.

Ele se lembrou da cachoeira que o aguardava, mas não queria ficar ali, na presença das duas. Então, não esperou uma segunda ordem nem olhou para a mulher. Entrou no outro cômodo da casa: um pequeno quarto, com uma cama simples e um guarda-roupas. Uma porta estreita dava passagem a um banheiro, onde ele encontrou a banheira, na verdade um tipo de tina de madeira cheia de água fumegante.

Alek tomou seu banho e sentiu a testa e os braços feridos arderem. Ficou na água até que esfriasse e sua pele enrugasse. Colocou uma roupa limpa e ajeitou aquela suja na mochila. Ficou descalço, já que os tênis estavam encharcados.

Quando voltou para a cozinha, a velha senhora passou uma pasta perfumada em seus ferimentos, cobriu-os com uma fina atadura e pediu suas roupas sujas para lavar.

— Não se preocupe. Não é necessário — ele resistiu, encabulado.

— Alek, ficaremos aqui por um bom tempo. Deixe suas roupas com Silvia. Ela está aqui para isso, para nos servir.

Alek não gostou do jeito de Abhaya, mas entregou as roupas sujas e a mulher saiu da cabana levando-as. Abhaya pegou seu arco e a aljava e disse:

— Pegue a sua mochila e venha comigo, Alek.

Contornaram a casa. Alek aproveitou a sensação de pisar descalço na grama. Nos fundos havia outro quarto, com duas camas, preparado para eles.

— Vamos ficar aqui e, Alek... — Abhaya pareceu vacilar — Cuidado com Silvia.

— Por que devo ter cuidado?

— Não confio nela.

— Por quê?

— Ela já foi uma Ciaran e mudou de lado...

— Então por que me trouxe aqui?

— Porque este é um lugar sagrado para os Anuar, Alek. Será o último lugar a ser atacado. Se a guerra chegar até aqui, estará em toda a parte, compreende? E se Anuar colocou Silvia aqui é porque confia nela. Mesmo que eu não compreenda essa confiança...

"Ou porque é o lugar em que melhor pode controlá-la?", refletiu Alek, mas Abhaya não soube disso, já que não lia pensamentos, e continuou:

— O dom dela é ler pensamentos... Entrar em nossa mente de forma sorrateira. Este é um dom da Escuridão. Ela não manifestou nenhum dom da Luz desde que se converteu. Eu não entendo como foi aceita.

— Abhaya, eu gostaria de compreender tudo o que você diz, mas não entendo nem a metade! Estou perdido... Confuso...

— Venha comigo, Alek.

Os dois saíram do pequeno quarto e caminharam para a mata próxima, ali no fundo da casa. Entraram por uma trilha e seguiram até chegar a uma pequena clareira. Todo o trajeto era gramado, e Alek sentia a maciez sob os pés descalços e cansados.

No centro da clareira apenas uma árvore crescia, de tronco muito grosso e raízes enormes, que se projetavam para fora da terra.

Sentaram-se nas raízes. Abhaya fechou os olhos e seus lábios moveram-se em silêncio. Em seguida, começou a ventar.

— Agora posso falar — disse muito tranquila.

Ela contou uma longa história, que Alek julgaria uma aventura cheia de imaginação se a tivesse ouvido dias atrás. Em diversas passagens, lembrou-se de Lucas e imaginou o quanto o amigo se deliciaria com o relato de Abhaya. Mas, ao final, Alek não estava leve, tampouco deliciado. Sabia que tudo o que ouvira era verdade.

XI
ANUAR E CIARAN

Abhaya não sabia dizer como tudo começou, mas contou que em algum momento houve uma divisão entre os seres do Mundo Antigo. Pelo que as histórias descreviam, a separação se deu aos poucos. Dois grandes grupos se formaram, unindo seres de diversas origens: os Anuar, que tinham uma forte ligação com a Luz, e os Ciaran, que atendiam ao chamado da Escuridão.

Ao longo das eras, diferentes líderes governaram os dois grupos e assumiram para si o título de Anuar ou de Ciaran. A cada era nascia apenas um ser capaz de assumir essa liderança. Constituíam forças absolutas, perfeitas manifestações da Luz e da Escuridão, predestinadas a guiá-las e a defendê-las. E, em muitas ocasiões, os dois lados entraram em conflito. As guerras foram inúmeras e tiveram diferentes causas: traições, invasões de território, roubos, crimes diversos, simples opiniões, intrigas, disputas por poder. Pequenas diferenças podiam terminar em batalhas sangrentas e duradouras.

Abhaya contou que outros mundos foram criados ao longo dessas eras e passaram a ser disputados pelos Anuar e pelos Ciaran. Alguns desses novos universos conheciam a existência desse povo antigo e tomavam suas posições por livre escolha, respeitando sua natureza. Outros só tinham vislumbres dessa realidade, como enxergando-a através de um véu. Esse era o caso do mundo dos seres humanos, para quem o povo antigo não passava de seres mitológicos, fantásticos, imaginários... E sua história perdida no tempo era vislumbrada em lendas e mitos.

Esses seres que tinham pouca consciência da existência dos Anuar e dos Ciaram eram os mais disputados. Isso porque uma lei maior proibia que eles se revelassem por completo. Portanto, a batalha era travada um a um. Um elaborado jogo de sedução! E o povo antigo deleitava-se com essa disputa.

Com o passar dos séculos, a diversão mais apreciada tornou-se levar um ser humano para a Luz ou para a Escuridão. Isso porque os humanos eram as criaturas mais dúbias entre todos os mundos. Traziam em si luz e escuridão suficientes para alimentar a disputa de interesse dos antigos. Era um jogo envolvente, saboreado tanto pelos Anuar quanto pelos Ciaran, mas praticado cada vez menos porque outras preocupações cresceram ao longo do tempo.

Abhaya explicou que o povo antigo, do qual Anuar e Ciaran faziam parte, era eterno. Mesmo quando morto em uma batalha, o guerreiro renascia em outro corpo para continuar sua história. Voltava para a roda da vida. Um guerreiro seria eternamente guerreiro... Sem descanso, sem trégua, sem fim.

Essa frase fez Alek relembrar algo que vivera há pouco tempo. Reviu Garib:

– "Beijei você porque tive vontade, Alekssander. Você é um menino agora, mas será um guerreiro em breve. Beijei a sombra do guerreiro que vejo em você."

Alek se questionava: teria sido um guerreiro do povo antigo? Voltaria a ser um? Fazia parte dessa roda da vida eterna?

"Mas eu fui um guerreiro da Escuridão ou da Luz? E não deveria ser um guerreiro agora também? Por que sou apenas eu?"

Sentiu uma dor incrível no peito ao pensar em Garib.

"Será que ela me enviou para a serpente? Será que morreu mesmo?"

O que sabia de fato é que ela era uma Ciaran.

A dor foi tão intensa que deixou de ouvir o que Abhaya dizia por alguns instantes.

Quando recobrou sua atenção, Abhaya contava que os períodos de paz foram mais longos que os de guerra, mas que isso nunca era celebrado como se devia.

Descreveu que há anos acontecera uma união inaceitável entre Gálata, uma feiticeira Anuar, de um dos povos ciganos, e Guilherme, um guerreiro Ciaran. Contrariando a essência inimiga, os dois se apaixonaram e desrespeitaram as leis que os separavam. Alek sentiu um frio intenso quando ouviu isso, apesar do calor que fazia. E dessa união proibida nascera um menino, um ser capaz de liderar tanto os Ciaran quanto os Anuar, que podia ser o líder do lado que escolhesse, o herdeiro de ambos os poderes, o Sombrio.

— O que você quer dizer, Abhaya? Eu sou esse filho proibido?

— Você é o filho profetizado, Alek, e por isso a união de um casal Anuar e Ciaran sempre foi proibida. As histórias antigas falam que um filho da Luz com a Escuridão teria poderes desconhecidos por ambas as forças e seria capaz de exercer todo o domínio sobre elas, sobre os dois lados por completo. Esse filho poderia muito bem governar e unir novamente as duas forças, como no princípio, em que eram faces de um único poder. No entanto, também seria capaz de destruir ambos os poderes para sempre...

— Como isso poderia acontecer? Vocês não são eternos? Como a Escuridão e a Luz podem deixar de existir?

— Não sei como aconteceria, mas sei que tanto Ciaran quanto Anuar contam essa história há eras e temem essa possibilidade. Por isso uma nova guerra começou com você ainda no ventre de Gálata, Alek...

— Não entendi. Por que a guerra começou?

— Para decidir quem ficaria com você. Não é óbvio? Se você é como as lendas dizem, representa uma força importante. Os dois lados querem esse poder, Alek. Nenhum deles deseja uma união, muito menos a destruição, mas ambos querem supremacia. Compreende?

— Então vocês agiram como idiotas! Não tenho poder algum. Não sou o que essas lendas descrevem!

— Isso é culpa dos Ciaran!

— Não entendi.

— Por uma razão que não compreendemos, os Ciaran descobriram seu paradeiro e desapareceram com você assim que o raptaram. Em vez de treiná-lo, como era esperado, o esconderam em meio aos seres humanos, onde nada poderia ser feito ou revelado, onde ninguém pensou em procurá-lo. A guerra ficou suspensa por todos esses anos. Os esforços Anuar foram concentrados em encontrá-lo. E os Ciaran fizeram de tudo para nos convencer de que você não existia e não passava de uma lenda. Acho que convenceram até a si mesmos!

— Garib me disse que pensava que eu era uma lenda.

— Tá vendo? Estratégia maluca. Mas não desistimos e continuamos a busca. Localizamos seu paradeiro há alguns dias, quando você visitou o Mundo Antigo em um sonho.

— O Labirinto?

— Isso. Ninguém ia até lá há muito tempo e, quando você o encontrou, ambos os lados sentiram sua presença e nós o reconhecemos. A guerra reiniciou e de maneira muito mais sangrenta! Demoramos demais para resgatá-lo, Alek... Isso porque você estava em um dos poucos universos onde seus dons não poderiam se manifestar: entre os humanos. Entende? A lei maior não permitiria que você se revelasse ali, Alek. Não compreendemos por que os Ciaran fizeram isso. Eles também lutaram por você, mas só o tiraram do foco e o neutralizaram, não permitiram que você encontrasse seu destino.

Alek fazia força para absorver todas as informações dadas por Abhaya. No entanto, algumas coisas não se encaixavam:

— Você disse que eu fui raptado?

— Isso. Seus pais sabiam o que tinham feito e esperavam que tanto os Ciaran quanto os Anuar exigiriam a criança, ou mesmo poderiam sacrificá-la. Então fugiram, dando início a uma caçada feroz. Acabaram sendo encontrados pelos Ciaran.

— O que aconteceu a eles?

— Foram mortos, é claro! Eram traidores, Alek. O mesmo teria acontecido se os Anuar os encontrassem antes. Não tinham outro destino reservado.

"No que são diferentes, afinal?
Ciaran e Anuar são iguais!"

Alek se viu pensando enraivecido, com a revolta fervilhando dentro de si. Abhaya continuou sem notar nada:

— Hoje sabemos que você foi entregue a uma guardiã poderosa. Talvez a mais poderosa guardiã Ciaran.

— Minha avó?

— Leila não é sua avó, Alek. É tão sua parente quanto eu — Abhaya falou em tom de desprezo. — Compartilhamos o sangue antigo que corre em nossas veias, apenas isso.

Ele não suportava. Não queria ouvir mais nada.

"Como, de um momento para outro, vou deixar de acreditar em tudo o que é mais verdadeiro em minha vida: o amor de minha avó?"

Não estava disposto a trocar sua realidade, vivida ao longo dos seus quinze anos, por aquela que lhe era apresentada e que lhe parecia tão horrível, tão cruel, tão egoísta.

Levantou-se, deu as costas para Abhaya e caminhou no sentido da casa, deixando a garota sozinha. Ele queria um tempo para pensar. Precisava desse tempo e Abhaya sabia disso, por essa razão o respeitou.

Alek contornou a casa e foi até a cachoeira, sentou-se na margem do rio, colocou os pés na água gelada e fechou os olhos. Sentia-se tonto...

"No que eu devo acreditar?"

Era o que se perguntava sem trégua.

— A única coisa em que devemos acreditar é na verdade, Alekssander.

Abriu os olhos assustados, Silvia estava a poucos metros de distância estendendo suas roupas lavadas e molhadas na grama. Dessa vez ele não a tinha sentido invadir sua mente, tão imerso estava em seus problemas.

— Leila não é sua avó, Alekssander. No entanto, pode ter se tornado sua avó. Todos os seres mudam, até mesmo os da Escuridão — ela continuou. Acabou de estender as roupas e saiu, deixando o menino sozinho.

Alek começou a chorar, pois amava sua avó e era incapaz de acreditar que, durante todos aqueles anos, ela não fora nada além de sua guardiã, alguém que apenas defendia o interesse de seu povo.

Durante o choro, lembrou-se de vários episódios de sua infância em que brincava com ela e recebia de Leila carinho, aconchego, beijos, sorrisos. Lembrou-se da despedida, horas atrás, do abraço, do choro, do amor.

"Será possível que ela fez isso apenas para desempenhar uma função?"

Mas ele não podia esquecer: ela era uma Ciaran. E os Ciaran assassinaram seus pais. O choro de Alek secou. Como poderia amar uma Ciaran? E mais do que isso: ele mesmo não poderia nunca ser um Ciaran.

Ficou ali, na mesma posição, até anoitecer, deixando seu pensamento vagar sem direção, novamente mergulhar no vazio e, talvez, encontrar uma cura para o que estava sentindo.

O jantar foi silencioso. Silvia preparara um pão de ervas e o servira com queijo. Uma sopa rala e esverdeada acompanhava. Alek tentou tomar a sopa antes e não conseguiu, pois era forte demais, queimava a boca e a garganta.

— O pão de ervas tem alguns aromas que neutralizam o picante da sopa. Coma primeiro o pão — Silvia orientou e continuou: — Essa sopa fortalece seu corpo e sua essência. Purifica os sentimentos e clareia o raciocínio. É ótima para limpar os sonhos!

Alek não olhou para a mulher, mas sabia que havia preparado a sopa para ele. Sentia nascer uma espécie de cumplicidade entre os dois.

Depois do jantar, Abhaya deitou-se na grama em frente à casa. Disse que precisava ler as mensagens das estrelas. Alek pegou as roupas já secas, os tênis e se retirou para o quarto. Atirou-se na cama e repassou em sua mente tudo o que Abhaya lhe contara naquela tarde.

Estava menos confuso e conseguia avaliar de forma distanciada, como se ele mesmo não estivesse tão envolvido naquela narrativa. Pensou que devia ser efeito da sopa e sorriu.

"Tenho uma aliada?"

Em sua reflexão, Alek percebeu pontos que o incomodavam: como acontecera a divisão dos Anuar e dos Ciaran? Por que passaram a ser inimigos? Isso era um fato importante... Como Abhaya não sabia explicar? Por que os dois lados o disputavam? Não seria mais fácil fazer o que fizeram a seus pais? Não seria mais simples chegarem a um acordo e assassiná-lo? Afinal, se tudo fosse verdade, poderia ser uma ameaça para ambos. Por que os Ciaran o mantiveram em um lugar protegido, onde seus dons não se manifestariam? E Silvia? Por que deixara os Ciaran e agora vivia ali sozinha, onde seu dom tinha tão pouca utilidade?

Precisava conversar com ela. Talvez ela lhe desse as respostas para todas as suas dúvidas. Respostas neutras, nem Ciaran, nem Anuar... Seria possível?

— Leila não é sua avó, Alekssander. No entanto, pode ter se tornado sua avó. Todos os seres mudam, até mesmo os da Escuridão — recordou a fala que ouvira naquele fim de tarde e isso o consolou e o guiou para o mundo dos sonhos.

Alek teve uma noite agitada, mas dessa vez se comportava diferente, dava atenção a cada imagem de seu sonho e tentava compreender o que elas significavam.

Sonhou que Garib estava caída no terreno baldio onde a vira pela última vez. Seu corpo estava ensanguentado, seus olhos abertos, sem a luminosidade verde e sem vida. O chicote no chão, inerte e apagado, ao lado dela, já não parecia mais a serpente que se movimentara com tamanha velocidade em suas mãos.

Alek queria correr até ela, tocá-la, mas seu esforço era em vão. Não se movia. Viu olhos verdes brilhando no escuro. Três pares. Quando se aproximaram, reconheceu dois deles: Gregor, o quitandeiro, e Leila, sua avó. O terceiro era um homem alto, forte, moreno, que tinha os cabelos lisos, longos e soltos. Trazia uma cicatriz atravessando a face esquerda. Esse antigo ferimento atingira o olho, que era mais fechado que o direito, mas cintilava igualmente com a luminescência verde. Ele se vestia com uma armadura vermelha, que parecia coberta de escamas, e trazia uma espada na cintura, com o cabo cravejado de pedras grandes e que ardiam como o fogo.

Um guerreiro.

Alek passou um bom tempo olhando-o. Sentia-se ligado a ele sem saber o motivo. Sabia que precisava encontrá-lo, chegar até ele.

As mãos de Leila também estavam acesas, com uma claridade prateada, igual a que tomara conta do chicote de Garib durante a luta.

Leila passou as mãos sobre o corpo inerte de Garib, mantendo uma distância dele, sem tocá-lo. Sua expressão estava séria. As mãos passaram a iluminar em um tom de verde intenso e ela as posicionou sobre o peito da jovem, fechando os olhos.

Alek teve a nítida sensação de que Garib voltara a respirar, mas, com a distância que os separava, não pôde ter certeza.

— Precisaremos levá-la. Não posso fazer mais nada aqui. É necessário seguirmos para o Labirinto.

Alek não era capaz de definir o que sentira ao ouvir isso.

"Então eles sabem do Labirinto. Garib também devia conhecer o lugar. Abhaya está certa: eu fui enviado para o encontro com a serpente. Será que chegaram à mesma conclusão, de que seria mais fácil me eliminar?"

Nesse instante, a cena perdeu importância. Alek teve a consciência de que estava dormindo e sonhando. Era capaz de lembrar do que lhe acontecera quando acordado. E ali mesmo, no sonho, pensou que talvez estivesse vendo uma cena que havia acontecido de verdade. Que talvez Garib estivesse viva.

Ficou parado, observando a escuridão ao redor. Não estava mais no terreno baldio nem em lugar nenhum. Estava no vazio.

"Será que consigo escolher aonde ir?"

Sentiu-se perdido e, então, pensou em sua mãe, a mulher de olhos grandes e cinzentos como os dele... E a viu. Mas Gálata não cuidava de um bebê, como ele esperava. Ela estava sentada em um lugar que parecia uma tenda, com os olhos fechados. Alek parou em sua frente, e ela abriu os olhos. Olhos iguais aos seus. Parecia ter a mesma idade que ele... *"Será que ela está me vendo?"* Nesse instante, ela estendeu a mão e Alek sentiu seu toque. Uma forte sensação de queda o levou de volta ao quarto, a um despertar brusco. Seu corpo pulou na cama.

"Quem é aquela mulher? Parecia tão jovem... Será minha mãe? Ela está viva? E Garib? Terá sobrevivido?"

Olhou para a cama ao lado. Vazia. Levantou-se, agitado. Precisava andar... Foi até a parte da frente da casa, onde tinha visto Abhaya pela última vez, mas ela não estava ali. De dentro do casebre, ouviu a voz de Silvia:

— A menina foi falar com Anuar. Recebeu um chamado nas estrelas. Entrou na mata para fazer um contato seguro e garantir que eu não ouça nada – riu. – Deve voltar com instruções do que fazer com você.

— Silvia, minha mãe está viva?

— Não sei – ela respondeu e caminhou até a porta, sentando-se em um banquinho na entrada. – Já ouvi diferentes histórias a respeito de Gálata e de Guilherme, mas acho pouco provável que qualquer um dos dois tenha sobrevivido. Por quê? – ela perguntou, e Alek teve a mesma sensação de desconforto. Sabia que ela tentava ver o que acontecia em sua mente, então focou um só pensamento: *"Não tente, Silvia, ou também aprenderei como entrar em sua cabeça"*.

Ela parou e sorriu:

— Você seria capaz? Bem, não vamos testar agora, não é mesmo? – preparou-se para entrar, mas Alek a interrompeu.

— Espere. Quero perguntar algo mais.

— Se eu souber e puder, responderei, Alekssander.

— Como os Anuar e os Ciaran se separaram?

Ela riu alto, uma risada que lembrou a Alek as bruxas de filmes e desenhos animados:

— Essa é fácil, querido. Apesar de ambos os lados fazerem força para criar outras mirabolantes versões... – Alek pressentiu que tinha razão, Abhaya omitira de propósito uma informação importante. – Na essência, Alekssander, na força que nos faz existir, somos todos iguais, todos os seres, das diferentes espécies, dos diversos mundos, todos iguais... Todos trazemos a Luz e a Escuridão dentro de nós. É nossa essência dual. Os humanos dizem que somos luz e sombra. É exatamente isso. Nosso povo acredita que apenas os líderes Anuar e Ciaran se diferenciam, são manifestações perfeitas da Luz e da Escuridão. Mas acho que isso é invenção, algo repetido de forma exaustiva através das eras para garantir a ordem que foi estabelecida no passado. Para mim, todos são duais... E acontece que alguns seres, desde a origem, manifestaram mais ligação com a Luz, enquanto outros se sentiam unidos naturalmente à Escuridão. Compreende?

Ele não estava seguro se entendia, e ela percebeu:

— Vou explicar de uma forma ligada à realidade dos seres humanos, à mentalidade na qual você foi criado. Uma águia domina o céu diurno, mas se recolhe à noite para recuperar as forças. Da mesma forma que um macaco ou um esquilo. No entanto, uma coruja caçará à noite, assim como uma onça, e buscará refúgio durante o dia para repousar. Cada ser tem a sua natureza, Alekssander, e é adaptado a ela.

Alek viu os olhos de Silvia acenderem-se em verde e compreendeu o que ela queria dizer. Lembrou-se dos olhos dos gatos da vizinhança onde crescera, que brilhavam no escuro... Olhos para enxergar na escuridão. Ela notou que tudo fazia sentido para Alek e continuou:

— Assim também acontece nos outros mundos. Em todos eles. Até mesmo entre o povo antigo a divisão foi natural. Pelo menos, deveria ter sido.

— E a guerra entre eles é natural?

— Essa é difícil. Você sabia que há guerras entre os diferentes povos da Escuridão? Seres da Escuridão lutando contra seres da Escuridão... Guerra entre irmãos de essência. E acontece o mesmo com os seres da Luz!

Alek pareceu surpreso e ela gostou disso.

— Costumo pensar que são iguaizinhos aos seres humanos. Você conviveu com eles e deve conhecê-los melhor que eu. São apenas uma raça. Raça humana... e não guerreiam? Não destroem uns aos outros? Quais os motivos? Poder? Riqueza? Crenças? É o mesmo aqui, Alek... Da mesma forma incompreensível entre os povos antigos.

Ouviram um barulho, um galho estalou perto e Abhaya apareceu pouco depois, retornando da mata e de sua conversa com Anuar. A garota não fez força alguma para esconder sua expressão de contrariedade ao encontrar Alek ao lado de Silvia.

— Você não estava dormindo, Alekssander? — perguntou com rispidez.

— Estava, mas despertei sem sono e Silvia me fez companhia. E aquela caneca de chá que me ofereceu, Silvia? Ainda está de pé?

A senhora apenas consentiu e se retirou para o interior da casa. No íntimo ela sorria, pois Alek revelava ser rápido no raciocínio e sabia esconder seus pensamentos. Duas características admiráveis.

Silvia desconfiava que o garoto tinha algum outro dom, mas ainda não imaginava qual era. Talvez viver tanto tempo entre os humanos não tivesse sido tão prejudicial quanto diziam...

— Alek, é melhor descansarmos. Amanhã partiremos cedo.

— Mas você não falou que ficaríamos aqui por um longo período?

— Mudança de plano, Alekssander. Os Ciaran sabem da sua localização e Anuar teme que não respeitarão o trato. Poderão chegar em breve... Partiremos amanhã, assim que o sol nascer. Precisamos encontrar Anuar o quanto antes.

— Vou tomar meu chá e, então, direto para a cama. Tá bom?

— Eu espero você aqui mesmo — e cruzou os braços sobre o peito.

Alek queria ficar mais um tempo a sós com Silvia. Tinha ainda uma pergunta e não podia fazê-la na presença de Abhaya.

A mulher reapareceu, trazendo a bandeja com duas canecas fumegantes. Abhaya recusou e Silvia não se abalou, tomando o chá que era destinado à jovem.

Nada mais foi falado. Acabada a bebida, Alek agradeceu e se despediu de Silvia. Foi para o quarto acompanhado de Abhaya.

— Abhaya, você é uma guardiã da Luz? — perguntou já deitado, pensando em sua avó, uma guardiã da Escuridão.

— Não. Não sou uma guardiã. Sou uma guerreira da Luz.

Ele não via muita diferença entre ela e Garib:

— O que diferencia uma guardiã de uma guerreira?

— Os dons, Alek. Não tenho habilidades de guarda: não farejo o inimigo, não vejo o futuro, não tenho a visão dos sonhos, nada disso... Ainda assim, fui designada a guardá-lo. Você deve se perguntar: por quê? Eu também me pergunto, Alek. Por mim, estaria no campo de batalha com meus companheiros. Por mim, estaria derrubando o sangue dos Ciaran. Mas não foi isso o que Anuar me designou.

Alek não gostou de ouvir aquilo e se lembrou do que Silvia havia dito sobre todos os seres terem a mesma essência. Afinal, não parecia estar errado em sua primeira impressão: ainda não via grande diferença entre Anuar e Ciaran.

— Mesmo assim — continuou Abhaya —, essa é minha missão e a cumprirei da melhor forma possível.

— Você não gosta de estar comigo.

— Eu não entendo o porquê disso tudo, Alekssander. Enquanto estamos aqui, meus companheiros morrem e matam. Os malditos Ciaran invadem nossos templos buscando por você. Profanam nossos lugares sagrados. Quebram juramentos antigos. Por quê? Para mim, você nem cheira a alguém do povo antigo, seja Anuar ou Ciaran. Cheira a um humano. Desculpa, Alekssander, mas não vejo nada de especial em você.

Alek ficou em silêncio. Também não se via como alguém especial, não se sentia bem em saber que era a causa de mortes de ambos os lados. No entanto, não gostou de ouvir o que Abhaya falou e, por segundos, pensou se não teria sido melhor ter escolhido ficar no Labirinto e enfrentar a serpente sozinho.

XII
UM LONGO CAMINHO

Alek não percebeu que adormeceu e, dessa vez, não entrou no mundo dos sonhos. Despertou com a claridade do sol que nascia e o canto festivo dos passarinhos.

Olhou pela janela de pedra, o céu estava nublado, dava a impressão de que iria chover. Virou-se de lado e viu a cama de Abhaya vazia. Levantou-se preguiçosamente e foi em direção à cachoeira. Queria lavar o rosto na água gelada. Com certeza, ficaria mais acordado. Quando chegou na frente da casa, viu Abhaya saindo da água, encharcada, com a roupa colada ao corpo. Ela passou por ele e entrou na cabana sem dar ao menos bom-dia.

"Garota insuportável! Bonitinha, mas insuportável!"

Mesmo com o dia nublado, Abhaya era radiante como o brilho do sol. Uma filha da Luz até em sua aparência.

Alek lavou o rosto na água gelada e, depois, seguiu para a cabana. Um cheiro gostoso indicava um café da manhã especial. Lembrou-se da avó, da refeição sempre pronta esperando por ele e de seus bilhetes carinhosos. Como poderia odiá-la ou culpá-la pela morte de seus pais? Ele a amava e sentia sua falta.

Assim que se sentou à mesa, Alek pensou em fazer a pergunta a Silvia, mas Abhaya apareceu e tomou o lugar ao seu lado. Estava vestida com roupas claras e largas, que lembravam as usadas pelo guerreiro Badi, aquele da lança, que o ajudara no Labirinto. *"De onde ela tira essas roupas? Nem bagagem ela tem..."*

A velha senhora preparava no fogão uma beberagem com um aroma delicioso. Permanecia de costas para os dois. Alek sabia que partiriam logo, não teria chance de falar com ela a sós. Então, decidiu arriscar.

Lembrou-se de como sentira o olhar de Garib em sua nuca e concentrou sua atenção na nuca de Silvia. Focou seu pensamento no que desejava saber: *"Por que você mudou de lado?"*

Repetiu a pergunta mentalmente sem parar. Nada aconteceu. Manteve a concentração e logo começou a ver dobrado de tanto focar a nuca da mulher. Não tirava a pergunta da cabeça, repetindo-a sem trégua. Uma espécie de tontura o dominou de forma crescente. Sentia sua testa pulsar e não era no machucado, era no centro, um pouco acima dos olhos.

Abhaya olhava concentrada uma bolsa no canto da cozinha e, por isso, não percebeu nada do que acontecia.

Alek não desistiu e continuou a focar a nuca de Silvia, ainda que não a visse com clareza. O que enxergava era algo nebuloso. Sua testa queimava, sentia uma dor aguda, como se uma agulha fosse enfiada entre seus olhos, a cada instante indo mais fundo.

De repente, Silvia derrubou a colher com que mexia a bebida dentro da panela. *"Você conseguiu? Assim tão fácil? Sem ninguém ensiná-lo?"* – pensou, admirada.

Alek percebeu esses pensamentos nitidamente, como se tivessem sido falados ou como se fossem dele. Difícil definir e impossível dizer se não era sua imaginação.

A mulher estava espantada. Ainda de costas, parecia estar em dúvida. Então, concentrou-se e focou seus pensamentos: *"Alekssander, você não perguntou isso em voz alta, não é mesmo? Não com Abhaya ao seu lado. Você é esperto. Mas como conseguiu perguntar sem palavras? Falou em minha mente? Ler os pensamentos de alguém é um dom raro, mas falar na cabeça dos outros é muito mais raro, Alekssander. Muito mais escuro é esse dom".*

Alek sentia a agulha afundar em sua testa, as ideias de Silvia vinham num fluxo intenso, confuso, como uma onda capaz de derrubá-lo. Ele considerou parar, mas queria a resposta.

"Silvia, responda. Por que mudou de lado?"

Silvia acalmou-se e respondeu mentalmente: *"Eu descobri que os Ciaran mentiam e procurei a verdade".*

Alek não havia quebrado a concentração um só segundo, não tinha desviado o olhar ou piscado, ainda que seus olhos estivessem cheios de lágrimas.

Sentira-se perdido quando acompanhou a confusão da mulher e viu sua mente focar-se aos poucos, junto à dela. Era como se estivesse dentro de Silvia.

A dor estava cada vez mais intensa, mas ele decidiu fazer mais um pergunta: *"E encontrou a verdade?"*.

Silvia riu sozinha e isso despertou a atenção de Abhaya. Ao mesmo tempo, a dor de Alek tornou-se insuportável e ele desviou o olhar, quebrando o contato. Assim que fez isso, a dor desapareceu por completo. Só ficou uma leve sensação de tontura, um formigamento na testa e um estranho zumbido em seus ouvidos.

Abhaya perguntou, desconfiada, para Silvia:

— Do que ri, mulher?

— De coisas que penso, Abhaya, apenas disso.

Silvia trouxe para a mesa o pão quente, tirado do forno à lenha, acompanhado de manteiga, queijo e geleia. Voltou para o fogão e colocou mais algum tipo de pó na bebida que fervia. Sabia que o esforço havia sido imenso para o garoto. Impressionante o que conseguira fazer sem qualquer ensinamento! Ainda assim, não teria forças para repetir o ato tão cedo. O pó iria ajudá-lo, pois mostraria a ele como focar.

— Então, Alek. Pronto para seguir viagem?

Pego de surpresa, respondeu de qualquer jeito.

— Acho que sim, Abhaya.

— O caminho será longo, Alek. Coma bem. Silvia, você preparou a comida para a viagem?

— Está na sua montaria, Abhaya.

— Vou checar e já volto. Alek, troque essa roupa pela que está no quarto de Silvia. Não podemos chamar atenção de ninguém em nosso caminho. Você deve parecer um dos nossos. E essa mochila também ficará para trás. Silvia pode lhe dar um saco de viagem. O mais seguro é não carregar com você nada do mundo humano.

Assim que ela saiu, Silvia aproximou-se da mesa trazendo a beberagem fumegante e sussurrou:

– Não, Alek. Não encontrei a verdade. Os dois lados mentem. São iguais. Lembra do que conversamos?

Abhaya entrou e, mais uma vez, Alek disfarçou rápido:

– Iremos a cavalo? Eu nunca montei em minha vida!

– Eu disse que o trajeto será longo, impossível seguir a pé – foi a resposta curta da guerreira. – Peço que se apresse. Precisamos partir.

Silvia coou a bebida nas canecas e as colocou na frente aos dois jovens, falando:

– Isso dará força para vocês e o corpo não doerá com as muitas horas de cavalgada.

Abhaya tomou o líquido quente de uma só vez e ficou esperando por Alek, que bebia em pequenos goles, apreciando o sabor da infusão. Ela mostrava sua impaciência tamborilando os dedos sobre a mesa. Ele percebeu, mas atrasou ainda mais o ritmo só para irritá-la. E, quando terminou, perguntou para Silvia:

– Tem mais? – na verdade estava satisfeito, mas...

– Alek, por favor! – intrometeu-se Abhaya. – Precisamos ir. Já devíamos ter partido. Nesse ritmo, corremos o risco de não chegar ao nosso primeiro pouso antes da noite cair.

Alek não disse nada. Foi ao quarto do fundo da cabana e encontrou uma veste muito parecida a de Badi sobre a cama de Silvia. Vestiu e achou confortável. As botas rústicas serviram perfeitamente e ele decidiu que não iria estranhar mais essa coincidência. O conselho de Abhaya, sobre deixar suas coisas para trás, ele ignorou. Pediu um saco à Silvia e enfiou tudo dentro dele, até a mochila.

A mulher coou mais daquela bebida aromática em uma vasilha e a despejou num cantil, que entregou para ele:

– Tome, isto é para a viagem. Agora vá. Ela tem razão. Vocês não podem perder mais tempo.

Alek agradeceu. Pegou seus pertences e saiu da casa acompanhando Abhaya. Do lado de fora, dois unicórnios brancos esperavam.

— Vamos montados em unicórnios? — ele não sabia se aquilo era algo bom ou ruim.

— Eles são mais rápidos e mais inteligentes que cavalos. Adeus, Silvia!

Alek mais uma vez notou a aspereza de Abhaya, que nem sequer agradecera a hospitalidade da senhora. Ele olhou com suavidade nos olhos de Silvia e disse:

— Obrigado pela hospitalidade e por tudo mais...

Ela sorriu e respondeu em voz alta:

— Não há de quê, meu filho. Você é bem-vindo!

Abhaya estranhou o "tudo mais" de Alek, mas estava concentrada nos unicórnios, verificando mais uma vez se estavam prontos para a partida, e não achou que era o caso de questioná-lo naquele momento.

Alek aproximou-se. Não fazia a mínima ideia de como montar. Abhaya olhou para ele e não precisava ler mentes para perceber seu nervosismo.

— Seguinte, Alek. Vou facilitar as coisas para você — e pronunciou algo em uma língua estranha para o unicórnio que seria montado por ele.

O unicórnio dobrou as patas dianteiras, quase se deitando no chão, de forma que Alek teria bem mais facilidade para montá-lo. Ainda assim, ele teve muita dificuldade para tomar a posição correta sobre sua montaria. E, quando o unicórnio se ergueu, sentiu medo de cair e se agarrou em sua crina.

— Os arreios, moleque! — ouviu o aviso exasperado de Abhaya. — Vamos! — gritou e seu unicórnio partiu a galope.

Alek acenou para Silvia e pediu ao unicórnio:

— É melhor irmos atrás deles, não? — o animal pareceu compreender e disparou na direção em que o rio corria ao encontro das montanhas distantes.

Alek não se sentia seguro em seguir sentado ereto, então se curvou sobre o animal e abraçou seu pescoço. Era bom esse contato, e ele achava que o unicórnio também gostava.

Não tinha medo cavalgando assim. Sentia que o unicórnio não o deixaria cair. Conseguiu relaxar, aproveitar o vento no rosto, e gostou da sensação da cavalgada. Isso fez o animal correr ainda mais.

Logo alcançaram Abhaya, que cavalgava como uma amazona e olhou divertida para Alek. Por muito tempo cavalgaram acompanhando o rio, que se avolumou ao longo da planície. Mas a água fez uma curva para a esquerda e eles precisariam continuar em linha reta, rumo às montanhas. O sol estava alto, seus raios perfuravam a camada de nuvens e resultavam em um clima abafado. Abhaya propôs uma pausa.

— Daqui em diante não teremos a companhia da água, por isso é importante pararmos. Os unicórnios precisam descansar um pouco. Mas devemos ser breves. Comeremos algo e partiremos.

Enquanto ela preparava o lanche, Alek acompanhou os unicórnios até o rio e caiu sentado na água quando ouviu:

— Ele não se comporta como um cavaleiro...

— Mas é gentil... Tem seu valor. Ele se uniu a mim e nos sentimos como um, durante a corrida.

— Você vive de ilusões! Como pode ter certeza disso? Como pode estar seguro de que se sentiram como um? Para mim, o garoto é um covarde! Agarrou-se a você por medo!

— Os dois estão certos. Agarrei-me por medo. Mas, depois, o medo desapareceu e nos sentimos como um... — Alek intrometeu-se, recuperando-se da surpresa por ouvir os unicórnios falando e se levantando do rio com a calça ensopada.

— Fala a língua antiga? — perguntou o unicórnio que servia de montaria a Abhaya.

— Acabo de descobrir isso. Se bem que já tinha ouvido essa língua antes, mas não a compreendi como agora. Ouvindo vocês, tudo fez sentido – disse, lembrando-se da canção que cantara com Garib, na cozinha de sua casa, acompanhado de seus amigos. Parecia que isso tinha acontecido há tanto tempo. A cena estava tão distante...

— Um dom... – falaram os dois, mas Alek nem ouviu.

— Sou Alekssander – e precisou se segurar para não dizer Ciaran, o sobrenome que o acompanhara até ali. – Vocês, unicórnios, possuem nome?

— Evidente, meu jovem! – falou aquele que Alek começava a considerar bem parecido com Abhaya. – Meu nome é Farid, o único – e fez uma reverência com a cabeça, no que foi imitado por Alek.

— E eu me chamo Lélio, o falador...

Alek riu alto e não houve reverências. Ele abraçou Lélio. Já eram amigos. Uniram suas essências antes mesmo de se conhecerem de fato. Só então percebeu que Abhaya os observava de longe e sorria satisfeita. Ele não se lembrava de ter visto Abhaya sorrindo antes, em nenhum momento. Despediu-se dos unicórnios e foi para perto dela:

— Talvez você não seja tão inútil assim, Alekssander...

— O que quer dizer com isso? – ele a encarou e ela corou.

— Você despertou um dom, a fala antiga que une todos os seres de nosso povo, sejam da Luz ou da Escuridão. Uma língua que precede a separação, as guerras, as diferenças.

— A fala dos unicórnios?

— Não só dos unicórnios, mas de todos os Anuar e os Ciaran, Alek – ele gostava quando ela o chamava assim. Bem mais leve que Alekssander...

— Mas eu não percebi que falei outra língua. Só notei quando os unicórnios disseram. Como isso aconteceu? Foi tão...

— Natural?

— Isso! Foi natural, como se estivesse falando com você, como agora.

– Um dom. Os dons são assim, Alek. Podem despertar quando menos esperamos. O comum é acontecer um treinamento para isso, para que se manifestem, mas já vi casos assim antes, em que o dom despertou sem treinos. É raro... E é mais comum acontecer com crianças. Esse dom será muito útil porque os seres dos diversos povos falam muitas línguas diferentes, mas todos usam a língua antiga para se comunicar – sorriu. – Vamos comer? Temos pouco tempo.

Lancharam em silêncio um pão amarronzado, repleto de grãos e recheado com uma pasta verde e perfumada. O sabor era levemente picante. Alek sentia-se novamente confuso e não falou enquanto comia, tentando decifrar a si mesmo.

"Leio pensamentos, um dom da Escuridão. Falo na mente do outro, segundo Silvia, um dom mais escuro ainda... Sei a língua dos seres ancestrais, um dom do povo antigo."

Seria um Ciaran, afinal? Essa era sua grande dúvida. Se fosse, não estava no lugar certo.

Logo, retomaram a cavalgada e Alek continuava abraçado ao pescoço de Lélio. Só não conversaram durante o trajeto porque Lélio disse que era difícil falar e cavalgar ao mesmo tempo, perdia o fôlego.

O céu estava escurecendo e uma tempestade aproximava-se. Afastando-se do rio, a paisagem deixava de ser tão plana quanto antes. Seguiam por uma trilha tortuosa que parecia levar às montanhas, ainda distantes.

Tudo ao redor ganhava tons cinzentos e parecia mais triste com as sombras crescentes, mais silencioso. Um vento forte soprava, deixando o clima mais frio. Uma chuva fina começou a cair e os trovões eram ouvidos à distância. Mais à frente, era possível ver o céu transformado em noite pelo temporal, com raios iluminando as nuvens carregadas. Abhaya parecia preocupada. Alek tinha vontade de espiar seus pensamentos, mas temia que ela sentisse e concluísse que ele era um Ciaran. Não queria isso.

Depois da conversa com os unicórnios, Alek percebia que ela estava muito mais próxima e sua agressividade desaparecera.

— Precisamos atingir a aldeia ao pé das montanhas antes do cair da noite, mas a tempestade pode nos atrasar. E essa não parece ser uma simples tempestade.

Apenas os unicórnios compreenderam o que Abhaya queria dizer, mas Alek também achava que não era boa ideia enfrentar o tempo fechado:

— Não há alternativa? Acho que não vamos conseguir... Olha só o temporal lá na frente! Parece muito forte... Viram? Viram aquele raio? UAU!

Ele tinha razão, dava para ver a chuva bem próxima, fechando o horizonte, e os raios ameaçavam qualquer um que se atrevesse a enfrentar a tempestade.

— As Cavernas dos anões — falou Farid.

— Pode ser uma opção... — respondeu Abhaya, interrompendo a cavalgada.

— O quê? — perguntou Alek, perdido.

— Aqui perto, mais para o norte, há um refúgio para os viajantes mantido pelos anões. É rústico e muito caro para o pouco conforto que oferece. Mas é bem perto, e essa estranha tempestade parece não ir para aquele lado.

— Eu não sei se tenho dinheiro suficiente para isso... — respondeu Alek.

— Seu dinheiro não vale nada aqui. A questão não é essa...

— E qual é?

— Se formos para lá, estarei desrespeitando as ordens de Anuar. Mas é um imprevisto, certo? O que um guardião faria nessa situação? Garantiria sua segurança, não é? Farid, Lélio, vamos para as Cavernas!

Os unicórnios intensificaram ainda mais o ritmo. Alek não tinha certeza, mas achava que eles estavam se empenhando ao máximo para fugir do temporal, e ele apostava que não era apenas por medo de raios ou trovões.

☾

Mesmo se afastando da tempestade, o vento continuava forte, fazendo a chuva fina gelar unicórnios e cavaleiros. O calor do dia anterior, que havia recepcionado Alek nesse mundo, desaparecera por completo.

— Alek — chamou Abhaya —, você ainda tem aquela beberagem que a Silvia preparou?

— Tenho, sim. Aqui — ele falou, mostrando o cantil preso à cintura.

Como ele não conseguia cavalgar ereto e manter pelo menos uma das mãos livres, pararam por alguns instantes.

— Vamos beber uns goles disso. Vai nos manter aquecidos e fortalecidos até chegarmos aos anões.

— Ainda está muito longe?

— Pelo menos uma hora de cavalgada rápida.

Assim que beberam uns goles, Abhaya despejou o restante em um pote e dividiu entre os dois unicórnios. A bebida, mesmo fria, aqueceu a todos e lhes deu um novo ânimo.

Voltaram a cavalgar com intensidade, e Alek percebeu que estavam se aproximando das montanhas. O terreno foi se transformando em ondulações, subidas e decidas. As árvores, antes dispersas, aglomeravam-se e formavam uma mata contornando a montanha que se erguia mais à frente, bem próxima.

— A Floresta de Ondo! Precisaremos pagar tributo assim que entrarmos nela.

Alek não compreendeu, mas pouco depois suas dúvidas foram esclarecidas.

Haviam entrado na floresta há uns cinco minutos e reduzido a velocidade, já que agora seguiam por uma trilha fechada, escura, em uma mata de árvores muito altas e de troncos cinzentos. Abhaya e Farid iam à frente, seguidos de perto por Alek e Lélio.

A mata fechada protegia-os da chuva. Aqui e ali algumas árvores gotejavam. Tudo estava muito tranquilo.

Alek até conseguiu erguer o tronco para observar melhor o cenário. Ainda estava meio inclinado, para garantir que continuaria a segurar o pescoço de Lélio, mas se sentia mais confiante.

Observava umas trepadeiras floridas em azul quando quase foi parar no chão. Pela frente e por atrás foram cercados com estruturas de madeira e cipós vindas sabe-se lá de onde. Eram como grades que fechavam o caminho. Os unicórnios, assustados, empinaram e Alek, por alguns segundos, ficou com o corpo esticado no ar, segurando o pescoço de Lélio em desespero. Abhaya não parecia surpresa, não sofrera qualquer deslocamento da sua posição de amazona e acalmou não só Farid, mas Lélio também, unindo-se a ele e segurando suas rédeas.

— Agora é esperar — ela falou séria enquanto Alek se ajeitava na sela.

Alek estava assustado, queria saber o que acontecia, mas só conseguia olhar para todos os lados, esperando o próximo movimento sem esperanças de se defender.

— Prontos para pagar o tributo, viajantes?

A voz era forte, masculina, e vinha do alto das árvores, mas Alek não via ninguém sobre elas, em canto algum. Ele percebeu que usara a língua antiga e se lembrou do aviso de Abhaya de que aquele era o idioma comum a todos os seres naquele lugar. Olhava para cima e via apenas as folhas, as trepadeiras, a vegetação emaranhada.

— Eu tenho crédito com você, Dario.

— Abhaya, é você? — e Alek viu um homenzarrão descer por um cipó de uma árvore bem próxima.

Dario era forte, negro e aparentava ser bem jovem. Era muito parecido com Marcelo, seu amigo, e isso o fez sentir uma saudade repentina de seus companheiros. *"Será que eu voltarei a ver meus amigos algum dia?"*

– O que faz por aqui, Abhaya? – a voz de trovão de Dario arrancou Alek de suas lembranças.

– Fujo da tempestade.

– Vem buscar pouso nas Cavernas? Prepare-se, pois os anões estão cada vez mais gananciosos!

– Estou preparada, Dario. E por falar em ganância... como vão os negócios?

– Nada bem, guerreira, nada bem. Não tem sido fácil garantir a neutralidade dessas terras. Os lucros aumentaram, sem dúvida, mas o trabalho exige cada vez mais. A guerra ganhou novo impulso com a descoberta do Sombrio. Tem acompanhado as novidades?

Alek sentiu um medo repentino. Ele era o Sombrio. Era estranho ouvir alguém que não conhecia dizer que a guerra acontecia por causa dele. Abhaya diria a Dario quem ela escoltava?

– Estou sabendo das novidades, Dario, e, ao que parece, você sabe tanto quanto eu. Mas Ondo e as Cavernas continuam neutras? Podemos encontrar pouso em segurança?

– Pagando o preço, claro! Continuamos a garantir a segurança de todos. Aqui seria seguro e pacífico até mesmo para o encontro de Ciaran e Anuar em pessoa! – Dario falou e, em seguida, acrescentou: – E digo mais: até mesmo o Sombrio estaria em paz nessas terras – e riu alto do que disse.

Abhaya forçou o riso e olhou para Alek, que parecia apavorado.

– Podemos passar então? – ela se apressou em terminar a conversa.

– Evidente, guerreira, assim que pagar o tributo!

– Como? Você irá me cobrar o tributo, Dario? Mesmo eu sendo a responsável por você continuar vivo?

– Águas passadas, guerreira... Esse tempo já não me diz nada. São dois pacotes, por favor! – E Dario se curvou numa falsa reverência, estendendo a mão para Abhaya, que continuava sobre a montaria. Dario acrescentou, após uns segundos:

— Ou a vida de um desses unicórnios... Serviria da mesma forma.

Alek viu os olhos de Dario perderem a cor e se tornarem totalmente brancos. Os unicórnios ficaram agitados.

"O que ele é? Que tipo de ser ele é?"

— Tome aqui seus pacotes e faça bom proveito deles — Abhaya falou firme, atirando-lhe dois pequenos pacotes que pegou na bolsa que carregava do lado esquerdo de Farid.

— Terão nossa proteção, seguidores de Anuar — e ordenou em direção às árvores: — Podem levantar as barreiras!

Ao falar isso, Dario segurou o cipó pelo qual descera e, num instante, subiu por ele, desaparecendo na copa das árvores. As barreiras também foram suspensas, abrindo o caminho.

— Vamos — disse Abhaya. — Seguiremos em silêncio. Compreendeu?

Alek percebeu que não seria adequado fazer perguntas no trajeto e apenas consentiu com um gesto de cabeça.

☾

Seguiram quietos por pelo menos meia hora. Depois desse tempo, a floresta acabou em um descampado onde a chuva fina e fria voltou a acompanhá-los. À frente era possível ver as Cavernas, na base das montanhas, formando pequenos buracos em diferentes níveis, que a Alek lembraram os prédios de apartamentos numa versão mais rústica.

Em poucos minutos chegariam até elas.

Continuaram na marcha lenta e, assim que obtiveram uma certa distância da mata, Alek perguntou:

— Agora podemos falar?

— Brevemente — respondeu Abhaya. — Logo chegaremos às Cavernas e precisaremos ter cuidado com as palavras.

— Quem é Dario? Ou melhor, o que é o Dario?

— Um Renegado. Há muito tempo, Dario foi um guerreiro Anuar, lutou ao meu lado em inúmeras batalhas.

— Você salvou a vida dele, foi isso?

— Isso foi antes de ele escolher esse caminho. Ele renegou a Luz e a Escuridão, Alek. Decidiu viver entre elas. E aqui é um dos poucos lugares onde pode fazer isso. Com a habilidade guerreira que tem, logo se tornou um dos líderes em Ondo e passou a garantir a paz nessas terras, a troco de um bom pagamento...

— E como ele faz isso? Quer dizer, como consegue deter a guerra ou garantir que os dois lados não briguem aqui?

— O tributo que paguei...

— O dinheiro?

— Não, Alek, não foi dinheiro. Paguei a ele em luz. É como se eu tivesse dado um pouco da minha essência a ele. Um pouco do sangue do meu povo... Sempre viajamos preparados para esse tipo de encontro, mas não deixa de ser vergonhoso. Nossos magos e feiticeiros precisam sacrificar seres da Luz, extrair sua essência vital e retê-la para garantir o tributo exigido pelos Renegados.

— Vocês matam seus iguais para pagar os Renegados?

— Eu disse que era vergonhoso. A extração costuma ser o castigo dos criminosos de meu povo, Alek. Não extraímos tudo, porque isso seria o mesmo que aniquilá-los, retirá-los da roda da vida. Eliminar a essência é o único jeito de deixarmos de existir.

— E como vocês fazem isso?

— Não faço ideia. É um segredo dos praticantes da magia. Eles extraem uma pequena quantidade de cada condenado e o matam em seguida, para que retornem ao ciclo, renasçam e tenham uma nova chance. Nós pagamos em luz. Os Ciaran pagam em escuridão. Os Renegados alimentam-se disso, de ambas as forças. Nenhum deles nasceu neutro, optaram por isso. E isso tem seu preço. Sentem sede, sentem falta do que deixaram de ser.

— E como eles se transformam nessas coisas? Como renegam a essência?

— Ninguém tem certeza, mas muitos dizem que conseguem renegar sua natureza usando um artefato. Se esse item realmente existe, só eles sabem. Os Renegados são muito poderosos, Alek, mas vazios. E todos os temem. Podem nos deter se quiserem, mas apenas se estivermos em número razoável... Nada poderiam fazer se a guerra de fato viesse para cá.

— Então não estamos seguros por completo?

— Enquanto não souberem que viajo com o Sombrio, estamos seguros. Portanto, comporte-se de maneira a pensarem que é um Anuar, Alek.

— E como faço isso?

— Fique perto de mim e fale o mínimo possível. Ou melhor, não fale, finja que é mudo!

— E esses anões? Também são Renegados?

— Não. A neutralidade deles se perde na origem do povos... e é comprada por metais e pedras preciosas, algo bem mais material, Alek. E, portanto, são ainda menos confiáveis, já que não precisam, necessariamente, receber pagamento dos dois lados. Quem garante mesmo a fraca neutralidade daqui são os Renegados. Ainda que não seja o ideal, enquanto estivermos nessas terras contamos apenas com eles. Agora chega de conversa porque estamos próximos e você não abre mais a boca até partirmos daqui, certo?

AS CAVERNAS

Alek ficou calado e deteve sua atenção nas Cavernas, a cada instante mais próximas. Agora via que uma cerca alta, feita de troncos, com as pontas afiadas, determinava o limite da extensa hospedaria dos anões.

Um mastro alto trazia uma placa simples, entalhada em madeira escura, onde havia símbolos que ele não conhecia. Abhaya leu em voz alta:

— *Cavernas*. Essas runas são o jeito de os anões mostrarem que não pertencem nem aos Anuar, nem aos Ciaran. Eles se consideram mais antigos e mais nobres do que qualquer ser.

Um portão grande, feito de troncos amarrados com cipós, fechava o caminho e um anão montava guarda ali, na entrada, com um machado empunhado.

Alek não conseguiu deixar de olhar para o anão. Era como as personagens de um *game* que Lucas jogava no computador, no qual eles lutavam contra dragões e uns monstros estranhos: forte, baixo, barbudo, cabelos longos, castanhos e crespos, arranjados em duas tranças grossas, vestindo roupas rústicas. A diferença é que trazia muitos adereços brilhantes. Anéis com pedras coloridas em todos os dedos. Várias correntes de ouro penduradas no pescoço e brincos de argolas nas duas orelhas. "*Uma mistura de anão e pirata*", pensou Alek, observando que aquele anão usava um tapa-olho.

— Buscamos pouso! — Abhaya falou de cima do unicórnio, num tom firme.

— São guerreiros?

— Guerreiros Anuar.

— Um chifre de joias, pedrarias ou ouro — disse o anão, estendendo um grande chifre oco para Abhaya, que devia ter pertencido a um carneiro ou algo assim.

Alek compreendeu que ela deveria enchê-lo com o indicado pelo anão.

— Por uma só noite? — perguntou a guerreira, espantada.

— Tempos de guerra — foi a resposta do anão. — Se não quiser, pode voltar e tentar convencer os Renegados a deixarem vocês acampar em Ondo durante a noite! — e gargalhou alto, revelando seus dentes, todos cobertos de pedras preciosas, coloridas e cintilantes.

Abhaya voltou a abrir a bolsa. De lá tirou alguns anéis, braceletes e colares, todos com muitas pedras coloridas, e encheu as mãos até conseguir completar o chifre. Alek não escondeu seu espanto. Nunca vira um tesouro daqueles, e Abhaya andava com isso em uma simples bolsa de couro pendurada em sua montaria, sem qualquer segurança especial.

Assim que completou o chifre, o anão, sorrindo, fez uma reverência curvando o corpo:

— Sejam bem-vindos às Cavernas. Tenham uma boa estadia.

Ultrapassaram a porteira, desmontaram e seguiram guiando os unicórnios. Abhaya foi em direção à caverna mais próxima. Alek percebeu que ali devia ser uma espécie de recepção. Era uma caverna muito grande, um único e rústico salão, todo iluminado por tochas presas às paredes.

Logo na entrada havia um balcão entalhado em pedra, sobre o qual estava um grande livro fechado e, em cima dele, uma pena negra.

Por trás do balcão, várias mesas eram arrumadas por serviçais, homens e mulheres do povo dos anões, de aparências diversas, mas todos tinham em comum a ostentação de joias, sempre de forma excessiva. Alek concluiu que ali também deveria funcionar uma espécie de refeitório.

Abhaya encostou-se no balcão e um anão surgiu detrás dele, como se tivesse saído de algum lugar sob o chão.

— Desculpe, estava na cozinha dando as ordens para o jantar — disse, abrindo o grande livro e tomando a pena nas mãos.

Esse anão parecia menor que os outros. Era mais velho e tinha cabelos e barba grisalhos, ambos arrumados cuidadosamente em quatro tranças. Usava um par de óculos de lentes grossas e nenhum adereço que demonstrasse riqueza. Suas roupas pareciam mais bem cuidadas, mais delicadas, mas não traziam qualquer sinal de metais ou pedras, como os demais evidenciavam.

— Saudações, Ostergard — Abhaya fez uma rápida reverência e Alek tentou imitá-la. Abhaya temia que o anão a reconhecesse e tivesse ouvido sobre sua missão, mas tantos passavam por ali que isso não era provável.

— Saudações, viajantes — de fato, ele não pareceu reconhecê-la. — Sejam bem-vindos à minha humilde hospedaria! Que vocês sejam capazes de usufruir a paz tão apreciada em minhas Cavernas! Vamos fazer o cadastro de vocês e logo poderão conhecer suas acomodações.

Alek achou estranho o dono daquele lugar não ostentar riqueza como os demais anões e também observou que Ostergard era muito mais delicado na forma de lidar com os hóspedes que o anão que guardava o portão de entrada.

Ostergard, então, iniciou suas perguntas:

— Guerreiros?

— Isso mesmo — respondeu Abhaya.

— Da Luz?

— Com certeza — Abhaya apontou para os unicórnios.

— Nesses tempos de guerra não é tão fácil discernir, minha cara... — o velho anão respondeu, olhando por cima dos óculos. — Tenho visto muitas coisas estranhas chegarem até aqui. Querem acomodações conjuntas com os unicórnios?

— Nós quatro devemos permanecer juntos.

O anão fez uma pausa, virou-se para os outros que corriam ajeitando o salão e gritou:

— Elka! Venha cá!

Uma jovem anã ruiva, enfeitada demais, aproximou-se. Ostergard falou-lhe em voz baixa e logo ela desapareceu correndo. Voltou-se para os hóspedes:

— Elka providenciará a arrumação do aposento ideal. Agora preciso dos nomes de vocês.

— Para quê? — Abhaya reagiu, pois nunca fora norma esse tipo de identificação ali nas Cavernas.

— Tempos de guerra, Anuar. Não podemos preservar o anonimato. Precisamos saber quem está aqui, para garantirmos a segurança adequada, para medirmos o risco real com que estamos lidando.

Ela sorriu, como se concordasse, mas Alek conseguiu perceber seu nervosismo:

— Eu sou Gaia. Ele é Badi. Os unicórnios são Lélio e Farid — falou rápido, temendo que Ostergard percebesse que ela mentia.

Alek lembrou-se de Badi, o guerreiro da lança que o ajudara no Labirinto. Sabia que sua identidade não devia ser revelada. E deduziu que Abhaya também não poderia expor a dela porque alguém ali talvez conhecesse sua missão, a de transportar o Sombrio.

— Muito bem, assinem aqui — ele virou o livro para os dois.

Abhaya vacilou, o livro com certeza teria algum recurso mágico que denunciaria se não fossem quem diziam ser. Rodopiou a pena entre os dedos, pensando no que deveria fazer quando ouviu:

— Faça nossos registros também, Ostergard, e reveja os aposentos... Ficaremos todos juntos! — disse uma voz de trovão.

Alek e Abhaya viraram-se para trás.

— Martim, que surpresa! — falou Ostergard.

Alek achou que o guerreiro recém-chegado lembrava um *viking*, grande, forte, com a barba volumosa e os cabelos loiros e longos. Suas roupas eram tão rústicas quanto a dos anões e ele trazia uma grossa corrente de ouro sobre a vestimenta de couro. Só uma coisa brilhava mais do que a corrente: era a espada de Martim, toda dourada, com o cabo ricamente cravejado de pedras preciosas. Alek o cumprimentou com a mesma reverência que o guerreiro lhe fez.

— Eles estão com vocês, Martim?

— Com certeza, Ostergard. Eles e Verônika.

Alek viu uma guerreira aproximando-se, segurando um cavalo negro pela rédea. Ela era negra e tinha os olhos cor de mel. Seus cabelos eram brancos e presos numa longa trança enfeitada por fios coloridos. Usava um vestido comprido dourado que parecia ser de um veludo muito macio. O vestido era quase da mesma cor de seus olhos. A guerreira não trazia nenhuma arma aparente. O que chamou atenção de Alek foram suas orelhas pontudas.

— Verônika! Quanto tempo! — cumprimentou o anão, animado. E, virando-se para Martim: — Se estão com você, não precisamos dessa formalidade.

Assim que disse isso, tomou a pena das mãos de Abhaya e fechou o livro, virando-o para si. Abhaya sorriu, evidenciando seu alívio.

— Meu quarto está pronto, Ostergard? — Martim perguntou.

— Sempre pronto!

— Então, até o jantar, meu tio. — E, virando-se para Abhaya, disse: — Venham comigo.

☾

Seguiram em silêncio até o extremo oeste da montanha. Alek observou que todas as cavernas eram abertas, não possuíam portas, apenas cortinas de tecido. A maioria tinha as cortinas fechadas e luzes bruxuleantes iluminando seu interior. Pensou que isso indicava que estavam ocupadas. Algumas estavam vazias e era possível ver instalações bastante simples dentro delas, umas tinham camas de madeiras, outras apenas colchões no chão ou nem isso, só palha cobrindo a terra. Escadas de madeira levavam aos andares superiores.

Estava tão atento ao que via que não percebeu Verônika se aproximando dele. Por isso, levou um susto quando ouviu:

— A grande maioria dessas cavernas foi escavada pelos anões. Impressionante, não?

Ele apenas balançou a cabeça. Não sabia se deveria fingir que era mudo também para esses guerreiros.

Quando chegaram aos aposentos de Martim, Alek notou que a caverna era maior que as outras vistas ao longo do caminho. As tochas já estavam acesas, esperando por eles. Havia um salão logo na entrada com água e alimento para os cavalos e os unicórnios. Um pouco atrás, em um espaço menor, havia uma fogueira que já queimava. Ao fundo, outro salão trazia o chão coberto por palha recém-revirada e uma série de cinco camas de madeira com colchões coloridos.

Entraram no primeiro salão e Martim soltou as cortinas, antes presas a uma das paredes. Deixaram os cavalos e os unicórnios soltos nesse salão frontal e foram para o salão do meio. Os quatro sentaram-se ao redor do fogo.

— Verônika? — ele inquiriu, olhando para a elfa guerreira.

Ela fechou os olhos e respondeu:

— Podemos falar, mas não por muito tempo — e permaneceu de olhos fechados.

— O que fazem aqui? — Abhaya perguntou, intrigada.

— Anuar nos enviou. Sentiu seu desvio na rota e pediu que a encontrássemos — Martim respondeu. — Assim que vimos a tempestade, não foi difícil imaginar que teria trazido o Sombrio para cá. Sábia decisão, Abhaya.

Alek sentiu-se desconfortável com o guerreiro referindo-se a ele como o Sombrio, e Abhaya percebeu o desconforto, então buscou aliviar o clima:

— Alek, Martim é um dos melhores guerreiros Anuar, é um de nossos líderes. Foi meu mestre. Devo tudo o que sei a ele. E Verônika é a guerreira elfa mais habilidosa que já esteve a meu lado em um campo de batalha.

Verônika abriu os olhos por um instante, cumprimentou Alek com um sorriso e voltou a fechá-los, concentrando-se.

— E este é Alekssander, o Sombrio — Alek percebeu que Abhaya não dizia isso como os outros, não impunha desprezo ou temor ao título. Atribuía-lhe a alcunha como se fosse um sobrenome que substituísse o Ciaran que usara até então.

— Você é sobrinho de Ostergard? — Alek perguntou.

— Sou. A irmã dele é minha mãe. Se você estranhou o fato de eu não ser um anão é porque ainda não aprendeu que não deve julgar pela aparência. Tenho muito em comum com os anões — Martim foi extremamente ríspido em sua resposta.

— O que ele quer dizer é que o pai dele não é anão, mas a linhagem dos anões se confirma pela mãe... — Verônika falou sem abrir os olhos, num tom suave.

— Amanhã, seguiremos com vocês até o povoado. Lá, uma escolta de guardiões se unirá aos dois — Martim disse, dirigindo-se a Abhaya, e acrescentou:

— Isso se os Ciaran recuarem e a tempestade ceder. Talvez precisemos esperar mais tempo aqui nas Cavernas.

— Não terei como pagar. O anão nos tomou quase tudo, logo na entrada.

— Fique tranquila, Abhaya. Anuar garantirá os recursos necessários. Minha preocupação é outra: como ele passará despercebido? — perguntou, apontando para Alek.

— Ele é mudo! — foi a resposta de Abhaya, e Martim consentiu com a cabeça.

Verônika levantou a mão esquerda e abriu os olhos. A conversa parou.

— Melhor irmos jantar — Martim disse pouco tempo depois. Eles se levantaram e voltaram para o refeitório, caminhando devagar sob a chuva que continuava a cair fina.

Não dava para ver uma estrela sequer no céu encoberto. Um ruído abafado de muitas vozes vinha do salão. Devia estar cheio.

Conforme se aproximaram, começaram a sentir um aroma gostoso de comida e Alek percebeu o quanto estava com fome. Sem falarem nada, todos aceleraram o passo e logo chegaram à porta do salão central.

XIV
UM JANTAR CONTURBADO

Alek entrou logo atrás de Abhaya e o que viu foi um cenário impressionante. Quase todas as mesas do salão estavam ocupadas por seres diferentes, estranhos, incríveis. Naquele momento, sentiu-se muito privilegiado por descobrir um universo tão maior do que acreditava ser real até poucos dias atrás.

Ostergard os recebeu à porta e os guiou para uma mesa no fundo do salão, que ocupava um canto e lhes daria alguma privacidade. Abhaya seguiu ao lado de Alek, com uma das mãos em suas costas, como que o guiando e o protegendo. O ruído era tremendo, muitas vozes, muitos sotaques diferentes, mas quase todos usavam a língua antiga, e Alek tentava identificar pedaços das inúmeras conversas que ouvia.

Os anões percorriam o salão agitados, trazendo pratos, servindo comida e bebida, atendendo aos pedidos em correria. O grupo precisava, a todo instante, desviar de anões equilibrando bandejas carregadas de canecas de cerveja, garrafas de vinho, copos vazios, carnes, pães e outros alimentos.

Martim quase se chocou contra uma anã que carregava um assado enorme que lhe tampava a visão. Ele se desviou em tempo, mas ela, assustada, desequilibrou a pesada bandeja e um pouco de gordura espirrou no guerreiro. Ostergard, que ia bem à frente, parecia ter olhos nas costas, pois girou nos calcanhares e gritou com a anã, ordenando que tivesse mais cuidado. Ela parecia estar apavorada e se desculpava sem parar com Martim, que a ignorou e voltou a caminhar para a mesa.

O olhar de Alek mirava a cada instante um lado do salão, encantado com o que via. Eram elfos com a pele e os cabelos de cores diversas, humanoides com o corpo coberto de pelos longos, outros que usavam capas rústicas com capuzes que escondiam seus corpos e rostos. Em uma mesa havia quatro seres de forma humana, mas bem mais altos, muito magros e de pele verde. Eles pareciam ter um óleo sobre a pele, que brilhava. Os olhos eram amarelos, iguais em tudo aos de um réptil. Vestiam calças e camisas justas, em vários tons de azul e roxo. Os cabelos eram diferentes nos cortes, comprimentos e penteados, mas todos de cor azul vibrante. Não conseguiu identificar se os seres eram masculinos ou femininos.

Chegaram à mesa reservada a eles e Alek foi o primeiro a se sentar, escolhendo um lugar de onde poderia continuar a observar todo o salão.

Abhaya percebeu o encantamento do garoto e foi lhe passando algumas informações discretamente.

— São salamandras — ela sussurrou, identificando o grupo observado por Alek, que reunia belas mulheres e outros seres que lembravam lagartos. As mulheres tinham os cabelos em chamas e os olhos também ardiam como brasas. — Elementais do fogo.

— Como sei quem é Anuar e quem é Ciaran aqui? — ele falou baixo e com a mão tapando a boca, afinal deveria ser mudo...

— Não pela aparência, eu garanto — respondeu Verônika. — Eu não consigo identificar quem é quem em um lugar como esse. Pela tradição, aprendemos quais povos estão de que lado, mas muitos ainda me confundem.

— Com o tempo, se for seu dom, você aprenderá a perceber a aura de Luz ou de Escuridão que irradiam — Abhaya acrescentou — ou a sentir o cheiro deles, se for um guardião — e ele se lembrou de Leila e Garib farejando o ar.

— E aqueles ali, quem são? — perguntou Alek, indicando com cuidado os seres verdes que tanto lhe chamaram atenção.

— São Seres do Pântano, poderosos aliados de Anuar e guerreiros hábeis — explicou Abhaya.

— Hábeis e escorregadios... — completou Martim com certo desprezo.

— São homens ou mulheres?

Martim riu alto e Verônika respondeu:

— Pelo que sabemos, não possuem sexo... São assexuados.

— E como se reproduzem? — perguntou Alek de imediato.

— Ninguém sabe — respondeu Martim sorrindo, parecendo se divertir com a total ignorância do ser mais temido entre os Anuar e os Ciaran, o Sombrio.

— E aqueles ali naquela mesa são do povo dos homens, é isso? — Alek indicou com a cabeça, confiante, um grupo muito elegante, pensando que esses eram fáceis de se identificar.

— São vampiros, Alek... — Abhaya falou em tom de advertência. — E veja se fica quieto! Você é mudo, lembra?

Foram interrompidos por um anão gorducho que chegava com uma bandeja cheia de copos e uma grande garrafa de vinho.

— Senhor Martim, aqui está o seu vinho reservado. Todos o acompanharão?

— Eu o acompanho — falou Verônika.

— Para nós dois, hidromel — respondeu Abhaya.

— E pode pedir o assado, pão, queijo, batatas e frutas para todos — Martim completou.

— Agora mesmo, senhor! — o anão respondeu e saiu em correria, como todos os outros faziam pelo salão.

— Como não se trombam? — Alek pensou alto.

— Às vezes trombam — respondeu Verônika apontando para a camisa de Martim, manchada de gordura, e todos riram, até mesmo Martim.

O clima do salão era festivo, não parecia que reunia guerreiros inimigos. Alek estava pensando nisso quando notou que, nos cantos menos iluminados da caverna, algumas sombras se moviam. Sentiu um medo repentino, o mesmo tipo de sensação que sentira ao ver os olhos de Dario ficarem brancos na Floresta de Ondo.

— O que é aquilo? — e dessa vez apontou sem disfarçar.

— São os Renegados. Estão aqui para garantir a ordem, a neutralidade. Por que você acha que todos aqui estão rindo e não se engalfinhando? – Martim falou.

– E sem armas... – Verônika completou, e só então Alek percebeu que era verdade; até eles haviam deixado as armas na caverna em que estavam hospedados.

– Mas como vocês conseguem relaxar com eles aqui, olhando, escondidos...

– Com o tempo aprendemos a não notá-los, sabe? – Verônika respondeu de um jeito estranho, o que fez Alek pensar que também se incomodava com aquela presença.

Alek precisava ir ao banheiro e perguntou a Abhaya se ali havia um. Ela sorriu e se ofereceu para levá-lo.

No caminho, Alek viu muitos outros seres inusitados ocupando aquele imenso salão. Dois centauros, diversos cavaleiros do povo dos homens, um ciclope sentado solitário em uma mesa e algo que o deixou arrepiado: num canto bem próximo ao banheiro, uma mesa reunia seres alados completamente negros – corpos, cabelos, asas, olhos... Tudo neles era escuridão. Todos tomavam um líquido dourado e tinham os pratos preenchidos por uma gosma esverdeada. Quando passaram próximo a essa mesa, todos esses seres pararam de comer e beber, voltando-se em silêncio para os dois. Abhaya colocou a mão nas costas de Alek e o guiou para dentro do banheiro, sussurrando em seu ouvido:

– Vamos, rápido. Eles podem ver a nossa essência e descobrir quem somos.

Alek não entendeu direito o que ela quis dizer, mas obedeceu.

O banheiro era tão rústico quanto o resto. As latrinas eram escavadas no chão e havia tinas com água, nada de torneiras ou vasos sanitários.

– Pode fazer o que precisa – Abhaya falou e se virou de costas, voltando-se para a porta. – Prometo não olhar!

Era difícil relaxar num ambiente como aquele, mas ele estava apertado...

☾

Assim que voltaram para junto de Martim e Verônika, um grupo de magos e feiticeiras foi acomodado em uma mesa próxima e, logo que Martim os viu, levantou-se e foi até eles, cumprimentá-los. Ninguém fez qualquer comentário.

O anão, que pegara o pedido, retornou trazendo o hidromel, queijo e pães. Pouco tempo depois, chegavam o assado e as batatas. Martim logo se uniu a eles e todos começaram a comer e a beber. A comida estava deliciosa, mas Alek não gostou muito do hidromel, preferia as beberagens que Silvia fazia. Todos permaneceram em silêncio enquanto a fome não era saciada e, quando Alek provou uma fruta estranha, que parecia uma mexerica descascada, mas com gomos azuis, Abhaya falou:

— Há anjos da Escuridão hospedados aqui.

— Isso pode ser um problema... — Verônika comentou olhando para Martim, que procurou localizá-los no salão.

— Estão do outro lado, bem próximos ao banheiro... Não dá para ver daqui.

— E você acha que enxergaram a essência de vocês? — Martim perguntou muito sério.

— Penso que não. Não houve tempo... E esse salão cheio dificulta. Mas perceberam algo, pois interromperam a refeição à nossa passagem. E, quando saímos do banheiro, ainda nos olhavam.

— Isso pode se tornar um problema... — reafirmou Verônika.

A conversa foi interrompida. Um senhor muito velho era conduzido à única mesa vazia que restava, ali bem próxima à deles. À sua entrada, o salão silenciou e todos os seus ocupantes levantaram e abaixaram a cabeça, esperando respeitosamente o homem sentar-se. Até mesmo os anões pararam de correr. O ancião vestia um manto simples e muito gasto, da cor da terra. Tinha cabelos e barbas brancas, longos demais, e se apoiava em um cajado que mais parecia um galho envelhecido. Andava ereto, como se olhasse ao longe, com a mão magra e os dedos longos agarrados ao cajado.

Alek percebeu seus olhos brancos e ficou na dúvida se seria cego ou um Renegado.

"Mas por que todos fariam tamanha reverência a um Renegado?"

Assim que se sentou, tudo voltou ao normal.

— Quem é ele? — o garoto sussurrou.

— Um ancião, Alek — respondeu Verônika também sussurrando.

— O que é um ancião?

— Ele é um dos que previu a vinda do Sombrio... — Martim falou com rispidez, como se já não visse mais com bom humor a ignorância do garoto.

— Previu? Eu pensei que a história do Sombrio era uma lenda... — olhou para Abhaya, confuso.

— Antes de ser lenda, foi uma profecia — explicou Verônika — que ganhou diversas versões ao longo do tempo, correndo de boca em boca e se transformando em algo que não sabíamos se era apenas uma história ou uma visão do futuro. Até sua existência ser confirmada, Alek.

— Mas isso não foi há muito tempo?

— Sim, nos tempos antigos, antes da divisão dos povos... — Abhaya respondeu.

— Nossa! Ele é bem velho...

— Tem mais de mil anos — Verônica falou em um tom solene.

— Sério? Ele é cego?

— Sim, garoto. Vamos comer e calar a boca? — Martim perguntou em tom de ordem.

— Então por que tenho a sensação de que está olhando pra mim? — continuou Alek, no mesmo tom, ignorando a advertência do guerreiro.

Sua fala fez os três olharem para o ancião.

— Maldição! — esbravejou Martim. — Ele deve tê-lo sentido!

— O que fazemos agora? — perguntou Abhaya, revelando medo.

— Isso é ruim? — perguntou Alek sem tirar os olhos do homem. — Ele é um Ciaran?

— Não, Alek... Como pode não ter entendido isso ainda? Ele é um dos poucos seres naturalmente neutros que ainda restam. Antecede a divisão dos povos — respondeu Verônika, já não mais tranquila. Ela não parecia temê-lo, mas olhava agitada para o lado do banheiro, como se pressentisse algo que ninguém mais notava.

— O que foi, Verônika? — Martim perguntou, percebendo que a atenção da guerreira tinha outro foco que não o ancião.

— Os anjos da Escuridão... Sentem-se atraídos pelo Sombrio — ela respondeu como se estivesse em transe, com o olhar fixo em algum ponto distante. — Querem descobrir o que ele é. Sabem que está conosco, mas não é um Anuar. Discutem... dizem que não podem fazer nada aqui, não com os Renegados por perto... Há um anjo decidido a arriscar-se... — fez silêncio um instante e, então, gritou assustada: — Por Anuar! É Olaf! Ele está vindo para cá!

— Maldito seja! Se acontecer um enfrentamento aqui, chamaremos atenção de todos para a presença do Sombrio! — Martim falou e se pôs de pé, buscando localizar de onde viria o tal anjo.

— Ele é imprudente, Martim... — falou Abhaya, tentando contê-lo. — Mas não será louco de fazer nada aqui.

— Enfrento Olaf há séculos, Abhaya. Sei que, se ele quiser mesmo saber mais sobre o Sombrio, não hesitará em nos desafiar nem temerá os Renegados.

— Espere! Não é ele quem vem... — falou Verônika. — É um dos seus, um subalterno.

Martim voltou a se sentar e falou baixo:

— Então não fazem ideia de quem escoltamos...

Pouco depois, um anjo da Escuridão aproximou-se da mesa e Alek notou que, nos cantos próximos, as sombras dos Renegados agitaram-se, como que ficando em alerta. O anjo observou a todos em silêncio, mas ninguém, a não ser Alek, parecia notar sua presença. Quando o anjo pousou seus olhos nele, acendeu o olhar em verde, como ele já vira acontecer com Garib. Então, o Ciaran falou olhando para Alek, e sua voz era medonha, como se rasgasse sua garganta para ser liberada:

— Meu senhor pede que digam o que transportam.

— Diga para Olaf se meter com os negócios dele! — foi a resposta de Martim, sem olhar para o anjo, concentrando-se num pedaço de fruta.

O enviado fechou os olhos por instantes e sibilou como uma serpente. Aí sim, os três Anuar olharam para o Ciaran.

— Melhor agora que consegui a atenção de vocês... — o anjo falou, encarando cada um deles com os olhos acesos em esmeralda. — Agrada-me ter a atenção de vocês. Vou tentar novamente. Diga-me, Martim, guerreiro Anuar, o que transportam? Meu senhor está curioso por saber. Não é um Anuar... Isso é fácil de perceber.

— Vou repetir apenas mais uma vez — respondeu Martim entredentes. — É melhor vocês se meterem com seus negócios.

— Talvez este seja um negócio que nos pertence, não? — o anjo disse isso em tom calmo, mas ameaçador, e, ao falar, abriu suas asas imensas.

Os três guerreiros Anuar se puseram de pé e muita coisa aconteceu ao mesmo tempo.

O anjo falou numa voz estrondosa, como se fosse feita de trovões, olhando para Alek:

— Você é o Sombrio? Responda! — E todo o salão ouviu e se agitou, procurando localizar de onde vinha a voz. — Vamos ver! — e estendeu sua mão em direção a Alek, disparando do centro dela um fluxo de luz azul-profundo, com aspecto frio.

Alek recebeu o jato no centro do peito e todo o seu corpo ganhou o tom azul, acendendo-se. Os lábios arroxearam e os olhos iluminaram-se. Ele sentiu um frio intenso cortar seu corpo inteiro, teve náuseas e dor, muita dor. Era como se alguém vasculhasse suas entranhas com as mãos, revirando tudo.

Os três guerreiros Anuar saltaram em direção ao anjo mas, com a mão livre, ele emitiu um fluxo de luz no peito de cada um deles, curto e rápido, e os jogou no chão, imóveis.

— Sem suas armas, são inúteis! — continuou o anjo em sua voz de trovão e com a cabeça inclinada para o lado, com uma expressão assustadora e, ao mesmo tempo, curiosa. — Mas você, não... Você recebe a luz e a aceita, a absorve... Como faz isso? O que é você? Será mesmo o Sombrio?

Os Renegados se acoplaram ao redor do anjo, cercando-o por todos os lados e fazendo-o perder contato com Alek. Assim que o fluxo cessou, o garoto sentiu-se bem, como se nada tivesse acontecido. Olhou ao redor e viu os companheiros caídos no chão, desacordados.

O ancião apareceu ao lado de Alek e sussurrou em seu ouvido que ele precisava sair dali antes que alguém mais decidisse descobrir se ele era ou não o Sombrio. Segurou firme o ombro do rapaz e o fez virar-se.

Alek estava dividido. Não queria deixar os companheiros desacordados, mas sabia que precisava desaparecer o quanto antes. Acompanhou o homem, mas não pôde deixar de olhar para trás e ver os Renegados caindo sobre o anjo, uma imagem assustadora que lhe lembrou ratos acumulados sobre lixo.

— Ele será sacrificado — disse o ancião. — Os Renegados não permitem ataques nas áreas neutras. Não há perdão.

Alek continuava seguindo em frente, guiado pelo ancião, mas olhando não para onde ia, e sim para trás. O homem o guiou para uma reentrância escura do salão, um tipo de trinca em uma das paredes, de onde Alek ainda conseguia ver o que acontecia. Todos ouviram o grito ensurdecedor que o anjo soltou e, em seguida, houve uma explosão daquela luz escura que emitira minutos antes. Os Renegados levantaram-se, com os olhos brancos, e não havia vestígio algum do anjo.

Então foi como se nada tivesse acontecido. Todos voltaram a seus lugares e os Renegados foram em direção aos três guerreiros Anuar, ainda caídos no chão, desacordados.

— Não! — Alek gritou e se jogou para a frente, tentando alcançar seus companheiros, mas foi retido pelo punho firme do ancião.

— Não se preocupe, Sombrio. Seus companheiros não serão castigados. Os Renegados viram o que aconteceu. Irão apenas reanimá-los.

Os Renegados aproximaram-se de Abhaya, Martim e Verônika e sopraram em suas bocas. Os guerreiros acordaram tossindo, ofegantes, agitados, olhando para os lados à procura do anjo e de Alek.

— Agora vamos... — o ancião falou e puxou Alek para o interior da fenda.

— Não! Precisamos esperar por eles!

— Não podemos. Confie em mim. Ainda esta noite você reencontrará seus companheiros, Alekssander.

— Você sabe meu nome?

— Sei tudo sobre você, meu jovem. Agora, por favor, Alekssander, vamos.

ESSÊNCIA

Alek pensou que, se ele era o ancião que previra seu nascimento, seria a pessoa certa para responder tudo o que desejava saber. Deixou-se guiar naquela passagem estreita e sombria. Conforme avançavam, ficava cada vez mais e mais escuro e Alek julgava ouvir um barulho de água.

"Será um rio subterrâneo?"

Ele seguia ao lado do ancião sem enxergar nada, mas o homem andava com segurança, como se conhecesse bem o caminho, ainda que não pudesse vê-lo. O barulho da água intensificava-se conforme avançavam. Depois de uns dez minutos caminhando em silêncio e com a cabeça fervilhando em perguntas, Alek viu uma claridade avermelhada adiante:

— Estou vendo algo aceso.

— Estamos chegando ao salão.

— E esse barulho de água?

— Você verá.

Pouco depois, o túnel abria-se em uma grande caverna, iluminada por muitas tochas, e Alek realmente viu. As paredes cintilavam como se pequenos pedaços de vidro as recobrissem. Alek passou a mão na parede próxima e notou que ela soltava um tipo de areia que deixava sua mão brilhando. No canto oposto a essa entrada, um rio corria e refletia o bruxulear do fogo. Suas águas fluíam até se perderem na escuridão. O chão era de uma areia fina, macia e muito alva.

— É lindo, aqui.

— Sim, eu me lembro...

— Então, você não foi sempre cego?

O ancião riu:

— Começou rápido a fazer perguntas, não? Não, Alekssander, não fui sempre cego.

— E por que as tochas já estavam acesas? Tem mais gente aqui?

— Elas sempre ficam assim, meu caro.

— E por que...

— Espere um pouco, vamos nos sentar e logo respondo tudo a você.

Alek calou-se, contrariado. Sempre alguém o mandava parar muito antes do que queria...

O homem pareceu ter percebido a reação do jovem, porque riu mais uma vez, divertido com a situação.

Andaram em direção ao rio e Alek viu, atrás de umas pedras, um lugar preparado, como que esperando por eles. Uma pequena fogueira ardia e dois tapetes envelhecidos estavam colocados lado a lado. Sentaram-se de maneira a observar a fogueira e, além dela, as águas que fluíam. O ancião fechou os olhos alguns instantes, ficou em silêncio e depois falou, como que respondendo a alguém:

— Compreendo...

— Falou comigo?

— Não, falei com os ancestrais. Alekssander, eles me orientaram a lhe responder duas perguntas.

— Só duas? Por quê?

— É melhor pensar mais no que deseja saber, não é mesmo? Pense em como aproveitar suas perguntas. Os ancestrais dizem que seu futuro é incerto e nem tudo pode ser revelado. Por isso as duas perguntas. Concentre-se e olhe para seu interior e, quando encontrá-las, eu as responderei.

Alek controlou-se. Teve vontade de se levantar e ir embora. Como podia sintetizar tudo o que queria saber em duas perguntas? Como encontrar as perguntas dentro de si? Estava irritado, confuso, sentindo-se perdido naquele universo inesperado e agressivo que se revelava.

Não pensou, só fez o que sentiu vontade. Levantou e foi para o rio. Entrou com roupa e tudo para o banho desejado desde aquela cachoeira ao lado da cabana de Silvia, no Santuário. A água estava muito gelada, mas não gritou como costumava fazer. Aceitou seu abraço em silêncio e ficou ali por algum tempo. Sentiu os pensamentos assentarem, era como poeira abaixando... A calma tomou conta dele aos poucos e, quando saiu da água, voltando para o lado do ancião, sabia o que perguntar.

— O que você tem a me dizer?

— Perfeito! Os ancestrais estavam certos em acreditar que você saberia o que perguntar. Tenho mesmo algo a lhe dizer, Alekssander. É sobre sua natureza, sua essência. Você despertou dons, não é mesmo? Dons que você não compreende como surgiram... Que o deixam confuso. O que você precisa saber, Alekssander, é que seu dom original é aprender, é absorver.

— Não entendi.

— Cada vez que experimenta o dom de outro ser, Alekssander... Cada vez que sente no seu corpo e na sua essência outro ser usando um dom sobre você, meu jovem, torna-se capaz de reproduzi-lo. Mesmo sem compreender o processo racionalmente, sua intuição o guia, o leva a praticar o mesmo que praticaram em você, o mesmo que você sentiu.

— É como se eu clonasse o dom do outro... É isso?

— Pense nos poderes que já despertou. Deixe-me ver... – o ancião segurou os dois ombros de Alek e pediu: – Olhe bem dentro de meus olhos, Alek... Minha cegueira para o que todos veem me permite enxergar o que ninguém mais vê.

Alek obedeceu e deixou-se perder na imensidão branca daqueles olhos. Não saberia dizer se passou segundos ou horas assim, sentiu-se flutuando, sem focar o pensamento em nada, até que ouviu.

— Você sabe falar a língua antiga. E por quê?

Ele pensou uns segundos, saindo daquela sensação de suspensão, e arriscou:

— Por que Garib a usou comigo?

— Isso mesmo... E de um jeito especial. Levando-o a cantá-la, a se envolver nela. A música tem seus próprios dons, Alekssander. Garib, a guardiã da Escuridão, não sabia que você aprenderia a língua a partir dessa experiência, pensava apenas em sensibilizá-lo, fazê-lo sentir-se saudoso de algo que não recordava, e acabou por lhe abrir as portas para um dom. A mesma coisa aconteceu com Silvia ao ler seus pensamentos... Não esperava que você "aprendesse" seu dom.

— Garib também leu meus pensamentos.

— Não, Alekssander. Ela tentou, mas não conseguiu. Não devia ser hábil... Provavelmente ainda treinava esse dom, ainda não o despertara por completo.

— E quanto a falar na mente dos outros... Não é o mesmo dom que aprendi com Silvia?

O ancião sorriu:

— Esse dom, Alekssander, um dos mais escuros, você aprendeu com uma especialista... com a líder dos Ciaran.

— A serpente? Mas ela não falou em minha mente.

— Falou sim, num certo labirinto.

— Então foi ela? Eu tive dúvidas se não tinha imaginado...

— Não, ela de fato pediu para você se acalmar para o encontro inevitável. Mas ela também não imaginava que estava lhe ensinando um dom naquele momento, meu caro. Este é o segredo... Enquanto não souberem como você "aprende", continuarão a lhe ensinar. Interessante, não?

Alek pensou por um instante e, então, falou:

— Quer dizer que não devo contar a ninguém sobre isso...

— Correto. É melhor manter em segredo a maneira como você aprende. É mais prudente enquanto ainda não é maduro... Não aprendeu o suficiente ainda.

— E, se aprendo sentindo o dom dos outros em meu corpo, experimentado em mim... então eu posso fazer aquele lance de luz azul lá que o anjo fez comigo.

— Se quiser ferir alguém...

— Não, não quero ferir ninguém! — Alek sentiu-se mal com a ideia.

— Não por enquanto, meu jovem. Mas, acredite, chegará a hora em que desejará destruir alguém e, nesse momento, encontrará dentro de si o ensinamento que o anjo da Escuridão lhe deu.

— Está enganado... não vou ferir ninguém!

— Veremos...

— Espera aí... você também usou um dom em mim. Essa coisa de ver tudo o que aconteceu comigo... meu passado...

O semblante do velho sábio fechou-se:

— Para ver o que eu vi, Alekssander, precisará deixar de ver como você vê agora. Precisará não mais enxergar o presente.

— O que quer dizer? Que precisarei ficar cego?

O ancião apenas assentiu com a cabeça.

— Melhor não... — Alek concluiu.

— Era somente isso o que eu tinha a lhe dizer. Qual é a sua segunda pergunta?

— Eu tinha uma pergunta, mas o que você me contou me fez mudá-la... Até agora, meus dons são neutros ou da Escuridão, correto?

— Isso mesmo.

— Isso quer dizer que eu sou um Ciaran?

— É essa a sua pergunta?

— Sim. Eu sou um Ciaran?

— Nem sempre os ancestrais acertam. Ainda não tem maturidade. Que desperdício... — falou tudo como que reclamando a alguém que não estava ali. Depois, virou-se para Alek:

— Que pergunta idiota, Sombrio! Você é aquilo que escolhe ser. Por isso é tão temido. Pronto. Já está seguro para voltar para junto de seus companheiros... — e recomeçou a resmungar para o vazio. — Muito jovem, muito inexperiente, isso não é bom! Nada bom! Mantê-lo vivo não parece ser o correto!

O homem levantou-se, apoiando-se no cajado, e disse a Alek:

— O salão deve estar vazio a essa altura. Volte pelo caminho por onde viemos e vá para os aposentos de Martim. Seus amigos o esperam lá.

— Sozinho? Eu vou sozinho? E se alguém me encontrar? E se souberem que sou o Sombrio?

O velho sorriu de um jeito estranho.

— Aí talvez você queira destruir alguém... Quem sabe com uma certa luminosidade azul?

Alek sentiu raiva daquele homem de aparência tão frágil. Com ele, aprendera algo importante sobre si mesmo. Mas, agora, era maltratado sem qualquer motivo. Não entendia por que o ancião mudara tanto após sua segunda pergunta e não achava justo precisar voltar sozinho. Não admitia, mas o que o dominava naquele instante era medo, puro medo do que os seres que vira no salão poderiam fazer a ele e, pior, medo do que ele poderia fazer àqueles seres.

Alek sabia que precisava sair dali e encontrar seus companheiros. Levantou-se e, antes de partir, falou:

— Mesmo que não tenha sido como eu esperava, aprendi muito com você. Obrigado.

— Tem muito o que aprender ainda! O que lhe ensinei é fundamental para você trilhar o caminho que tem pela frente, Sombrio. Espero que tenha compreendido e, no futuro, seja menos tolo. Agora, vá!

Alek não disse mais nada. Saiu em direção ao corredor que o levaria ao salão. Atravessá-lo sozinho foi algo complicado e, por diversas vezes, xingou a si mesmo por não ter trazido uma das tochas consigo.

Como não enxergava no escuro, seguiu tateando uma das paredes do corredor e acabou tropeçando e batendo a cabeça no teto diversas vezes. Parecia que ali, na borda, o corredor era rebaixado, talvez tivesse vindo por seu centro, mais alto.

Em uma das vezes que tropeçou, caiu de joelhos no chão, esfolando as mãos e a perna esquerda nas pedras irregulares. Sentia uma imensa vontade de chorar, mas fazia força para isso não acontecer.

A certa altura do caminho, em meio à escuridão, questionou-se: *"e se o corredor tiver alguma bifurcação? E se, acompanhando essa parede, eu acabar em algum lugar desconhecido?"*

Quis voltar e pedir ajuda ao ancião, mas desistiu da ideia assim que ela surgiu e seguiu em frente, mais determinado.

"Se eu sair em outro lugar, aí eu volto..."

Demorou muito mais para retornar do que o tempo gasto no trajeto de ida ao salão, mas, assim que viu a luminosidade à frente, acelerou o passo e chegou ao refeitório de onde partira. Estava tudo vazio e poucas tochas eram mantidas acesas.

Alek saiu da rachadura da parede e levou um tremendo susto quando uma mão gelada pousou em seu ombro:

— Finalmente voltou, Sombrio! — reconheceu a voz poderosa e isso fez os pelos de seus braços arrepiarem.

A MARCA DOS RENEGADOS

— Dario, é você?

— Pensou que fosse quem? O anjo da Escuridão? — respondeu o guerreiro, saindo da penumbra com os olhos brancos e fixando o rosto de Alek. — Até agora não acredito que aqueles guerreiros Anuar ousaram trazer o Sombrio para cá. Se bem que você não parece ser grande coisa, não é mesmo? No fim das contas, todas aquelas histórias devem ser apenas isso: histórias, lendas...

Alek não respondeu. Sabia que deveria se impor ou não estaria seguro nas mãos do Renegado:

— O que faz aqui, Dario? Esperava por mim para quê?

Dario sorriu:

— Com a intenção de receber por sua segurança. E receber muito bem, aliás. Seus companheiros de viagem terão de pagar caro pela guarda do Sombrio. Vamos? Eles esperam por você.

Alek teve o impulso de dizer que sabia o caminho e iria sozinho até a caverna de Martim, mas pressentia que não seria uma boa ideia. Seguiu calado, ao lado de Dario, até a caverna do extremo oeste. No caminho, percebeu o quanto estava molhado e enlameado por conta da queda no interior da fenda. Devia estar com uma aparência medonha.

A noite continuava fria, ventava e chovia muito, uma chuva gelada que cortava a pele.

Ao longo de todo o trajeto, notou uma guarda intensiva de Renegados, todos de olhos brancos e sem mais se preocupar em se ocultar nas sombras, circulando perto das cavernas nos diferentes níveis. À sua passagem, voltavam a cabeça para vê-lo.

Seu corpo todo doía, talvez pelos machucados, talvez pela tensão, talvez pela chuva fria que o castigava... A cada passo, tinha a sensação de que nunca chegaria aos seus aposentos, mas chegou.

Dario afastou a cortina e entrou sem pedir licença, segurando no ombro de Alek. Os três guerreiros estavam calados ao redor da fogueira, como que aguardando a chegada deles.

— Trouxe de volta a relíquia de vocês. Agora, precisamos acertar as contas.

— Alek, o que aconteceu com você? — perguntou Abhaya, levantando-se e indo em sua direção, assustada.

— Depois saberemos, Abhaya — interrompeu Martim. — Leve-o para tomar um banho enquanto acertamos os detalhes com Dario.

Abhaya concordou com um gesto de cabeça e Dario soltou Alek, empurrando-o na direção da guerreira.

Todos permaneceram em silêncio enquanto Abhaya levou Alek para o aposento do fundo. Os unicórnios e os cavalos estavam ali, provavelmente escondidos de Dario, talvez para protegê-los de serem incluídos na negociação do Renegado.

Abhaya guiou Alek até outra fenda na lateral esquerda do aposento.

"Como não vi isso antes?"

Alek tremeu ao pensar que precisaria atravessar outro corredor escuro, mas, assim que se aproximou da abertura, viu que ela levava a um pequeno quarto, na verdade um banheiro com ares de improvisado, onde havia uma tina com água quente esperando por ele.

☾

Enquanto tomava seu banho, Alek não conseguiu relaxar nem aproveitar a sensação boa da água quente. O cansaço e as dores dos machucados diminuíram, mas ele não percebeu. Esforçava-se para ouvir o que conversavam na sua ausência.

A acústica daquela caverna não ajudava, e ele presumia que deviam estar falando baixo de propósito. Não parava de perguntar o quanto seus companheiros deveriam pagar aos Renegados por sua presença em território neutro. Isso fazia com que se sentisse um peso indesejado e não lhe dava vontade alguma de sair daquela tina de água. Se pudesse voltar para o seu mundo, retomar suas férias, aproveitar o tempo livre com os amigos, esquecer tudo aquilo. Se pudesse, voltaria, fugiria dali e se esconderia para sempre entre os humanos.

"O que meus amigos estão fazendo? Será que notaram a minha falta? O que eu vou falar para eles quando voltar? Será que eu vou voltar?"

Depois de pensar assim, Alek sentiu-se ainda pior e não queria mais ficar ali na tina de água, perdido em devaneios. Não possuía, porém, qualquer força ou ânimo para erguer-se.

Enquanto refletia sobre o que fazer, escutou Martim aumentando a voz:

— É isso o que quer? Então terá! E farei de tudo para que colha as consequências, Renegado!

Um burburinho de vozes se fez ouvir em seguida e, instantes depois, silêncio.

O que Alek não presenciou foi uma cena atípica até mesmo no universo dos Anuar e dos Ciaran.

Dario pedira um preço alto pela proteção do Sombrio. Dessa vez, não cogitara a vida de um unicórnio, muito menos a essência dos Anuar condenados – comumente usada para os pagamentos.

Queria sangue. Sangue dos três guerreiros da Luz, dos três Anuar dignos e poderosos que tentaram ludibriá-lo.

De início, isso foi rebatido por eles. Sabiam que a extração do sangue por um Renegado não era simples, mas dolorosa e os debilitaria muito. Com o sangue, um Renegado conseguia sugar parte maior da essência do ser. Nenhum deles passara por isso antes, mas todos conheciam histórias sobre o processo, ainda que nenhum Anuar assumisse publicamente ter passado pela experiência.

Diziam que as extrações não deixavam cicatrizes físicas, mas marcavam o que restava da essência para sempre. E essa era uma marca que ninguém tinha orgulho em ostentar.

A negociação não foi pacífica e, por fim, Dario os convenceu de que não aceitaria qualquer outra forma de pagamento e, cínico, concluiu:

— Fiquem tranquilos. Não extrairei mais do que o necessário.

Foi depois disso que Alek ouviu o esbravejar de Martim e o burburinho confuso de vozes.

Dario tirou um instrumento para a extração de dentro de uma bolsa que trazia junto ao corpo, se é que se pode chamar de instrumento algo tão estranho, uma mistura de ferramenta e ser vivo. A aparência era de um bastão de vidro amarelado, com uns dois palmos de comprimento, mais estreito que um copo, com uma base mais larga e achatada na parte aberta. A outra extremidade, fechada, possuía um anel de metal acobreado, com uns dois dedos de largura. Não transmitia sensação alguma, tampouco causava medo.

O primeiro a estender o braço foi Martim.

Dario sentou-se à sua frente, apoiou o braço estendido em seu joelho e falou:

— O importante é não mover o braço, compreende? Não tente tirá-lo e muito menos mover o extrator antes de o trabalho ser finalizado.

— E se eu fizer isso?

— Seu braço será arrancado.

Nada mais foi dito. Dario colocou a base larga do extrator sobre o antebraço de Martim. Assim que o vidro entrou em contato com a pele do guerreiro, os olhos de Dario ficaram brancos e algo parecido com um verme esbranquiçado começou a esticar-se, vindo do alto do vidro para a sua base, saindo da parte oculta pelo anel de metal. Dario segurou o extrator durante todo o processo. Assim que o verme chegou à boca do aparelho, três ferrões saíram do alto de sua cabeça e fincaram-se no braço de Martim.

O guerreiro fechou os olhos, não gritou, mas a expressão de dor em seu rosto era visível. O corpo todo do verme fazia um movimento de sucção e era possível ver o sangue saindo do braço e preenchendo seu corpo. Quando ele se tornou completamente vermelho e inchado, recolheu os ferrões e encolheu-se dentro do tubo de vidro até voltar a ficar invisível sob o anel metálico.

Dario tirou o extrator e, no braço de Martim, ficaram três pequenos cortes, sangrando. O Renegado guardou o extrator com cuidado em sua bolsa e pegou outro extrator, perguntando:

— Quem será o próximo?

Verônika seguiu Martim em sua doação forçada. A guerreira também não emitiu som algum, mas seus olhos verteram lágrimas de dor durante todo o processo. Abhaya, quando chegou sua vez, não suportou e gritou com a entrada dos ferrões. Também chorou contidamente durante toda a extração.

Recolhido o terceiro verme, Dario agradeceu e disse:

— Vocês contam com nossa proteção pelos próximos dois dias.

Depois saiu, deixando os guerreiros abandonados à sua dor.

☾

Ao ouvir o grito de Abhaya, Alek se vestiu rapidamente, ainda molhado, e voltou ao aposento da fogueira. Mas, quando lá chegou, não encontrou mais Dario, apenas os três guerreiros, sentados aos redor do fogo, calados, cada um com três pequenos cortes na parte interna do antebraço esquerdo que ainda vertiam sangue. Abhaya continuava a chorar.

— O que aconteceu?

Verônika foi quem respondeu, pois os outros dois ainda pareciam perdidos em algum lugar entre a realidade e os devaneios:

— Pagamos o preço por transportar o Sombrio.

— E esses cortes nos braços de vocês?

— Foi o preço pago, Alekssander... – ela continuou com sua voz suave, olhando no fundo dos olhos dele. – Dessa vez, o Renegado quis nosso sangue, nossa essência individual.

— Para quê?

— Ninguém sabe ao certo, mas o que ouvimos é que, usando um artefato, eles conseguem extrair do sangue de um Anuar mais do que nossos feiticeiros retiram dos condenados. Dizem que, usando isso, recuperam um pouco da sensação de ter a própria essência, perdida quando optaram por renegar-se. Deve ser como uma droga para eles, compreende?

— Não tenho certeza. Esse é o mesmo artefato que eles usam para renegar a essência deles?

— Não sei...

Alek tinha a sensação de que poderia ser, já que o artefato, na verdade, era um extrator de essência.

— E não é melhor essa extração do que matar alguém para fazer isso?

Ninguém lhe respondeu e ele não conseguia entender como uma retirada de sangue poderia ser algo tão terrível. Após alguns instantes de silêncio, perguntou:

— Como vocês estão?

— Demos um pedaço de nossa energia vital, Alek – Abhaya respondeu. – Estamos enfraquecidos. Vamos nos recuperar, mas levará um tempo.

— Aqueles malditos! – esbravejou Martim. – Com isso, não podemos partir amanhã. Não teremos força para protegê-lo. Arrumaram um jeito de nos segurar aqui por mais um dia, e isso pode não ser bom. Não sabemos o que de fato planejam.

— Você acha que são capazes de nos trair? — questionou Abhaya. — Pagamos o que pediram!

— Não sei. Em tempos de guerra, neutralidade é algo que deixa de existir facilmente... — Martim respondeu em um tom soturno.

— Agora venha, Alek, sente-se conosco e nos conte o que lhe aconteceu... — chamou Verônika ainda mais suave e indicando a ele que se sentasse entre ela e Abhaya.

Alek obedeceu e contou aos guerreiros sobre seu encontro com o ancião. Eles haviam dado seu sangue por ele, não tinha por que esconder nada deles, não achava justo. Seu coração pedia que fosse sincero e contasse tudo, quase tudo: só não revelou como seus dons eram despertados, pois se lembrou do que o ancião dissera sobre isso permanecer conhecido apenas por ele.

— Por que você não me contou que tinha desenvolvido dons de um Ciaran, Alek? — Abhaya perguntou assim que ele acabou o relato. Estava se sentindo traída e temia que o garoto, por quem dera seu sangue, estivesse se transformando num poderoso inimigo.

— Tive medo, Abhaya — ele foi sincero. — Tive medo de você me julgar e se afastar de mim.

— Você é aquilo que escolhe ser... — falou Verônika em um tom austero, repetindo a fala do ancião. — Você ainda não é um Ciaran, Alek. Tampouco é um Anuar. Só o tempo dirá qual é sua essência.

— O tempo e suas escolhas... — completou Martim, muito sério.

— E ter nos contado tudo demonstra sua confiança em nós... — Verônika falou, olhando para Abhaya.

Alek sentiu-se mal, afinal não tinha contado tudo. Mas sabia que era melhor guardar para si o segredo sobre seu aprendizado. Todos ficaram em silêncio, até que Alek falou:

— Eu... Eu quero agradecer o que vocês fizeram por mim esta

noite. Obrigado. Espero poder retribuir quando chegar a hora.

– Não fizemos mais do que cumprir nossa obrigação para com Anuar – respondeu Martim, voltando ao seu estado normal de rispidez. – Cumprimos ordens dele. O melhor é que você desenvolva algum dom guerreiro para poder se defender sozinho nas próximas situações que, com certeza, enfrentaremos. Agora, vou me deitar e descansar. Penso que vocês deveriam fazer a mesma coisa.

Assim acabou aquela longa noite. Todos foram descansar nas camas preparadas ao fundo da caverna, mas Alek preferiu deitar-se perto de seu unicórnio e sentiu-se reconfortado ao encostar seu corpo no de Lélio. O calor do unicórnio era o melhor carinho que poderia receber naquele momento.

UM DIA DE APRENDIZADO

Quando Alek despertou, o sol ia alto. Na caverna, apenas Lélio o observava:

— Bom dia, Alek.

— Bom dia, Lélio. Onde estão os outros?

— Despertaram com a aurora. Precisavam visitar um local sagrado para recuperar suas forças o quanto antes.

— Estamos sozinhos, então? – Alek perguntou com medo.

— Estamos. Mas não precisa temer, amigo. Com o que pagaram aos Renegados, estaremos seguros. Pelo menos por enquanto...

— Será? – perguntou pensativo e se levantou sem saber se deveria ou não sair da caverna. Lélio o acompanhou, e Alek ficou surpreso ao abrir a cortina e ver um céu azul, sem qualquer sinal da tempestade que os trouxera até ali.

— Você precisa ir ao salão central e tomar sua refeição. Eu o acompanho, Alek.

— E se acontecer algo como ontem?

— Não acontecerá. Vamos...

Lélio saiu e Alek o seguiu. Foram lado a lado em direção ao salão. Os Renegados continuavam na sua vigília e em todo o trajeto não viram nenhum Ciaran ou Anuar. A não ser pelos Renegados, o lugar parecia vazio.

— Você sabe para onde Abhaya, Martim e Verônika foram, Lélio?

— Foram até a cabana de Silvia.

— Nossa! Então não conseguirão voltar hoje.

— Usaram um portal, Alek. Devem voltar da mesma forma... Depois do que ocorreu ontem, não há por que temerem ser rastreados.

Ostergard estava parado à entrada do salão, de olhos fechados e mãos cruzadas sobre a barriga, tomando sol em sua longa barba. Ao ouvir passos, abriu os olhos e sorriu para Alek, algo que o garoto não esperava.

— Seja bem-vindo, jovem Sombrio. Preciso que saiba que estou honrado com a sua presença aqui nas Cavernas. Sou um privilegiado por viver em sua época e ainda poder hospedá-lo! Venha, entre, acomode-se e tome seu desjejum.

Alek não compreendeu por que sua presença agora era valorizada pelo anão. Entrou, com ele empurrando suas costas, e viu que poucos hóspedes tomavam o café da manhã.

— Onde estão todos?

— Aqui nas Cavernas é costume tomar o desjejum muito cedo, antes mesmo de o sol nascer. São poucos os que ficam o dia inteiro. Todos estão de passagem. Aguarde que logo será servido.

Ostergard saiu e Alek ficou observando os hóspedes, que também o observavam com discrição. Eram apenas quatro as mesas ocupadas. Em uma delas estavam as Salamandras que chamaram sua atenção na noite anterior. Em outra, uns dez seres pequenos, mini--homens vestidos de calças coloridas, suspensórios, botas e camisas brancas, tinham uns dez ou doze centímetros de altura. Eles estavam sobre a mesa, sentados e comendo. Alek supôs que algum dos anões os colocara lá, porque seria um tremendo esforço para eles subirem tudo aquilo sozinhos. Na terceira mesa havia um casal de elfos de pele bronzeada e olhos cinzentos vestia roupas de viagem em tons crus, que pareciam tecidas à mão. Provavelmente partiriam logo. E, na quarta mesa, estavam os seres do pântano que tanto despertaram o interesse de Alek na noite anterior.

O café de Alekssander chegou sem que ele precisasse pedir nada. Ao que parecia, Ostergard mandara trazer um pouco de tudo. Seria impossível comer toda aquela fartura, então ele fez o que sempre fazia: experimentou o que era diferente e, quase meia hora depois, saía do salão até torto de tanto comer.

Lélio o esperava do lado de fora e não estava só. Dois dos seres do pântano esperavam ao seu lado, sob a sombra de uma árvore. Alek aproximou-se, e Lélio falou:

— Eles precisam conversar com você, Alek. E eu acho melhor fazermos isso na caverna de Martim.

Alek consentiu com um sinal de cabeça. Não via mal algum naquilo, já que eles eram Anuar também. Caminharam em silêncio em direção à caverna do extremo oeste. Alek sentia um vazio estranho, não estava se corroendo de curiosidade para saber o que eles teriam a lhe dizer. Nem tinha a cabeça recheada de perguntas a fazer. Aproveitou a caminhada para contemplar mais uma vez aquele lugar diferente. As cavernas cavadas pelos anões, umas sobre as outras, formavam um cenário curioso e grandioso. As cortinas abertas revelavam que os aposentos esperavam por novos hóspedes, que chegariam com o anoitecer. Alguns anões trabalhavam limpando e ajeitando os aposentos.

— Algumas dessas cavernas já existiam, eles não escavaram todas.

Alek assustou-se:

— Você leu meus pensamentos? Eu não o senti entrando...

— Fazemos isso de um jeito diverso, não precisamos invadir sua mente – sua voz era suave e jovial, e os sons de "s" e de "z" sibilavam quando pronunciados. Não era possível definir se a voz era masculina ou feminina. – Visualizamos o pensamento quando ele sai da mente e se projeta no espaço – explicou, fazendo um gesto suave com a mão e indicando o deslocamento de algo no ar.

— Todos os pensamentos fazem isso, são projetados no espaço?

— Todos. No entanto, se há muitos seres juntos, é difícil distinguir quem pensou o quê... – e sorriu. – Aliás, não nos apresentamos... sou Amandy, guerreiro Anuar.

— Ah, desculpa, eu sou Alekssander – disse estendendo a mão e se sentindo desconfortável por não saber o que era, se Anuar ou

Ciaran, e não poder se apresentar como fizera Amandy. Os dois deram as mãos e Alek sentiu a pele do guerreiro, fria e escorregadia.

— Aquele que segue à frente, com seu unicórnio, é Douglas, mago Anuar.

Alek sorriu, lembrando do amigo de mesmo nome e que nada tinha a ver com um mago ou um ser do pântano.

— E vocês querem falar comigo sobre o quê?

— Assim que chegarmos à caverna de Martim, saberá.

Andaram mais alguns minutos em silêncio.

☾

Na caverna, acomodaram-se ao redor da fogueira que fora refeita e acesa enquanto ele tomava seu café da manhã. Sentaram-se ao redor do fogo e Lélio também ficou ali, próximo de Alek.

— Comecemos... — falou Douglas, com uma voz rouca, profunda e mansa ao mesmo tempo, mas que também tornava os sons de "s" um sibilo. — Procuramos por você, Alekssander, o Sombrio, porque somos um povo tão antigo quanto os anciãos... e conhecemos parte da profecia que não foi revelada aos descendentes dos homens.

— Uma parte da profecia desconhecida pelos anciãos? — Alek quis certificar-se de que estava compreendendo.

— Não, não é isso — continuou Douglas. — Uma parte da profecia desconhecida pelos anciãos descendentes dos homens. Não sei o quanto você sabe sobre a profecia, Alekssander...

— Sei que um ancião previu o nascimento do Sombrio, um ser que poderia dominar Luz e Escuridão, não é isso?

— A profecia não foi a visão de um, mas de cinco anciãos... cinco líderes neutros que antecederam a divisão das forças e também a previram. Cada líder descendia de uma linhagem antiga e um deles era representante do meu povo, meu antepassado.

— Do pântano?

– É assim que se referem a nós nos dias de hoje... – falou com desapontamento. – Talvez por receio da nossa origem. Descendemos dos répteis, Alekssander... assim como a atual líder Ciaran. Provavelmente por isso os Anuar de hoje preferem dizer que somos o Povo do Pântano em vez de reptilianos. Mas, voltando ao assunto, um dos nossos participava do conselho e teve parte da visão. Cada membro do conselho teve uma parte da visão. Isso é pouco conhecido...

– Mas e o ancião com quem conversei ontem? Não foi ele que...?

– Não. Não foi Anselmo que teve a visão sozinho. Ele apenas a interpretou e guardou para si a tarefa de divulgá-la a todos os Anuar e Ciaran que viriam a existir nos dias que se aproximavam. Acontece que Iberaba, o ancião de meu povo, não revelou sua visão por completo aos outros por precaução e, antes de partir deste mundo, contou-me o que viu.

– Vocês também vivem mais de mil anos? Igual ao Anselmo?

Douglas riu. Com algo tão importante para saber sobre si, o Sombrio se perdia em suas curiosidades, como um garoto:

– Vivemos algumas centenas de anos, Alekssander. No tempo dos humanos, isso seria muito mais... não sou bom em contas! – e sorriu. – Fui o último discípulo de Iberaba e logo terei meu discípulo derradeiro também.

Os dois ficaram alguns segundos calados.

– Quando Iberaba me relevou sua visão, ele me incumbiu de procurar o Sombrio e expor a verdade a ele. No caso, a você, Alekssander.

– E qual é a verdade?

– Ela só poderá ser dita a você! – falou, indicando Lélio com a cabeça.

– Eu confio nele. Pode falar – Alek o defendeu.

– Não. Só seus ouvidos poderão ouvir.

Lélio e Amandy levantaram-se e dirigiram-se à saída da caverna. Ao sair, Lélio virou-se para Alek.

– Se precisar de mim, estarei bem próximo à porta. É só chamar...

Assim que se viram a sós, Douglas prosseguiu:

— Anselmo deve ter lhe contado sobre a forma como você aprende...

— Como você sabe disso?

— Todos os cinco anciãos viram isso, Alekssander. Eles decidiram que essa parte da profecia não deveria ser revelada ao mundo, mas guardada apenas entre nós, até que pudesse ser ensinada a você.

— Sim, Anselmo me contou.

— O que ele não sabe é que seu corpo todo aprende.

— E o que isso significa?

— Que não é tão fácil controlar o que usar ou não, Alekssander. Não é uma simples questão de escolha. Uma vez que experimenta um dom, você pode decidir usá-lo em uma dada situação e, então, reproduzirá o que sentiu. No entanto, em uma ocasião extrema, durante um combate, por exemplo, você poderá agir sem controle, ou melhor, reagir. Seu corpo poderá usar os dons de defesa ou de luta, por exemplo, de forma instintiva, sem sua aprovação consciente.

— Sem que eu queira... É isso?

— Correto. E isso oferece dois perigos: primeiro, o de você tornar-se uma arma descontrolada, que ameace a todos, inimigos e aliados. Segundo, o de você não ter o poder da escolha. Ou seja, será um Ciaran ou um Anuar de acordo com o que determinar o destino.

— Destino? Não há uma forma de controlar tudo isso? — Alek sentia medo do que poderia se tornar, e um pensamento se fixou em sua mente: *"O mais sensato seria destruir o Sombrio"*.

— Refleti sobre isso por séculos... desde que Iberaba me contou essa parte oculta da profecia. Mas não penso mais que o melhor seja destruí-lo, Alekssander. O único caminho que vi seria você entrar em contato com tantos dons da Luz quantos da Escuridão. Construir um equilíbrio dentro de si...

— Ainda assim não teria como controlar a manifestação...

— Você tem razão, mas pense comigo: se um dom da Escuridão se manifestasse e não fosse desejado, você poderia contrabalanceá-lo com a manifestação consciente de um dom da Luz. Se tivesse dons aprendidos e ainda não manifestados, sempre teria como construir seu próprio equilíbrio, escolhendo o que manifestar... tecendo seu destino.

— Para isso, eu precisaria ter um tipo de estoque de dons...

Douglas sorriu:

— Algo assim, Alekssander.

— E quantos dons eu posso aprender?

— Não sei responder. Entre os Anuar e os Ciaran isso costuma variar. Há quem manifeste apenas um dom em toda a sua vida. Há quem desenvolva mais dons do que podemos contar nos dedos das mãos. Mas o comum é seguir um único caminho: o guerreiro desperta dons de combate; o guardião, dons de proteção; o curandeiro, dons de cura... Alguns poucos são especiais e conseguem seguir dois caminhos, como Leila.

— Você conheceu minha avó? Quer dizer, você...

— Sim, Alekssander. No tempo em que foi permitido a meu povo permanecer neutro, Leila esteve entre nós. Aprendeu conosco e despertou dons de cura excepcionais. Apenas séculos depois os dons de guarda começaram a se manifestar. Mas aí foi tempo de uma grande guerra, na qual precisamos nos posicionar e escolhemos o lado dos Anuar. Desde essa época nunca mais vi Leila, mas acompanhei sua história e sei que se tornou tão hábil guardiã quanto curandeira.

— Então vocês não são Anuar?

— Não. Somos aliados de Anuar. Nossa natureza não pende para a Luz ou para a Escuridão, permite a escolha e, por isso, nos respeitam... por temor.

— Esse mundo de vocês é complicado, viu?

— Nosso mundo, Alekssander. Você faz parte dele e, até onde sei, é a criatura mais complexa...

Alek calou-se e pensou por alguns instantes:

— Eu também poderei seguir mais de um caminho? Como minha avó? Como Leila?

— Não sei dizer. Nada sobre isso foi visto na profecia. Quantos dons? Será um guerreiro? Um mago? Um curandeiro? Ou nada disso? Algo novo, talvez?

A conversa foi interrompida por uma forte rajada de vento que fez a cortina levantar. Lélio falou da entrada:

— A tempestade! Parece que retorna e com força.

— Antes de nos despedirmos, Alekssander... você já recebeu um dom de Amandy.

Alek ficou pensativo por um momento.

— O de ler os pensamentos que se projetam no espaço... — falou como que olhando para dentro de si.

— Isso mesmo, jovem Sombrio. Todos os reptilianos compartilham esse dom. Agora, quero lhe ensinar outro dom antigo de meu povo. Um dom de magia bastante temido, mas que poderá ser útil. Venha cá. Vamos ver se é capaz de absorvê-lo.

— E se eu não for?

— Pelo que o vi fazer com o golpe do anjo da Escuridão, penso que não terá qualquer dificuldade... Os dons de magia devem ser absorvidos da mesma maneira que aquele o foi... Resta saber se poderão ser manifestados, mas isso você descobrirá no tempo certo.

Alek aproximou-se de Douglas. Os dois ficaram em pé e Douglas segurou os ombros do rapaz, olhando em seus olhos:

— Está com medo?

— Um pouco...

— Admiro que assuma seu temor. E ele tem sua razão de ser. Se fizesse o que pretendo com um humano normal, ainda que um mago Anuar ou Ciaran, com certeza não suportaria, pois este é um dom que reúne as duas forças. Mas tenho quase certeza de que não sofrerá danos.

— Quase certeza?

— Não tenho o dom de prever o futuro... — Douglas sorriu mais uma vez.

Então apertou os ombros de Alek e foi como se uma descarga elétrica atingisse o rapaz. A primeira sensação foi de choque, a segunda foi de calor, um calor intenso, depois foi como se seu corpo borbulhasse, cozinhando ou liquefazendo-se...

Para quem visse de fora, Alek recebera a descarga de um raio direto em sua cabeça e desaparecera na explosão dessa força elétrica.

Dor ele não sentiu, mas, quando Douglas o soltou, teve uma náusea fortíssima, seu corpo contorceu-se e ele caiu de joelhos, vomitando em jatos.

— São as águas de seu corpo aprendendo a lidar com essa forma de energia... – ouviu, mas não compreendeu.

As cólicas eram agressivas e o vômito vinha em jorros, expelindo seu café da manhã e muito mais. Douglas foi em direção à porta, mas, antes de sair, virou-se para Alek:

— Agora, Alekssander, você possui duas habilidades mágicas dentro de si, dois dons diferentes que lhe serão úteis no campo de batalha que o espera. Isso se conseguir manifestá-los. Um dom da Escuridão, presenteado por um anjo. Outro, um dom que não possui lados, mais antigo que os Anuar e os Ciaran. Vejamos quais serão as escolhas de sua mente e de sua essência... Até nosso próximo encontro, jovem Sombrio.

E saiu, deixando Alek entregue a seu mal-estar absoluto.

Quando Lélio entrou, encontrou Alek caído, desmaiado na poça de seu próprio vômito. Tentou reanimá-lo, mas não conseguiu. Então, deitou-se ao seu lado e esperou.

Algum tempo depois, os guerreiros Anuar entraram na caverna e se assustaram ao encontrar aquela cena. Foi Martim quem perguntou:

— O que aconteceu a ele?

— Não sei... teve uma conversa com dois representantes do Povo do Pântano. Quando partiram, o deixaram assim...

— Verônika, peça para Ostergard providenciar um banho. Vamos reanimar o garoto e descobrir o que aconteceu.

Verônika saiu da caverna. Todos pareciam preocupados, e o silêncio se tornou pesado.

— E vocês? Conseguiram recuperar-se? — Lélio perguntou a Abhaya.

— Quase que completamente. Anuar em pessoa nos encontrou e nos ajudou. Reuniu os melhores curandeiros para que pudéssemos ser tratados rapidamente.

Verônika entrou acompanhada de duas anãs. Em instantes, o banho estava preparado. Martim pegou Alek nos braços, ainda desacordado, e o levou para a tina de água. Enfiou-o vestido na água e, aos poucos, Alek foi recobrando os sentidos. Quando percebeu que Martim o segurava na tina, sorriu. Estava fraco, muito fraco. Segurou o braço do guerreiro e disse numa voz muito baixa:

— Os cortes... sumiram...

— Sumiram do braço, mas deixaram suas marcas na minha essência.

Alek não compreendeu o que significava a fala do guerreiro, mas em breve descobriria o sentido daquelas palavras na própria carne.

Aos poucos Alek melhorou, porém continuava com a sensação de fraqueza. Martim deu-lhe uma roupa limpa, como aquelas de viagem, de cor crua e tecido grosseiro, que vestira ao sair da casa de pedra. Ajudou-o a se vestir e o acompanhou até o fogo. Ali, Verônika e Abhaya o esperavam. O local havia sido limpo pelas anãs. Alek não sabia o que dizer, precisava contar o que acontecera, mas como?

Falou, então, que Douglas lhe dissera que cada um dos cinco anciãos tivera uma parte da profecia e disse ter passado muito mal depois de ter ouvido tudo o que lhe foi revelado.

— Deve ter sido a conexão estabelecida entre você e Douglas — cogitou Abhaya.

Martim e Verônika pareceram concordar.

— Eles possuem uma essência diferente da nossa, nunca me sinto bem na presença deles — comentou Martim.

Então, Verônika tomou a palavra:

— Se foram cinco os profetas, pode haver mais partes da profecia que não tenham sido reveladas a todos. Concordam? E por que Anselmo tomou para si a autoria, como se fosse o único profeta?

— Douglas disse que Anselmo recebeu a missão de divulgar a profecia...

— E ele falou algo mais? — a elfa perguntou, olhando para Alek com atenção, de forma que o impossibilitava mentir.

— Disse... disse que a minha natureza, se serei um Ciaran ou um Anuar, não dependerá apenas da minha escolha. Essa é uma parte não revelada pelo ancião do povo dele.

— Como não dependerá de sua escolha? — questionou Abhaya, que se mantinha distante de Alek desde que soubera de seus dons Ciaran. — O ancião Anselmo não lhe disse o contrário?

— Não dependerá apenas de minhas escolhas — repetiu Alek. — Segundo Douglas, alguns dons vão se manifestar sem que eu tenha o controle racional... Simplesmente acontecerão e revelarão minha essência.

— Até agora, em seus dons predominam a Escuridão... — a garota comentou taciturna.

— É muito cedo para qualquer avaliação desse tipo, Abhaya — interrompeu Verônika. — Alek precisa de nossa proteção, não de nossas críticas. Anuar não investiria tanto em sua busca se não confiasse em sua essência.

— E por falar em Anuar — Martim mudou o rumo da conversa —, precisaremos partir logo após o almoço. Você deve ter visto que a tempestade está sendo formada mais uma vez. É sinal de que os Ciaran pretendem atacar. Todos sabem de nosso paradeiro. A vila para a qual vocês se dirigiam ontem é bem mais segura que qualquer território supostamente neutro. É uma vila Anuar desde a origem do nosso povo e, ali, os Ciaran não entram, nem mesmo mortos. Vamos comer e partir.

— Eu não vou comer... ainda não estou bem.

— Você está fraco, Alek — avaliou Verônika. — Precisa comer algo. Trarei frutas para você e algum pão para a viagem, para o caso de se sentir melhor, certo?

Alek consentiu e Martim levantou-se para sair:

— Enquanto nos preparamos para partir, tente dormir um pouco, descansar.

Os três guerreiros saíram e Alek ficou sozinho na caverna. Lélio estava lá fora, com os cavalos e o outro unicórnio, sendo preparado para a viagem.

Alek sentia-se fraco, cansado. Foi para a parte de trás da caverna e deitou-se em uma das camas. O colchão era recheado de palha, macio, perfumado... Adormeceu. E sonhou.

Em seu sonho, Alek viu-se em meio a uma batalha, sozinho, sujo, sangrando. Estava tudo escuro e uma chuva forte caía. Ele procurava por seus companheiros, mas não sabia onde estavam. Escondia-se, não queria lutar.

Viu Martim e Verônika combatendo lado a lado. Aproximou-se, mas se deteve ao ver três anjos da Escuridão atacando os guerreiros Anuar. Ele poderia detê-los, sabia disso. Mas tinha medo, não se sentia seguro para despertar um dom.

Abhaya aproximou-se para ajudar os companheiros. Um dos anjos, que trazia em suas mãos uma espada, golpeou a guerreira, enfiando a lâmina completamente no ventre da jovem.

Alek acordou gritando. Podia ter evitado aquilo, não podia?

Será que seu sonho trazia uma visão do futuro ou um vislumbre de suas preocupações?

Ficou sentado alguns instantes, mas o cansaço o dominou e acabou deitando-se e adormecendo de novo, dessa vez sem sonhos para acompanhá-lo.

O ENCONTRO COM A TEMPESTADE

Alek foi acordado no início da tarde. Tudo pronto para partir.

Verônika insistiu para que ele comesse algo, mas não tinha fome. Abhaya aproximou-se e estendeu-lhe um cantil:

— Tome, é aquela beberagem de Silvia.

— Vocês estiveram lá hoje, não é?

— Sim. Fomos até a cabana para nos curar. Pedi que ela preparasse para você.

Ele bebeu o preparado de Silvia e sentiu aquecer-se por dentro. Ainda estava cansado e com certo mal-estar, mas parte de suas forças voltou logo que o líquido entrou em seu corpo.

— Prontos para partir? — era Martim que entrava, chamando-os.

— Pronto! — respondeu Alek, levantando rapidamente e sentindo uma vertigem que o fez apoiar-se na parede.

Os três guerreiros trocaram olhares. Verônika ajudou Alek a ir até Lélio e a montá-lo. Assim que o colocou sobre o unicórnio, ela sussurrou em seu ouvido:

— Fique tranquilo, Alek. Lélio cuidará de você. E nós também — e afagou seus cabelos.

Os guerreiros sorriram ao ver o garoto abraçando o pescoço de Lélio e preparando-se para cavalgar curvado sobre o unicórnio.

Alek não viu Ostergard ou qualquer outro anão. Deveriam estar recolhidos. Poucos Renegados ainda montavam guarda no lugar. A chuva voltara a cair, fina e gelada. O céu estava encoberto, e para depois da floresta de Ondo era possível ver que se tornava escuro como a noite.

Galoparam com velocidade e atravessaram a floresta em fila, sem diminuir o trote. Não havia Renegados à vista, mas Alek sentia que estavam por perto.

Em menos de uma hora alcançaram a planície que, no dia anterior, percorrera apenas com Abhaya e os unicórnios. Ali, o dia virara noite.

— Essa tempestade é criação dos Ciaran! — Abhaya falou e um raio cortou o céu, sendo seguido de perto por um trovão fortíssimo. Eles viam a tempestade à frente. Iam em sua direção.

— Não podemos parar! Vamos atravessá-la — Martim comandou aos gritos. — Precisamos chegar à vila Anuar.

Tudo, então, aconteceu de repente. Entraram na tempestade e dentro dela era mais escuro que a noite. Alek lembrou-se da escuridão gerada por Garib quando do primeiro combate que presenciou. Aquela escuridão que ela criou ao tocar na terra. Sabia que essa também era uma escuridão trazida pelos Ciaran e, estranhamente, não teve receio algum. Era como voltar para casa. Surpreendeu-se ao perceber que se sentia assim.

Abhaya endireitou-se ainda mais sobre Farid e empunhou seu arco, preparando uma flecha. Cavalgava sem as mãos. Alek entendeu o porquê de ela se preparar para o combate: guerreiros Ciaran deveriam estar próximos, escondidos na escuridão.

Martim empunhou sua espada e, pela primeira vez, Alek viu a arma de Verônika, um bastão de luz tão amarelo quanto os olhos da guerreira.

Na distância, distinguiu pontos verdes luminosos, espalhados como vagalumes no escuro, dois a dois. Olhos. Olhos de Ciaran.

Eram muitos. Muito mais do que poderiam enfrentar três guerreiros Anuar.

Não sentiu medo. Não sentiu nada. Continuava grudado ao corpo de Lélio, correndo como o vento. A água da chuva, cada vez mais intensa, encharcava sua roupa. Gotas grossas caíam com força e faziam sua pele doer.

Os Ciaran estavam ao redor, preparando o ataque, fechando o cerco, e Alek não se preocupava, apenas vivia o momento, atento. Lélio e Farid corriam lado a lado, muito próximos.

Martim e Verônika iam um pouco à frente, cada um em uma lateral.

Primeiro, ouviu-se um rugido. Em seguida, bem em frente a Alek, como que emergindo da escuridão, surgiu o guerreiro que vira em seus sonhos, aquele que ajudara sua avó a resgatar Garib, o moreno com a cicatriz no rosto, vestido de vermelho. Ele apareceu montando um dragão enorme, também vermelho, e ambos tinham os olhos verdes acesos. Alek quis falar com ele, perguntar de Garib e de Leila, mas foi o guerreiro Ciaran quem falou:

— Guerreiros Anuar, parem! — ele ordenou com uma voz que poderia se confundir com a do trovão.

Os unicórnios empinaram e Abhaya, que ainda cavalgava sem as mãos, quase foi ao chão. Os cavalos de Verônika e Martim permaneceram firmes. Alek continuava a se sentir seguro, unido como estava a Lélio. Dessa vez, manteve-se na sela e não ficou com o corpo pendurado no ar.

Não tinha a vitalidade costumeira, mas também não tinha a inquietude. Assistia a tudo como se nada pudesse afetá-lo.

— Está em território perigoso, Ciaran! — Martim gritou, ameaçador. — Sabe que nossos companheiros aparecerão logo. Seus aliados serão dizimados, guerreiro da Escuridão!

— Entreguem-me Alekssander e partiremos em paz.

— É evidente que isso não é possível, Ciaran — Martim respondeu.

— Então, só nos resta a batalha! — Alek sentiu seu corpo arrepiar-se de ponta a ponta, viu as luzes verdes aproximando-se e o contorno de muitos guerreiros ganhando forma ao seu redor.

Foi nesse momento que uma espiral laranja se acendeu muito próxima a ele e a seus companheiros. Um vórtex luminoso muitas vezes maior do que aquele que usara uma vez, na companhia de Abhaya, ao fugir do Labirinto. Ele sabia que, em breve, guerreiros da Luz sairiam dali. O primeiro foi Badi, o guerreiro da lança. Trazia uma venda sobre o olho direito, talvez sinal da batalha travada no Labirinto. Depois dele, Alek não contou quantos guerreiros e guerreiras chegaram. Eram muitos e de muitos povos diferentes.

Gritos horríveis preencheram o ar. Todos pareciam animalescos aos ouvidos de Alek. Uma batalha sangrenta começou ao seu redor e ele assistia a tudo em câmera lenta, como se fosse o sonho que tivera naquela manhã, com ele presente, mas não participando. Não sabia nomear a todos os seres, reconhecia apenas alguns: vampiros, elfos, ogros, humanos... Alguns deles estavam nas Cavernas na noite anterior. Muitos nunca tinha visto ou imaginado existir.

Acharia tudo tão belo se não estivessem ali destruindo uns aos outros.

Espadas, lanças, flechas, chicotes, clavas cortavam o ar ao seu redor, mas não chegavam até ele, não furavam o cerco que montavam Abhaya, Martim, Verônika e, agora, Badi. Era como se uma cúpula invisível o protegesse. Ele viu guerreiros matando outros. Cabeças e membros sendo cortados ao seu redor. Sangue manchando o chão barrento e misturando-se com a água da chuva. Sangue jorrando, atingindo os guerreiros e a ele próprio. Todos sangravam mesmo que em diferentes cores. Todos feriam e eram feridos, fossem Anuar ou Ciaran. Não sentiu medo, não gritou, mas chorou. Alek chorou em silêncio sem receio de que o vissem chorar.

"Isso não é certo! Por que matam uns aos outros? Por minha causa?"

E, enquanto pensava, viu a imagem de seu sonho acontecer de um jeito diferente: três anjos da Escuridão atacaram o grupo, vindos de cima, voando.

Um deles descia a toda velocidade, empunhando uma espada na direção de Abhaya.

"Como ela vai se defender? Com arco e flecha?"

Foi o que passou pela cabeça de Alekssander e, então, decidiu que era o momento de experimentar um de seus novos dons, aquele que aprendera com Douglas. Precisava tomar partido naquela luta, não deixaria seu sonho se transformar em realidade e a guerreira que dera seu sangue por ele sofrer o ataque.

Esticou as duas mãos em direção ao anjo e buscou em seu corpo a sensação que experimentara quando Douglas pousara as mãos em seus ombros, o misto de eletricidade e água. Fechou os olhos para concentrar-se e não viu os raios saírem de suas mãos e atingirem não só o anjo em que mirara, mas também seus dois companheiros.

Os três incendiaram-se e seus gritos misturaram-se aos muitos outros que se faziam ouvir.

Por alguns segundos, a batalha foi suspensa.

Quem estava distante perguntava qual guerreiro do pântano fizera aquilo. Poucos tinham o dom da luz da tempestade, e ninguém sabia de um deles que tivesse o poder de usar o dom com aquela força.

Os que estavam próximos se voltaram para Alek, surpresos. Seus companheiros não compreenderam o que acabara de acontecer. Aquele dom reunia Luz e Escuridão e nunca fora manifestado por ninguém que não fosse um mago reptiliano.

Alek sentia-se muito enjoado e tonto, mas não tanto quanto pela manhã, quando experimentara aquele dom pela primeira vez.

Não havia tempo para a situação ser esclarecida, parecia que os Ciaran estavam receosos de reiniciar o ataque. O Guerreiro do Dragão aproximou-se, tomando a dianteira:

— O Sombrio não deve tomar parte do combate! Vocês não podem usá-lo.

— Não fizemos nada... ele agiu por vontade própria — Abhaya falou mais para si mesma, dando-se conta de que Alek a salvara.

O guerreiro Ciaran percebeu que os Anuar também estavam surpresos e aproveitou essa confusão momentânea para atacá-los.

Alek tomava a consciência de que não poderia lutar sozinho contra todos, nem queria isso, não desejava destruir a todos como fizera com os anjos da Escuridão. Percebeu que havia matado três seres incríveis. Havia matado! E isso não lhe dava qualquer sensação boa, mesmo tendo salvado Abhaya com a magia. Ele não queria tirar a vida de mais ninguém.

Quando decidiu usar o dom, não sabia nem que destruiria os anjos daquela forma. Lembrou-se de Anselmo, o ancião cego, dizendo-lhe que participaria de um combate e mataria alguém.

"Não demorou para acontecer, não é?"

Precisava encontrar outra solução para acabar com aquele conflito.

☾

Um relâmpago acendeu o céu carregado e ele compreendeu o que deveria fazer.

— Vamos, Lélio. Você precisa me levar até a floresta ali adiante.

— Tem certeza, Alekssander? Essa escuridão parece nascer de lá.

— Tenho certeza.

Alek não foi atingido por nenhuma flecha em seu trajeto. Nenhum guerreiro se atirou contra ele. Era como se algo o protegesse, tornasse Alek invisível em meio àquela confusão. Em seu íntimo, ele começava a desconfiar de quem gerava aquela proteção. Logo chegaram à borda da floresta.

— Daqui sigo sozinho, Lélio — pulou para o chão e ficou de frente para o unicórnio. Fez um carinho em sua cabeça. — Saia desta batalha, amigo. Não participe dela. Vá para a Vila. Até breve, espero.

Lélio relutou, mas Alek estava decidido. Precisava prosseguir sozinho. Virou-se e entrou na mata. Ele sentia que o certo era fazer exatamente isso, e que, por algum motivo, sua atitude findaria aquele combate sangrento e cruel. Não fazia ideia do que aconteceria na mata, mas pressentia o encontro.

Seguiu seus instintos, aprofundando-se cada vez mais na floresta escura e úmida. A trilha era estreita e a mata era em tudo parecida com aquela dos Renegados, que não estava longe dali. Só parecia mais úmida, mas era por conta daquela tempestade. O som da batalha, aos poucos, perdia-se na distância, o silêncio crescia ao seu redor.

Não sabia dizer por quanto tempo caminhara até que ouviu o conhecido rastejar.

Era isso. Quem viera encontrar se aproximava.

Ciaran estava ali. Ele sabia. Desde o início, ele sabia. Era esse o objetivo dos guerreiros da Escuridão: promover o encontro. Toda aquela tempestade, todas as mortes, para isso. Não queriam capturá-lo ou feri-lo, apenas fazê-lo chegar sozinho à mata e encontrar a líder.

Alek não pensou em fugir. Seus passos eram incertos; sua respiração, pesada. Precisava continuar. Caminhou sem pressa para a direção de onde vinha o ruído de folhas amassadas, de algo se arrastando.

Logo encontrou os grandes olhos verdes. A escuridão era menos intensa que a do Labirinto e ele pôde ver que a serpente era imensa, tão grande quanto a do pesadelo que dera início a tudo e que mudara sua vida. Mas continuava negra, não era branca como naquele sonho.

Sentiu que a serpente lia seus pensamentos e não se incomodou. Mas decidiu mostrar-lhe o que sabia fazer: *"Eu sei que lê o que penso"*.

A serpente parou um instante, desorientada.

"Sabes falar como eu, Aleksssander? Invade a mente dos seres? Descobre o que se passa nelas? Coloca nelas suas ideias como se delas fossssem?" – questionou em silêncio e, a partir daí, o diálogo que se deu não teve o som das palavras.

"Sei. Sei falar em silêncio. Mas não manipulo ninguém." – Alek rebateu ao que considerava uma acusação.

"Por enquanto, jovem Sombrio. Sssssssss... Chegará o momento em que usará o dom em sua plenitude." – a serpente saboreava a reação dele às suas palavras. –*"O que mais sabe, Alekssander?"*

"Não há tempo para isso, Ciaran. Pare a batalha!" – Alek sentia-se tomado por um desespero sem fim, pela dor da destruição que acontecia fora da mata.

"Em breve, Sombrio, em breve!" — Ciaran não demonstrava qualquer urgência em resolver o conflito sangrento. — *"Antes, você precisa lembrar-se de algo que eu lhe disse dias atrás, Alekssander. Recorda-se? Algo verdadeiramente importante..."*

Alek não se lembrava de ter conversado com Ciaran antes, nem no seu sonho, mas percebeu do que se tratava: os bilhetes que apareceram e sumiram, a ligação telefônica.

— Foi você? — perguntou em voz alta.

— Sim, *Aleksssssander* — ela respondeu e ele sentiu um mal-estar ao reconhecer a voz velha, rouca. — *Lembra-se que pedi para que não esquecesse de algo extremamente importante?*

Alek repassou o conteúdo dos bilhetes em sua memória e não identificou nada. Recordou a conversa por telefone. Tanta coisa acontecera depois disso! Estava confuso, mas uma fala se destacou em suas lembranças:

— "Para os filhos da noite, a Escuridão é a Luz"! É isso? É isso que eu não deveria esquecer?

"Isso mesmo!" — a serpente voltou a falar em sua mente. — *"Essa é uma verdade eterna, Alekssander. Uma verdade inquestionável. E você precisa aceitá-la."*

Alek refletiu um pouco e compreendeu. Fazia sentido. Os filhos da noite tiravam sua força da Escuridão, não pertenciam ao dia e à claridade do sol. Mas nem por isso deixavam de ter um tipo de luz, não? Os olhos acesos... A luminosidade prateada de seu sonho... A luz escura emanada pelo anjo... A Escuridão alimentava seus seres noturnos, assim como a Luz fazia com os filhos do dia.

Enquanto pensava, Alek notou uma estranha neblina fracamente luminosa, esbranquiçada como a que vira em seu sonho, tomar conta do lugar.

"Vejo que começa a compreender, Aleksssssander."

— Acho que sim.

"Sua essência começa a se manifestar. Então, aproxime-se. Vamos concretizar nossa ligação." — Ciaran ordenou.

Alek não sabia o que ela faria, mas não tinha outro caminho a seguir. Aproximou-se da serpente e sentiu seu cheiro, era um aroma estranho, fresco como um musgo, frio e forte. Não sabia dizer se era bom ou ruim.

"Em campo de batalha, você manifestou um dom antigo. Luz e Escuridão... Foi você quem projetou a luz da tempestade, não foi? Quem carbonizou meus anjos, não foi?"

– Sim. Eu fiz aquilo, mas não queria feri-los. Não sabia o que aconteceria. Eu só quis proteger Abhaya, ela ia ser atingida e...

"Não importa, Aleksssander. Eles voltaram à roda da vida. Renascerão. Com o poder não pode caminhar a culpa. É preciso agir rápido, Sombrio, ou você seguirá com eles e se tornará um deles. E não haverá equilíbrio."

Alek achou estranho. Ciaran desejava o equilíbrio?

"Preciso sensibilizar sua essência, e só há um caminho para isso. Está preparado para provar de meu veneno, Alekssander?"

– O que isso significa?

"Que, depois do que vai acontecer aqui, você não será mais o mesmo, não verá mais o mundo da mesma forma. E nunca será um Anuar, por mais que eles façam."

Alek não sabia se devia confiar na serpente, mas se lembrou do que o trouxera até ali:

– Você fará a guerra acabar, Ciaran?

"Com certeza, Alekssander. Dou minha palavra de honra de que o combate cessará assim que você receber meu veneno em seu corpo, em sua essência."

Alek recordou-se de Silvia e do que ela contara: "Não encontrei a verdade. Os dois lados mentem. São iguais".

Mas ele não via outro caminho. Teria de confiar em Ciaran.

– Estou pronto para provar de seu veneno, Ciaran – falou com a voz firme e a serpente sibilou.

Ciaran encostou-se nele e Alek sentiu o quanto seu corpo era gelado.

"Se você compreende de verdade, Alekssander, não precisa temer."

Ele compreendia: para os filhos da noite, a Escuridão é a Luz. Mas isso não removia seu temor.

Ciaran mordeu seu corpo e o levantou do chão. As presas grossas furaram Alek como estacas, atravessando seu tronco. Ele sentiu uma dor lancinante e, em seguida, tudo se apagou de sua mente. Vazio. O vazio em que se refugiava quando não queria ver o que acontecia ao redor, mas, agora, era conduzido para lá. Arrastado pelo veneno.

Sentiu que estava caindo, mas dessa vez não despertaria em sua cama. Caía em um lugar escuro e fundo, um fundo quase sem fim. Alek sentiu o veneno da serpente correr em seu corpo e preenchê-lo, invadir cada veia, cada artéria. A dor era forte demais. Sua boca enchia-se de um amargo absoluto. Seu corpo morria e renascia ao mesmo tempo, mas renascia diferente, renascia Ciaran.

A serpente o colocou no solo e ele ficou mergulhado em completa escuridão por um longo tempo, debatendo-se, contorcendo-se, sufocando. Dos grandes ferimentos deixados pelas presas não saiu sequer uma gota de sangue, apenas o veneno da serpente transbordava. Grosso, tão verde e luminoso quantos seus olhos.

Quando despertou estava desorientado, deitado no chão encharcado. A chuva havia parado. A primeira coisa que fez foi apalpar seu corpo. Nenhum sinal dos ferimentos, das presas da serpente.

"As marcas não ficam aí, Alekssander." – Ciaran explicou. – *"Ficam na sua essência. Seu batizado foi completo. Nossa ligação foi concluída."*

Ele se lembrou de algo que ouvira de Martim, naquele mesmo dia, sobre os ferimentos causados pelos renegados marcarem a essência. Sentou-se e buscou de onde a voz vinha. Encontrou a serpente formando um círculo ao seu redor, com a cabeça muito próxima à cauda. Viu seus olhos verdes, acesos, a névoa fria e branca que se desprendia dela, e que também Ciaran estava branca, não era mais negra como a Escuridão. Aos seus olhos, era branca como a serpente de seu sonho.

"Agora, para você também a Escuridão é a Luz, Alekssander Ciaran.

A batalha acabou como prometi. Não poderemos ficar juntos por mais tempo. Você deve voltar para os Anuar. Em um tempo que não está longe nos reencontraremos. Aprenda tudo o que puder. Adeus por enquanto, Alekssander."

E, dizendo isso, Alek viu a serpente arrastar-se para a profundeza da mata. Ele não sabia, mas seus olhos estavam acesos em um tom intenso de verde. Nem a cor da serpente, nem o mundo ao redor mudaram, apenas o modo de Alek ver as coisas mudou.

• PARTE III •
SOMBRIO

ALEKSSANDER CIARAN?

— Alek! Alekssander! — ele ouviu o chamado, era Abhaya. Estava procurando por ele na floresta.

Ciaran cumprira a promessa e colocara fim ao combate. Então, um pensamento o dominou: *"Se agora sou um Ciaran, meus olhos estarão acesos?"*.

Via a floresta em detalhes, não tinha a sensação da escuridão de antes.

Se Abhaya visse seus olhos iluminados, sua reação não seria boa. *"Os Anuar entenderão a minha escolha como um sacrifício ou me verão como um inimigo, um traidor?"*

Ele não sabia se era possível, mas se concentrou: precisava apagar seus olhos. Deitou-se no chão e os fechou.

Abhaya o encontrou assim, esticado no chão:

— Alek, o que aconteceu? Está ferido?

Ela estava aflita. Ele tinha medo de abrir os olhos, mas precisava arriscar. Começara a trilhar um caminho sem volta, só podia seguir em frente.

Abriu. Viu tudo escuro ao redor. A fria luminosidade branca havia desaparecido.

— Você está bem, Alek? Ah! Nem acredito que o encontrei! Quando os Ciaran desapareceram, interrompendo o combate sem mais nem menos, eu não vi você e pensei que o tivessem pegado. Fiquei desesperada, Alek. Ah, Alek! Como agradecer por ter salvado minha vida? Eu, Martim e Verônika começamos a andar pelo campo de batalha e nada. Fomos até a Vila e Lélio estava lá, mas sem você! Ele veio até mim e contou que o havia deixado na borda da floresta e voltei para buscá-lo, Alek – e Abhaya o abraçou com força.

Ele também a abraçou e, nesse instante, tudo ao redor ficou claro e enevoado.

"*Meus olhos! Devem estar acesos de novo. Como controlar isso?*"

Segurou a guerreira mais um pouco nos braços tentando apagá-los. Abhaya estranhou, mas há tempos percebia que Alek sentia algo por ela e decidiu aproveitar mais um pouco aquele abraço do jovem que salvara sua vida.

Demorou alguns instantes, mas ele conseguiu apagá-los. O pior é que ainda não sabia o mecanismo, as duas vezes conseguira na sorte.

– Vamos, Alek – ela continuou, desvencilhando-se do abraço. – Precisamos chegar à Vila. Ela está bem perto daqui. Venha comigo.

– Como me encontrou?

– Esse é um dos meus dons, sou boa em seguir rastros. E você facilita... Deixa rastros enormes!

Alek se levantou em silêncio, pensando se agora também ele poderia ser um bom buscador, já que Abhaya usara o dom para encontrá-lo. Seria melhor avisar a todos para pararem de usar seus dons nele? Quem sabe assim evitaria tornar-se um monstro?

Apoiou-se em Abhaya e seguiu ao lado da garota. Estava preocupado.

"*E se meus olhos acenderem em meio aos Anuar? E se alguém descobrir o que aconteceu comigo aqui na mata?*"

Sentia uma dor profunda no lugar em que Ciaran penetrara suas presas. Enquanto apalpava o local da picada, chegaram a um pequeno povoado que ficava entre a floresta e as montanhas. Alek encontrou Lélio próximo às árvores. O unicórnio os esperava e veio ao seu encontro. Alek o abraçou, mas logo se despediram. Abhaya arrastava Alek para a construção central da vila, pois ele precisava descansar.

Entraram em uma hospedaria e a bagunça era imensa. Os guerreiros Anuar bebiam e farreavam no andar térreo, que lembrava uma taverna medieval, felizes, como se não tivessem acabado de deixar um campo de batalhas e companheiros mortos para trás. Uma música animada alegrava o ambiente e tornava tudo mais festivo.

Quando Alek e Abhaya entraram, todos fizeram silêncio. Queriam ver o Sombrio que produzira uma magia tão poderosa no campo de batalha. A verdade havia se espalhado no boca a boca e, agora, todos sabiam. Martim e Verônika surgiram no alto de uma escada que levava ao piso superior, esperando por eles. Abhaya guiou Alek para o andar de cima, afastando-o do assédio que aconteceria se ficassem em meio aos outros Anuar. Martim e Verônika não fizeram perguntas, só quiseram saber se ele estava bem.

A construção era de madeira e o quarto, muito bem ajeitado, com uma cama e uma tina enorme cheia de água quente.

– Tome um banho e descanse, Alek. Amanhã nos falamos. – Martim sentenciou. – Você precisa descansar. O que fez no campo de batalha hoje foi admirável, rapaz. Digno dos mais poderosos Anuar!

Alek viu o olhar de Verônika como que sorrindo para ele e o de Abhaya, que era um misto de encantamento e gratidão.

Ele deu graças por não ter de dividir o quarto com nenhum deles naquela noite e por ninguém ter feito perguntas. Não saberia o que dizer. Não queria decepcioná-los. Duvidava que, depois do veneno da serpente, pudesse ser um Anuar.

Tomou um banho demorado. Sentia o corpo todo dolorido. Passou a mão por seu tronco, liso, sem marcas, mas o lugar onde as presas haviam entrado queimavam como brasa. Depois do banho, deitou-se na cama e dormiu um sono pesado até que viu a mulher de olhos cinzentos como os seus, sentada a seu lado, velando seu descanso e falando baixinho enquanto acariciava seus cabelos:

– A dor passará, Alekssander. Aprecie o veneno, aprecie cada gota dele!

Acordou assustado, olhando ao redor. A sensação de seu toque ainda permanecia e ele tinha certeza de que sentia seu perfume, doce, forte, como um incenso. Demorou para voltar a dormir e nenhum outro sonho o visitou naquela noite.

Na manhã seguinte, foi acordado por uma camareira com a instrução de preparar-se para a viagem. Ela entregou a ele roupas limpas, iguais às que usava, de um tecido de cor mais clara e um tanto mais largas. Tomou o café da manhã sozinho no quarto e encontrou Abhaya do lado de fora da hospedaria, com os unicórnios prontos e outros guerreiros por companhia, entre eles Badi, Martim e Verônika.

— Nossa escolta irá aumentar, Alek. Anuar achou melhor assim, depois do que aconteceu a noite passada. Não sabemos o que encontraremos até chegar a ele — Abhaya explicou.

— Por que a gente não usa um daqueles cones brilhantes que vocês utilizam para transporte?

— Não é seguro — respondeu Martim. — Os portais deixam uma marca que pode ser rastreada pelos Ciaran. É difícil, leva tempo, mas eles conseguem rastrear. Se fizéssemos isso, revelaríamos a eles a localização de Anuar. Em tempos de guerra, essa não é uma boa escolha.

— E a gente não pode ser seguido até lá?

— Com essa comitiva, duvido.

— Anuar pediu para lhe dizer que está orgulhoso pela maneira como agiu em seu primeiro combate, Alek — Verônika acrescentou. — Anseia por encontrá-lo pessoalmente e parabenizá-lo por ter destruído aqueles anjos.

Alek se contraiu, pois aquele era um feito do qual nunca se orgulharia e não queria ser parabenizado por ele.

— Você já conhece Badi — Abhaya retomou e os dois cumprimentaram-se com um aceno de cabeça.

Alek achou que, mesmo com a faixa cobrindo o olho, Badi continuava belo e passava uma serenidade que nada tinha a ver com a figura que vira em ação no campo de batalha, no dia anterior.

— Este é Amandy, guerreiro do Povo do Pântano — os dois trocaram olhares de reconhecimento, mas nada disseram. — Tânia é guardiã da Luz.

Alek avaliou a guardiã que já parecia ter alguma idade, baixa, troncuda, os cabelos grisalhos trançados e as roupas enfeitadas com pedrarias. Usava um vestido rodado e Alek se viu pensando como ela montaria.

— E este é Gerin, também guerreiro da Luz — disse apontando um rapaz que saía detrás dos outros guerreiros.

Ele usava um manto que cobria todo o corpo e a cabeça. Quando olhou para Alek, mostrou um rosto muito pálido e jovem, coberto por algumas tatuagens tribais escuras. O mais diferente era a cor de seus olhos, vermelhos intensos, como se sua íris queimasse em chamas. Alek teve uma estranha impressão, mas não conseguiu dizer o que exatamente sentiu ao encarar Gerin. Ele era diferente dos outros guerreiros, mas Alek não conseguia identificar qual era essa diferença.

Feitos os cumprimentos, os cavaleiros tomaram sua montaria e partiram. Alek começava a se convencer de que, talvez, os Anuar não tivessem como saber o que lhe acontecera na floresta. E, em meio aos companheiros e às muitas conversas e casos que contavam, ele esqueceu de seus problemas.

Porém, não se sentia como um deles.

O dia transcorreu leve, sem chuvas ameaçadoras e um céu azul como companhia. Ainda pela manhã, alcançaram as montanhas e começaram a subida por uma trilha difícil, estreita e repleta de pedras soltas. Todos falavam animados, menos Gerin, que seguia atrás da comitiva, calado. Em alguns momentos, Alek viu Abhaya ir até ele, conversar uns instantes e, depois, deixá-lo. Sentia-se enciumado cada vez que isso acontecia, já que Abhaya não dedicara nenhuma atenção especial a ele durante o trajeto.

Quando fizeram a parada para o almoço, já estavam bem no alto da trilha. Martim disse que à noite acampariam numa área conhecida do outro lado da montanha. Comeram em pouco tempo, apenas pão, queijo e carne, e voltaram a cavalgar.

Naquelas horas, Alek sentiu-se seguro entre os Anuar. Diversas vezes conversou com eles e ouviu histórias sobre suas origens e os povos a que pertenciam. Amandy revelava-se um bom contador de casos, e todos calavam para ouvir as aventuras que narrava.

Alek não tinha mais a sensação de dúvida ou estranhamento com que despertara naquela manhã. Começava a gostar de estar ali, cavalgando um unicórnio e conversando com seres de povos tão diferentes. Sem uma ameaça eminente, era prazeroso viajar assim, ver lugares tão incríveis e em companhia tão fantástica. Na altura em que estavam da montanha, as florestas de Ondo e aquela em que encontrara Ciaran se revelavam irmãs, como que formando o símbolo do infinito, quando vistas de cima. A aldeia que deixaram horas atrás era um pequeno amontoado de construções. E o céu parecia mais próximo, quase tangível. A vegetação da montanha era baixa e retorcida pelo vento, que não parava de soprar um instante sequer. O chão, todo feito de pedras, fazia com que os arbustos procurassem um espaço entre elas para nascer e crescer, ganhando cascas grossas e rasgadas, como cicatrizes. O verde das folhas e das gramíneas era cinzento, assim como os troncos e as pedras. As lembranças da vida que Alek levara por quinze anos começavam a se distanciar, e aquela que seria sua realidade dali para diante ganhava contornos fortes. Sentia saudades dos amigos, de Leila, da vida que deixara para trás, mas era como se tudo aquilo fizesse parte de um passado distante, que não voltaria a ser seu presente. Ele se amoldava a essa nova vida como aqueles arbustos retorcidos e marcados.

Durante a tarde, diminuíram a marcha, a subida tornou-se mais íngreme e difícil. As montarias revelavam cansaço. A conversa diminuiu.

Alek começou a sentir a pele arder, percebeu que estava mais sensível à luz do sol. Seus olhos incomodavam-se com a luminosidade intensa e seu corpo mostrava-se mais cansado que de costume, como se o brilho do dia lhe sugasse as forças.

Quando o silêncio tomou conta de alguns minutos naquela tarde de viagem, Alek lembrou-se do que Ciaran lhe havia feito e sentiu-se completamente perdido. Não tinha ninguém com quem pudesse conversar e tirar suas dúvidas, buscar descobrir o que aconteceria com ele, se a sensibilidade que estava sentindo tinha alguma relação com o veneno da serpente que corria em seu corpo.

A noite aproximou-se com a comitiva atingindo o lado oposto da montanha. Alcançaram o lugar conhecido por Martim, um platô vasto com umas poucas árvores a protegê-lo. Decidiram armar acampamento e, enquanto faziam isso, Alek acompanhou os cavalos e os unicórnios até uma nascente d'água que havia em meio a uma área onde a vegetação se adensava. Queria ficar longe de sua comitiva por alguns instantes.

Deitou-se na grama, encostando-se em uma árvore, um pouco afastado do animais. Ficou ali, olhando o céu e as primeiras estrelas que nasciam. Assim que anoiteceu, percebeu seus olhos acenderem e desesperou-se. Buscou concentrar-se, tentando apagá-los. Fechou-os e temia abri-los.

— Não tente dominá-los, Alek. Apenas convença a si mesmo de que não precisa ver no escuro por ora. Assim, eles apagam. Silvia me explicou isso no tempo em que cuidou de mim, no Santuário da cachoeira.

Ele levou um susto e os abriu ainda acesos, encontrando Lélio deitado ao seu lado.

— Vamos, concentre-se, amigo.

Alek fez o que o unicórnio dizia e retomou o controle do seu olhar, apagando as luzes verdes.

— Você sabia, Lélio? Desde quando?

— Desde quando o vi chegar na Vila ontem à noite.

— Como?

— Meu dom é ver a essência dos seres, Alek.

"As marcas não ficam aí, Alekssander. Ficam na sua essência." – as palavras de Ciaran brotaram em sua memória.

— Ciaran deixou marcas profundas... – continuou Lélio, observando-o com cuidado. – Cicatrizes muito maiores do que as deixadas por Dario em Martim, Abhaya e Verônica...

— Não sei o que fazer, Lélio. Aceitei que Ciaran agisse como desejava porque prometeu acabar com a guerra. Mas não me levou. Injetou seu veneno e me deixou para trás! – Alek começou a chorar, sentindo que o desabafo o machucava ainda mais por revelar o quanto estava perdido, sem saber como agir. – Algum objetivo ela deve ter... O que eu faço, Lélio?

— Encontre seu destino, Alek – ele respondeu, tranquilo.

— Ser um Ciaran em meio aos Anuar? Esse é meu destino?

— Não, amigo. Fez parte de seu destino esse encontro e esse... esse batismo, vamos chamar assim. No entanto, a escolha é sua, ao que me parece. Sempre foi sua e continua sendo, ainda que o veneno corra em seu corpo.

— Que escolha, Lélio? – Alek passou a chorar mais forte e seus olhos acenderam com um verde intenso. – Que escolha eu tenho agora? Olhe para mim! Sou um Ciaran!

— É melhor você se controlar, companheiro. Nem todos compreenderão a situação se o virem assim.

Alek fechou os olhos, parou de chorar, respirou fundo diversas vezes, concentrou-se e os abriu normais, apagados.

— O que é ser um Anuar ou um Ciaran, Alek? Você sabe o que nos faz iguais ou diferentes? Não creio que o veneno da serpente baste para definir isso – concluiu Lélio. – Tampouco esses olhos iluminados. Mas o que sei eu? Sou apenas um unicórnio tagarela...

Alek abraçou o amigo e ficou ali, sentindo seu calor e seu conforto. Aos poucos, sentiu-se mais forte, mais equilibrado.

Ficaram juntos por quase meia hora, olhando a noite e aguardando cavalos e unicórnios saciarem a sede e descansarem. Depois de algum tempo, Alek foi ao encontro dos companheiros de viagem e encontrou o acampamento armado e uma fogueira acesa.

Os guerreiros preparavam uma refeição e Tânia, a guardiã, cozinhava uma beberagem que, pelo aroma, lembrava aquela feita por Silvia. Alek aproximou-se da roda ao redor do fogo e sentou-se entre Amandy e Badi.

— Estávamos falando da luz de tempestade que você produziu durante o combate, Sombrio — falou Badi. Alek começava a se acostumar a ser tratado dessa maneira. Não sentia mais que era um jeito de ofendê-lo.

— Dizia a ele que meu povo não consegue mais reproduzir este golpe com tamanha força — completou Amandy. — Perdemos a conexão equilibrada com a Luz e a Escuridão. Ela precisa ser perfeita para um golpe tão poderoso!

— É preciso uma ligação genuína para fazer algo assim. Uma ligação que nem o próprio Anuar ou a Ciaran possuem — comentou Tânia. — Apenas o Sombrio.

Gerin, o rapaz com que Alek ainda não conversara, começou a tocar um instrumento de cordas, parecido com um violão, mas bem menor, e todos iniciaram uma canção na língua antiga. Agora, Alek conseguia compreender o que diziam:

> Das águas que nasce a vida
> os sonhos irão brotar
> procurando por saída,
> por vontade de amar.
>
> E não haverá barreira
> entre terra, céu e mar
> Nas águas da corredeira
> Não terás por que chorar...

Os versos eram muitos, mas todos falavam de um tempo que chegaria, o tempo dos sonhos, do amor, da paz. Os Anuar pareciam esperar por esse tempo, mas não dava para saber qual o espaço que os Ciaran ocupariam nessa realidade sonhada.

Cantoria, refeição, a doce e quente bebida de Tânia e uma confortável noite de sono sob o céu estrelado embalaram a todos ao redor do fogo.

✲

Pela manhã, Alek despertou mais confiante.

Preparavam-se para seguir viagem logo ao nascer do sol. Prosseguiriam rumo ao encontro de Anuar... mais uma peça de seu destino.

Ele sabia que sua história havia se transformado de muitas formas. Em pouco tempo, descobrira que o mundo era muito maior do que podia imaginar e que a realidade era capaz de contrariar qualquer expectativa, mostrar-se surpreendente sempre. A tristeza o abandonou naquela manhã de sol. Sorriu.

Ciaran? Anuar? Precisaria descobrir, mas por si só.

Alekssander decidiu: não seria o veneno de uma serpente que escolheria por ele!

UMA NOVA AMEAÇA

O dia ensolarado acompanhou uma viagem tranquila. Os membros da comitiva mais pareciam amigos em férias do que um grupo de guerreiros e guardião zelando pelo Sombrio. Alek sentia-se cada vez mais integrado aos companheiros e mais cansado também.

Para ele, o dia azul, sem nuvens e com o sol a pino, trouxe um desgaste absurdo, uma canseira que nunca antes havia sentido. Tânia percebeu e, mesmo que não soubesse a causa, ajudou. Na parada que fizeram para a refeição, ela preparou uma beberagem que lhe repôs o vigor. Mas também isso trouxe alguma inquietação para Alek. Enquanto tomava o líquido grosso e quente, com o sabor amargo preenchendo seu corpo, viu Tânia conversando isoladamente com Gerin. Estavam em pé, sob uma árvore enorme, distante do grupo barulhento que terminava a refeição e ajeitava tudo para continuar a viagem.

Alek achava que algo estava acontecendo entre aqueles dois. Lembrou-se do dom recebido de Amandy, ler os pensamentos projetados no espaço, e ficou tentando descobrir como poderia repetir isso. Concentrou-se e foi uma confusão. Era como se muitas vozes falassem em sua mente ao mesmo tempo. A vertigem foi pior do que a produzida pela entrada de um Ciaran em seus pensamentos.

Parou.

Supôs que seria melhor usar a técnica Ciaran, mas eles sentiriam e, com certeza, desconfiariam dele. Respirou fundo e tentou mais uma vez. O mesmo fluxo surgiu e ele não conseguia identificar quem pensava o quê, mas dois pensamentos chamaram sua atenção:

"*Esse desgaste do Sombrio é preocupante. Ele pode estar contaminado... Ou a luz da tempestade que emitiu na batalha consumiu mais de suas forças do que o esperado.*"

"*Ela quer encontrá-lo logo. Precisamos fazer com que isso aconteça antes que ele chegue a Anuar.*"

Impossível definir de quem eram aquelas ideias, porém ambas eram perturbadoras.

Alguém se preocupava com seu desgaste e logo perceberia que a noite o revigorava, pois estava observando-o. Por enquanto, a suposição de que usar um dom o consumira ocupava a mente dessa pessoa, mas não tinha como saber por quanto tempo mais seu segredo estaria seguro.

E outro de seus companheiros – ou seria o mesmo? – queria levá-lo ao encontro de alguém. De quem? Quem desejava vê-lo antes que chegassem a Anuar? *Ela* queria encontrá-lo... Seria Ciaran de novo? Ela romperia o acordo e atacaria mais uma vez?

— Pronto para seguirmos, Alekssander? — era Verônika despertando-o de seu universo de dúvidas.

— Uhmmm... sim. Estou... acho.

— O que você estava fazendo? Perdendo-se nos pensamentos?

— Como você sabe? — Alek assustou-se.

Verônika riu:

— Estava olhando para o nada, com a boca aberta... Uma expressão meio... desculpe... idiota. Qualquer um de nós fica assim quando esquecemos o que há em volta e começamos a olhar para nossa mente.

Ele sorriu, percebendo que ela não fazia ideia de que ele estava perdido nos pensamentos do grupo, e não nos dele mesmo. Levantou-se e foi com Verônika em direção aos companheiros, já preparado para seguir viagem.

— Avançamos muito agora pela manhã! — Martim falou com sua voz forte. — Se mantivermos o ritmo, chegaremos a Anuar no final do dia de amanhã.

— Isso se nenhum imprevisto ocorrer... — comentou Badi.

— Não seja nossa ave agoureira, companheiro! — foi a resposta de Martim, e todos partiram em um mesmo ritmo.

Fortalecido pela beberagem de Tânia, Alek conseguiu aproveitar essas horas de viagem, principalmente quando o sol começou a baixar no horizonte. O lugar por onde cavalgavam era muito diferente das paisagem de antes, um campo aberto que permitia a visão se perder no horizonte distante, coberto por vegetação baixa, flores dispersas em meio a uma profusão de tons de verde. Parecia um oceano esmeralda, sem fim.

— Mas ele termina, Sombrio — Amandy respondeu a seus pensamentos.

— Lendo o que penso? — Alek perguntou em voz alta, parecendo divertido, mas na verdade se sentindo ameaçado.

— Apenas colhendo-os no ar... — o reptiliano respondeu fazendo o mesmo gesto com as mãos que fizera nas Cavernas e juntando os dedos como se apanhasse algo invisível no ar ao seu redor.

— Realmente... — Alek buscou concentrar-se. — Para onde eu olho vejo esse campo. Entramos nele há mais de duas horas e a sensação que me dá é de que não tem fim.

— E ele não tem um fim, Sombrio.

— Mas você não disse que ele termina, Amandy?

— Esse é o Campo do Destino, nunca sabemos quando iremos encontrá-lo.

— Ele muda de lugar? É isso o que você quer dizer?

— Ele se manifesta, Sombrio. Ele se concretiza no meio de qualquer caminho. Muitos viajantes seguem em todas as direções e nunca o encontram ao longo de suas vidas, mesmo percorrendo todos os caminhos possíveis. E outros, como nós, somos privilegiados. Nós nos deparamos em meio a ele, já em nossa primeira viagem juntos.

— Privilegiados SE sairmos daqui, Amandy... — comentou Badi, que se aproximara dos dois e ouvia a conversa.

— Não estou entendendo, esse campo tem um fim ou não tem? – Alek questionou, confuso.

— O Campo do Destino aparece quando algo de importante em sua vida, por alguma razão, deixou de acontecer. Ele corrige o destino do viajante, compreende, Alekssander? – era Martim que se juntara à conversa do trio.

— Entendi. Mas ele apareceu para corrigir o destino de quem? De qual de nós? Ou de todos nós?

— Isso não dá para saber, Sombrio... – respondeu Amandy. – Mas estamos curiosos... isso estamos!

— E apreensivos – completou Badi. – Só quando o fio do destino for refeito seremos liberados para continuar. Se ele for refeito...

Alek fez Lélio parar. Os outros cavaleiros também pararam, sem entender.

— O que aconteceu? – perguntou Martim, já se preparando para enfrentar uma ameaça não identificada.

— Se só sairemos daqui quando o destino se completar, quando esse campo considerar que estamos prontos para prosseguir, por que continuamos andando? Não é melhor esperar? Não é melhor descansarmos em vez de ficar cavalgando para lugar nenhum?

Todos ficaram quietos por um instante. Depois, Martim rompeu em uma gargalhada e foi acompanhado pelos demais.

— Eu falei alguma besteira? – perguntou Alek, desconfortável.

— Pelo contrário, Alek! – Abhaya aproximou-se, sorrindo. – Nunca estivemos no Campo do Destino. Só o conhecemos dos relatos dos viajantes e nunca nos disseram como agir se o encontrássemos em nosso caminho. Talvez ninguém saiba a maneira certa de agir.

— Você viu o campo como ele é, Alekssander... – concluiu Verônika. – Algo intransponível, até que deixe de sê-lo. Não adianta tentarmos vencê-lo.

— Vamos acampar aqui! – comandou Martim. – Como o Sombrio escolheu.

Alek percebeu que todos olharam para ele de um jeito respeitoso, todos menos Gerin, que permanecia afastado como sempre.

Não havia com o que montar uma fogueira, não havia o que pudessem caçar, não existia um rio onde pudessem reabastecer seus cantis, apenas o campo aberto. Imenso. Precisariam improvisar. Alimentar-se do pouco pão e do queijo que ainda traziam, racionar a água e esperar que o destino se cumprisse o quanto antes.

— Quanto tempo podemos ficar aqui? — perguntou Alek a Lélio, os dois deitados no chão. Era impossível dizer quem se aninhava em quem.

— Depende de qual destino deve ser concretizado...

— Se o destino for a morte, ficaremos até morrer?

Alek percebeu que aquilo era verdade assim que acabara de falar.

— Mas dificilmente esse é o destino de todos aqui, Alek — Lélio falou depois de alguns instantes, buscando tranquilizá-lo.

— Mas era o destino de Abhaya antes de eu matar aqueles anjos da Escuridão...

— Será? Impossível afirmar isso. Talvez o destino dela fosse ser salva por você.

— Você não acha que está demorando para escurecer?

— Tudo é diferente aqui, Alek. Até o tempo... Talvez nunca anoiteça.

— Você já esteve aqui antes, Lélio?

— Há muito tempo, amigo. Há muito tempo...

Alek percebeu que as memórias de Lélio provocavam sofrimento e não quis invadir sua história de vida. Decidiu ficar quieto. Se ele quisesse falar, falaria. Não notou o sono chegando, apenas adormeceu e encontrou um sonho turbulento, repleto de visões.

A mulher dos olhos amendoados, grandes e cinzentos, aquela que vira no sonho na cabana de pedras, esperava por ele. Estava naquela mesma tenda em que ele a encontrara no sonho de dias atrás. Seria Gálata? Seria sua mãe? Os cabelos longos estavam presos em uma trança. Era tão jovem...

— Venha, Alekssander, aproxime-se. Precisamos conversar.
— Quem é você?
— Já passou o momento de nos encontrarmos, e isso precisa ser corrigido.
— Você é Gálata?
— Quando o encontro acontecer, você saberá quem sou.

Alek despertou, agitado. O céu continuava da mesma maneira que antes, com o alaranjado do pôr do sol, mas havia algo estranho...

Demorou alguns instantes para que ele identificasse que o céu parecia bem mais próximo. Alek estava flutuando e completamente imóvel. Não sentia o chão sob seu corpo, apenas o vento o envolvia. Por mais que tentasse, não conseguia mover nada além de seus olhos, e a única coisa que via era o céu.

Muito distante, ouvia o som de um combate, gritos, barulhos de armas e outros ruídos que não conseguia distinguir. Todos abafados por aquele campo de força que o envolvia.

Alek sabia que precisava sair daquele estado, mas não era capaz de pensar em nada que pudesse ajudá-lo. Estava paralisado e isolado de tudo ao redor.

Ele se deu conta de que, se estava mesmo envolto em um campo de força, apenas a guardiã Tânia teria sido capaz de projetá-lo.

Nunca invadira a mente de alguém sem manter contato visual com a pessoa, mas precisava tentar. Fechou os olhos e pensou em Tânia. Visualizou a guardiã da forma como a vira nos últimos dias e conseguiu percebê-la lá embaixo, no campo, concentrada em mantê-lo distante de um combate.

Desconcentrou-se. Pensou que Gerin devia ter traído o grupo. Esse era o motivo de seu distanciamento.

A necessidade de agir o fez voltar a se concentrar em Tânia e tudo aconteceu como em um fluxo natural, sem esforço. Alek esgueirou-se para dentro da mente de Tânia como uma serpente. Manifestar seu dom Ciaran parecia muito mais fácil agora que o veneno preenchia seu corpo.

— O que está fazendo? – falou na mente da mulher.

— Protegendo o Sombrio! Quem é você que invade a minha mente?

— Sou alguém capaz de destruir o Sombrio mesmo ali, no ar – Alek blefou. – Você imaginou que seria seguro mantê-lo a essa altura?

Não deu tempo de dizer mais nada. Tânia, distraída pela voz que falava em sua mente, não percebeu que alguém se aproximava. Foi golpeada e desmaiou.

Alek despencou, debatendo-se, agora com o corpo livre do campo de força que o protegia. Girou o corpo para baixo e viu a altura imensa da qual caía. Apavorou-se.

"*O que eu devo fazer?*"

Não sabia voar. Morreria com o impacto.

"*Será esse o destino que precisava ser corrigido?*"

Foi apanhado no ar por Gerin, que tinha os olhos mais flamejantes do que nunca e duas asas imensas, negras como suas tatuagens.

— Você as escondia sob o manto... – Alek disse com esforço, sentindo uma dor imensa, e apagou ao encontrar os olhos de Gerin.

— Durma um pouco. Será melhor assim – Alek não ouviu o guerreiro alado dizer essas palavras.

XXI
O PROCESSO DE CURA

Quando despertou, Alek estava em um quarto grande, mal iluminado, e uma dor intensa espalhava-se por todo o seu corpo. Apenas a chama de uma vela tremeluzia na escuridão. Agitou-se. Teria sido capturado?

— Fique calmo, Alekssander. Você está seguro.

Ele reconheceu aquela voz:

— Silvia, é você?

Ela riu:

— Sim, sou eu, meu jovem. Anuar requisitou minha presença aqui em Dagaz para cuidar de você e protegê-lo. Disse que seria importante que você se sentisse seguro, confortável, durante o processo de cura. E que eu era a curandeira mais indicada para acompanhá-lo. Tamanha era a urgência que permitiu que eu viesse por um portal! Se bem que ninguém deve estar preocupado em rastrear por onde eu ando...

— O que aconteceu, Silvia? — Alek tentou sentar-se na cama.

— Vocês foram atacados.

— Por Ciaran?

— Não sabemos, Alekssander. Foi por algo totalmente diferente. Uma força desconhecida, com a qual nunca havíamos lidado antes. Se Ciaran domina esse poder, temos muito o que temer.

Alek lembrou-se da mulher de sua visão, que tinha os mesmos olhos e os cabelos como os dele. Seria ela a responsável pelo ataque? Seria sua mãe? Seria uma aliada Ciaran?

— E meus companheiros, Silvia? — Alek continuava tentando se sentar, mas sem conseguir se mover. Sentia algo prendendo-o.

— Logo você encontrará com eles, Alek.

— Por que não posso ir agora?

— Por que você ainda não se regenerou...

Só então Alek percebeu que estava imobilizado. Apenas sua cabeça estava livre. Levantou-a um pouco e viu que todo o seu corpo estava enfaixado. Parecia uma múmia.

— O que aconteceu comigo?

— Você foi tocado pelo guerreiro alado, Alekssander. O toque dele traz a morte pelo fogo, incinera por completo seu alvo.

— Ele quis me matar, então?

— Era o único jeito de salvá-lo. Ou ele o apanhava ou permitia sua queda e sua morte certa. Como você suportou o ataque do anjo e não foi destruído pela luz negra...

— Como você sabe disso? — Alek surpreendeu-se.

— Todos sabem de todos os seus feitos, Alekssander. Você é o Sombrio... Tudo o que faz se espalha mais rápido do que o fogo em mato seco. E, por falar em fogo, Gerin arriscou tocá-lo na esperança de que você fosse capaz de suportar seu toque e, assim, ser salvo da queda.

— Parece que suportei, mas não muito bem... — respondeu, olhando para o corpo enfaixado e sentindo muita dor.

— Disso eu cuido. Dentro de alguns dias você estará como antes, ou quase...

— Como quase?

— Calma... nada de grave. Talvez sobrem algumas cicatrizes para que se recorde de mais essa aventura. Agora descanse, Alekssander. Você está seguro aqui.

— O que é aqui? Como saímos do Campo do Destino?

— Depois de o ataque ter fracassado, o campo se desfez. Não entendemos qual foi o destino alterado ou como o ataque aconteceu naquele lugar. Cada um tem uma explicação diferente. Para mim, a hipótese mais convincente também é a mais absurda: o campo pode ter sido conjurado para prendê-los, para que o ataque ocorresse. Mas quem teria o poder de fazer algo desse porte? Assim que o campo permitiu a saída de vocês, seus companheiros se apressaram em chegar até o refúgio de Anuar, na esperança de salvá-lo. Agora descanse. O descanso é essencial para a cura.

Silvia saiu, deixando Alek sozinho no quarto escuro. *"Agora eu também poderei incinerar alguém apenas com meu toque. Espero que seja um dom como os outros, que eu possa manifestar quando desejar."*

Isso o fez pensar que com Gerin não era assim, ele não podia escolher. Não podia tocar em ninguém sem incendiar o outro ser. Concluiu que talvez fosse por isso que ele se mantinha sempre afastado, o mais isolado possível. Devia ser triste viver dessa maneira. E, com esses pensamentos em mente, Alek adormeceu.

Os dias que se seguiram não foram diferentes desse. Despertava, era cuidado por Silvia, os dois falavam um pouco e ele voltava a adormecer. A única diferença era que, a cada despertar, sentia menos dor.

O ciclo repetiu-se algumas vezes, Alek não saberia dizer quantos dias durou sua recuperação. Apenas soube que seria diferente quando acordou e viu a claridade da manhã. As janelas abertas iluminavam o imenso aposento, que mais parecia o quarto de um castelo medieval.

Silvia o observava:

– Hummm... Chegou a hora de tirarmos essas ataduras, Alekssander.

Ele não disse nada. Sentia-se eufórico por finalmente se ver livre e poder descobrir mais sobre onde estava e o que acontecera. Contudo, também tinha um medo imenso do que veria ao tirar as ataduras.

Acompanhou os movimentos de Silvia, tenso, quase sem respirar. Ela livrou seus braços, soltando-os do tronco, desenfaixou o direito e ele estava perfeito, como se nada tivesse acontecido!

– Eu disse que iria curá-lo, não disse? – falou orgulhosa de seu trabalho.

– Falta muito, ainda... – Alek respondeu, mais tenso.

Por alguma razão, ela desenfaixou primeiro o tronco de Alekssander, antes de tirar os curativos do braço esquerdo. O tronco não trazia nenhuma marca também. Nenhuma cicatriz.

— Nada nas costas também! — ela garantiu e, com ele sentado na cama, começou a soltar suas pernas.

— É impressão minha ou você está deixando esse braço para o final, Silvia?

— Tenho minhas razões! — e isso deixou Alek ainda mais apreensivo. Dor ele não sentia nenhuma, mas temia ver o braço desfigurado.

Perdido em seus receios, Alek não percebeu que as pernas já estavam livres.

— Apenas uma pequena cicatriz aqui, perto do tornozelo esquerdo. Muito bom! Realmente muito bom!

Alek viu uma marca avermelhada em seu tornozelo, com cerca de três centímetros de comprimento e estreita como um corte. Parecia uma cicatriz comum de queimadura, algo que ele poderia ter feito na cozinha da casa em que viveu por tantos anos, no mundo humano que não mais fazia parte de sua realidade.

— Agora o braço esquerdo! Só falta ele!

— Por que ele ficou para o final?

— Porque durante o tratamento ele cicatrizou de um jeito diferente. Ele se curou bem rápido... mas diferente.

— Acabe logo com isso, Silvia! Não aguento mais! Se ainda tenho um braço está de bom tamanho, mesmo que esteja coberto por cicatrizes.

— Bem, não é por cicatrizes que ele ficou coberto... — e tirou a faixa com um só puxão.

Era difícil acreditar no que seus olhos viam. Todo o seu braço esquerdo, do ombro até as pontas de seus dedos, estava coberto por escamas de um vermelho intenso. Suas unhas mais pareciam as garras de um dragão.

— Mas o que é isso? — Alek gritou, apavorado.

— Cicatrizou diferente. Eu avisei...

— Diferente? Virou uma garra, Silvia!

— Pele de dragão... — ela disse baixo.

E Alek lembrou-se do guerreiro Ciaran que encontrara no campo de batalha, o Cavaleiro do Dragão.

Assustado e com certa repulsa, movimentava o braço, os dedos da mão e tudo parecia estar bem, apesar da aparência estranha.

— Lembra mesmo pele de dragão... — falou em um fio de voz.

— Mas, que eu saiba, você não tem sangue de dragões em sua família, tem? — Silvia perguntou.

— Silvia, eu nem sei quem de fato é ou foi minha família!

— É bom esconder esse braço. Os dragões não são muito queridos por aqui.

— Tanta coisa pra esconder... — Alek suspirou, apalpando seu novo braço com a mão direita. — Estou liberado? Posso ver meus amigos?

— Preparei um banho para você. Ficou muito tempo nessa cama... Melhor se lavar antes. Aproveite-o e, depois, vista-se adequadamente — apontou para um guarda-roupa imenso em um dos lados do quarto. — Você irá se encontrar com seus companheiros e com Anuar ainda hoje. Virão chamá-lo quando chegar o momento.

— Com Anuar? Ele está aqui?

— Você é que veio até ele, Alekssander. Lembra? Eu lhe disse que seus companheiros o trouxeram para cá. Você está em Dagaz, o atual refúgio de Anuar. Sua viagem se completou enquanto estava desacordado. Nem todos acreditavam em sua recuperação, mas os que acreditavam acertaram, não é mesmo? — Silvia deu uma piscadela e saiu do quarto, levando consigo as muitas ataduras que recolhera do chão.

Sozinho, Alek se viu apreciando aquele braço novo. Levantou-se e parou em frente ao grande espelho, ao lado da banheira cheia de água que o aguardava. Aquele braço recoberto de escamas, apesar de tão diferente, não parecia errado. Pelo contrário, simplesmente era para ser assim. Encaixava-se no que ele era, o Sombrio.

"Será que foi o meu destino que se cumpriu naquele campo?"

XXII
CONSELHO ANUAR

Alek tomou um banho demorado e foi escolher o que vestir. No guarda-roupa havia algumas peças diferentes, mas todas naquele tecido rústico e claro, tão típico das vestimentas Anuar.

Escolheu uma calça confortável, uma camisa que lembrava uma bata indiana e, por cima de tudo, colocou um manto com capuz. Decidiu seguir o conselho de Silvia e não aparecer em público com seu novo braço à mostra. Calçou um par de botas confortáveis e estava pronto.

Só então pensou em olhar pela janela, observar o lugar em que estava e ficou surpreso ao confirmar que se encontrava em um castelo, em uma de suas torres, em meio a uma cidade enorme, toda composta de construções em tom de areia, das mais diferentes formas, arredondadas, retangulares, triangulares, pequenas, quase tão altas quanto o castelo. Era diferente de tudo o que conhecia e parecia ser feita apenas de areia.

Para além dos limites da cidade, Alek via uma floresta verde e vigorosa, montanhas formando uma muralha natural no horizonte e algumas sombras escuras, enormes. Não conseguia dizer o que eram ou definir sua forma, mas com certeza as sombras estavam vivas e se movimentavam sobre toda a cidade, a floresta e as montanhas. O céu estava cinzento e um vento frio fazia ter vontade de entrar e procurar por calor. Talvez por isso tudo parecesse vazio. Todo o povo daquele lugar deveria estar recolhido e aconchegado perto do fogo de seus lares. Alek não viu ninguém andando pelas ruas.

Entrou e foi em direção à porta. Desejava sair e encontrar seus companheiros, mas descobriu que estava trancado naquele quarto.

Contrariado, tirou o manto e foi aconchegar-se na cama. Esperaria alguém vir chamá-lo, como Silvia havia dito. Voltou a examinar seu braço e pensou que ele havia ficado bem mais resistente. Com a mão direita, sentia a textura da nova pele dura, fria. Então teve uma ideia: concentrou-se desejando queimar, incendiar, e arregalou os olhos quando viu suas garras retraindo-se como as de um felino e as escamas recolhendo-se, entrando em sua carne. Assim que sua pele ficou exposta, vermelha e com as muitas marcas das cicatrizes da queimadura que sofrera, seu braço incendiou-se.

— Caraca! Que coisa mais louca!

Observou o braço em chamas por alguns instantes. Não sentia nada, dor alguma. Ouviu alguém batendo à porta e seu braço se apagou. As escamas voltaram a sair de sua carne e selaram do ombro às pontas dos dedos. Suas garras ressurgiram. Tudo em um instante.

— O senhor está pronto? — ouviu uma voz desconhecida perguntar.

— É, estou... — respondeu, percebendo que havia chamuscado o dossel que protegia sua cama e queimado totalmente a manga de sua camisa. No mesmo instante, levantou-se e vestiu o manto, ocultando o braço e a mão. A porta abriu-se e uma figura pequena, de pele lisa e amarelada, orelhas pontudas, sem qualquer cabelo e olhos completamente negros, sem íris, apareceu.

— Senhor Sombrio, por favor queira me acompanhar — disse, fazendo uma reverência com a cabeça e apontando a saída. — Irei conduzi-lo para a reunião do Conselho.

Alek não tinha visto nada parecido com aquele ser, nem nas Cavernas, nem em combate. Estava curioso, mas a criatura não disse mais nada. Apenas seguiu à sua frente, mostrando o caminho. Os corredores do castelo também eram do mesmo tom de areia da parte externa da cidade. Passou a mão nas paredes e sentiu os grãos que a formavam, mas eles não se desprenderam, continuaram unidos àquela parede.

Não havia luxo algum, era tudo simples, mas grandioso. A luz do dia entrava pelas muitas janelas e deixava tudo iluminado, leve, suave.

— Por aqui, senhor Sombrio — a pequena criatura apontou uma porta gigantesca na lateral do corredor que parecia ser feita de madeira maciça. Sua cor escura contrastava com as paredes claras. A porta do seu quarto era de uma madeira alva, quase do mesmo tom das paredes. Aquela era diferente. Tinha muitos entalhes, inscrições, símbolos que Alek não reconhecia, mas intuía que significavam algo.

Aproximou-se da porta sem saber se deveria bater ou tentar abri-la, apesar de desconfiar que não conseguiria, mesmo que empenhasse toda a sua força. Não precisou sequer tocá-la, pois ela se abriu e revelou um salão imenso. O suposto reencontro com seus amigos aconteceria de uma maneira muito diferente do que esperava.

No momento em que a porta se abriu, todos os que estavam no salão ficaram em silêncio. O lugar parecia ter uma galeria lotada pelos mais diferentes seres. Ali, no chão, no centro do espaço, uma mesa oval bastante grande e feita da mesma madeira da porta reunia seis integrantes do Conselho. Um deles, sentado na extremidade oposta à porta, próximo de uma imensa janela, levantou-se. Era um guerreiro vestido em uma armadura dourada que parecia perfeita para aquele castelo. Estava contra a luz e brilhava. Alek não conseguia ver seus traços, apenas seu contorno e o reluzir de sua armadura.

— Venha, Sombrio — o guerreiro ordenou, mas em um tom de convite. Ainda assim, Alek tinha certeza de que era uma ordem.

Entrou no salão e um burburinho contido espalhou-se pela multidão que os observava de cima, da galeria. Alek olhou confuso, tentando localizar seus companheiros entre os muitos seres, mas não conseguiu identificar ninguém.

Seguiu em direção à mesa e percebeu que havia uma cadeira vazia ao lado esquerdo do guerreiro que o esperava de pé.

Conforme se aproximou, viu o rosto jovem do guerreiro. Parecia ter pouco mais de vinte anos. A cor de sua pele era do mesmo tom daquele lugar, areia... a mesma cor de seus cabelos longos e encaracolados, que caíam sobre seus ombros. Tudo nele era tão suave quanto as cores do castelo. Seus olhos eram de um verde muito claro, beiravam a transparência. A expressão séria demais destoava de sua imagem delicada.

— Bem-vindo, Sombrio — o guerreiro falou assim que ele chegou perto o suficiente. — Há muito aguardava a sua chegada e, finalmente, nossos destinos se encontraram.

Naquele instante, Alek percebeu:

— Anuar? Você, quer dizer, o senhor é Anuar? — sentia-se estranho em chamar alguém tão jovem de senhor. Só então percebeu que esperava que Anuar fosse alguém diferente do que via. Talvez um ancião de longos cabelos e barba tão comprida quanto a dos anões, talvez uma criatura gigantesca como a serpente líder dos Ciaran, mas nunca imaginara Anuar como um jovem guerreiro da cor da areia.

— Sim, Sombrio, sou Anuar, o líder da Luz. Por favor, sente-se ao meu lado. Chegou o momento de o recebermos entre nós, e o Conselho Anuar está reunido para isso.

Alek estava inseguro, não sabia como agir. Então obedeceu, sentou-se do lado esquerdo de Anuar e aguardou.

— O Sombrio veio até nós! — prosseguiu Anuar, ainda de pé. — Veio por sua própria vontade. E nós recebemos o Sombrio — o silêncio era absoluto, todos ouviam as palavras de Anuar. — Uma nova era se inicia, mas com certeza não será marcada pela paz. Por mais de uma vez os Ciaran tentaram recuperar o Sombrio e falharam. Porém, no último ataque revelaram um poder que desconhecíamos e ainda agora não compreendemos.

Ao que parecia, eles tinham certeza de que o ataque no Campo do Destino fora obra de Ciaran. Silvia não demonstrara compartilhar dessa certeza, e Alek não entendia a razão para uma nova ofensiva. Ciaran quebraria o trato que fizeram? Não teria mais interesse em vê-lo entre os Anuar?

— Como foram capazes de corromper nosso povo sem a conversão? – a pergunta de Anuar trouxe de volta a atenção de Alek. – Como Amandy e Tânia se uniram aos Ciaran sem mudar sua essência? Como preservaram sua natureza Anuar mesmo não sendo mais fiéis a nós? Ainda não compreendemos, mas descobriremos. Antes que Tânia sofra sua sentença e tenha sua essência extraída, confiamos que nos dirá a verdade sobre o que aconteceu. Estamos trabalhando para isso.

Ele começava a entender o que acontecera. Amandy e Tânia traíram o grupo, mas por quê? E fizeram isso sem se converter, como Silvia fizera ao deixar os Ciaran para aliar-se aos Anuar.

— Agora o Sombrio está entre nós e será treinado – essa fala fez Alek tremer.

"Treinado? Para quê?"

— O Sombrio poderá ser nossa forma de enfrentar essa força desconhecida!

Alek percebeu que, enfim, como contara Abhaya há dias, naquela clareira próxima à casa de pedras, os Anuar conseguiram o que desejavam. Viam nele a força necessária para enfrentar os Ciaran ou, quem sabe, destruí-los. Sentiu-se mal com essa ideia. Era uma arma...

— O que vocês presenciam aqui, hoje – Anuar prosseguia com seu discurso –, é o início de uma nova história, que não será de paz, como disse, mas, com certeza, será de vitória Anuar! – o silêncio foi rompido por uma celebração intensa dos seres que assistiam ao encontro. Apenas Alek e aqueles sentados ao redor da mesa permaneceram em silêncio.

Instantes depois, um rodamoinho de areia formou-se ao redor da mesa, cercando o Conselho Anuar. Aos poucos, os grãos de areia uniram-se, formando uma sólida parede, isolando o grupo da multidão e gerando uma sala menor, sem portas. Apenas a imensa janela atrás de Anuar foi preservada.

— Pronto! A parte festiva acabou. Agora estamos a sós! – o líder falou assim que as paredes se constituíram. – Nosso povo já teve o que queria. Sombrio, desculpe por toda essa situação de exposição, mas ela era necessária.

Alek continuava sem saber como agir.

– O Conselho foi reunido para recebê-lo. Agora que está curado, você será treinado por nossos mestres, uma honraria que nenhum Anuar jamais teve. Valorize essa oportunidade, Sombrio. É a melhor que você terá para despertar seus dons.

Anuar apresentou os cinco mestres presentes no Conselho, cada um originário de um povo, mas todos senhores das artes da guerra.

Chad era uma elfa longilínea e muito bela, de pele castanha que contrastava com os olhos amarelos como ouro, iguais aos de Verônika. Os cabelos negros e longos estavam presos em múltiplas tranças que se enraizavam em sua cabeça. Ela era mestre em armas. Com ela, Alek teria contato com lanças, espadas, adagas, arcos e flechas, punhais, machados e tantas outras armas que Chad enumerou, mas que ele nem imaginava como seriam. Na verdade, ele parou de prestar atenção bem antes da metade das armas citadas pela guerreira. Nunca teve interesse em lutas, muito menos armadas, e não seria fácil agradar aquela elfa, que parecia dominar o uso de tudo o que cortasse, perfurasse ou esmagasse.

Forbek, um ser do pântano, era muito parecido com Douglas e Amandy, o que fez Alek lembrar do companheiro de viagem que, pelo que ouvira, havia traído o grupo no Campo do Destino. Forbek era mestre em magia antiga, tinha o dom de manipular os quatro elementos e, a partir deles, produzir ataques destruidores. Alek ficou curioso: será que o fato de ele já ter usado a luz da tempestade e agora ter um braço que se incendiava o faria aprender mais rapidamente com Forbek? Conseguiria se tornar um mago? O mestre encerrou sua apresentação dizendo que a magia podia ser mais destrutiva do que qualquer guerreiro armado. Disso Alek não gostou. *"Eles só pensam em destruir uns aos outros"*, refletiu incomodado e incomodou-se mais ainda ao se lembrar de que ele mesmo já havia destruído seres desse mundo.

Mildred era muito parecido com Gerin, porém mais velho. Aparentava ter uns quarenta e poucos anos, tinha a mesma pele branca de Gerin, com as mesmas tatuagens negras no rosto, os mesmos olhos em chamas, e Alek apostava que teria as mesmas asas negras sob o pesado manto de veludo vermelho que usava. Ele foi apresentado como um mestre dos homens alados, mas Alek sabia que esse nome definia muito mal aquele povo que trazia o fogo dentro de si e em seu toque. Mildred falou pouco e apresentou sua arte como o combate usando o que você traz dentro de si. Alek pensou que, para o mestre Mildred, esse tipo de combate não seria difícil, já que trazia o poder de incinerar em seu interior. Mas ele próprio também já possuía esse dom. Vendo que o professor falara muito pouco sobre os dons que trabalharia, Anuar retomou a fala:

— Você já esteve em campo de batalha, Sombrio. E deve ter visto armas se materializarem como se fossem feitas de luz, armas de pura essência.

Alek consentiu ao se lembrar do bastão de luz usado por Verônika, tão amarelo quanto seus olhos.

— Esse é o dom trabalhado por Mildred, descobrir qual é a sua arma, como se materializa no combate o poder que você traz em si.

Alek compreendeu que era por isso que só vira a arma de Verônika durante o combate: ela se materializara naquele momento.

Gerd foi apresentado como sendo do povo do Norte. Parecia um humano comum, mas bem maior, um *viking*, maior que Martim. Era ruivo e muito forte. Alek pensou que seria mais um mestre de armas e o imaginou ensinando a usar armamentos pesados e impossíveis de sequer serem erguidos do chão, mas o que ouviu foi Anuar dizendo:

— Gerd é um mestre da palavra antiga, Sombrio. A palavra possui uma força destruidora maior do que a de qualquer outra arma. Existem palavras tão avassaladoras que nunca deverão ser pronunciadas e outras que podem anular qualquer magia e duplicá-la em força contra quem a invocou. Poucos, muito poucos dominaram essa arte através das eras. Hoje, apenas Gerd e um de seus antigos aprendizes conhecem e dominam esse dom.

Gerd permaneceu em silêncio. Foi o único a não dizer nada. Talvez, se abrisse a boca, todos caíssem mortos ali mesmo, pensou Alek e fez força para não rir. Mas em seguida se sentiu perturbado por essa ideia. Anuar parecia ter escolhido a dedo os seres da Luz mais letais para servirem de mestres.

Stella era uma fada, tinha pouco mais de um metro de altura, sua pele era púrpura e cintilava. Os cabelos curtos eram de um azul intenso, o mesmo dos olhos. Parecia bela e frágil. Por alguns instantes, Alek nutriu a esperança de que a fada fosse mestre de algo que criasse ao invés de destruir, mas a esperança não durou muito. Stella era mestre em invocação e, em um campo de batalha, usava os corpos dos mortos, invocava-os para seus serviços. Alek achou isso tétrico. Stella explicou que poucos possuíam esse dom, mas que havia outras formas de invocar, como animar seres construídos de barro, madeira ou qualquer outro material, por exemplo, sempre atraindo uma energia guerreira para preenchê-los e lutar em seu lugar.

Acabada as apresentações dos cinco mestres, estava mais do que evidente que o objetivo de Anuar era transformar Alek em um guerreiro. Mais do que isso, Alek se transformaria em uma arma, a arma mais poderosa de Anuar. Seria isso o que Ciaran percebera no último instante e tentara evitar atacando o grupo no Campo do Destino?

Após as apresentações, Anuar explicou que Alek começaria o treinamento na manhã seguinte. Os mestres se retiraram por uma porta que surgiu do nada, idêntica àquela primeira por onde Alek entrara no salão, mas muito menor.

— Agora poderemos ter nossa conversa particular, Sombrio. Estou certo de que você tem muito a perguntar — Anuar procurou os olhos de Alek, e ele não desviou o olhar.

— Seu Conselho é formado só por guerreiros?

— É um conselho de guerra, deveria ser formado pelo quê? Anciãos? Curandeiros? Unicórnios? Sei que você chegou há pouco do mundo dos humanos, mas já compreendeu que estamos em guerra com os Ciaran, correto?

Alek apenas consentiu com um gesto de cabeça. Sentia uma certa agressividade em Anuar e sabia que precisava agir com cuidado.

— Você precisa despertar seus dons de combate, Sombrio. O quanto antes, necessita descobrir quais dons possui e se tornar hábil em usá-los. O que fez com os anjos da Escuridão foi impressionante, mas não é o suficiente. Precisamos de mais.

— Precisamos?

— Com o tempo você entenderá, Sombrio. E tenho certeza de que se orgulhará de ter escolhido nosso lado.

Alek ia dizer que não havia escolhido lado algum, mas se deteve e perguntou:

— Quando verei meus companheiros?

— Seus companheiros? — Anuar parecia não entender.

— Abhaya, Martim, Verônika, Badi, Gerin...

Anuar riu alto.

— Eles não são seus companheiros, Sombrio. São meus guerreiros! Receberam a missão de trazê-lo até mim e a cumpriram com exatidão. Agora estão envolvidos em outras obrigações. Não terão tempo para confraternizar. Tampouco você terá tempo para isso, Sombrio. Sua nova vida começa amanhã. Posso parecer um tanto ríspido — disse Anuar, observando o desapontamento de Alek —, mas os tempos são extremamente difíceis, Alekssander. É necessário se adaptar a eles, e rápido!

Alek olhou para ele sem compreender a mudança no tratamento.

— Não julgo prudente nos aproximarmos, nos tornarmos amigos. Nossas fraquezas poderão ser exploradas se forem reveladas. Por isso, manteremos a distância, e chamá-lo por Sombrio ajudará a nos lembrar do quanto é importante essa distância. — Anuar parecia doce, suave, próximo, e a sensação de domínio, de agressão, desapareceu do coração de Alek. Mas não a de perigo.

"Talvez ele saiba que carrego o veneno da serpente..."

— Você é muito poderoso, Sombrio. Sabe disso, não é mesmo? Não pode continuar entre nossos guerreiros comuns, como se fosse um deles. Precisa seguir seu destino e evoluir. Os mestres ajudarão nisso. Seu destino segue por um caminho diferente dos guerreiros que o acompanharam até aqui, compreende?

Alek permaneceu em silêncio.

— Logo você perceberá que estou certo nessa decisão. Amandy e Tânia tinham minha confiança e me traíram. Preciso garantir que você não será colocado em risco mais uma vez. A primeira providência é estar mais atento a quem pode ter contato com você. Serão poucos os escolhidos. A segunda providência é treiná-lo, Sombrio, para que você se torne capaz de se defender sozinho. Você pode se tornar a maior força de nosso mundo. Maior do que eu ou Ciaran. Não consigo ver o futuro para enxergar se estou fazendo o certo, mas minha decisão é de que você deve cumprir o seu destino. Assim não precisará temer nenhum de nós. Por isso o treinamento.

Alek não achava que aquilo era totalmente verdade, mas fazia sentido.

— Obrigado, Anuar. Vou me dedicar — respondeu sem saber por que de fato dizia aquilo.

— Vamos nos reencontrar em breve, Sombrio. Acompanharei sua evolução de perto. E você fez certo em ocultar seu braço. Ele revela muito de sua natureza guerreira, mas nem todos compreenderão assim.

— Por quê? — Alek retraiu-se ao confirmar o quanto Anuar sabia sobre ele.

— Seu braço revela sua origem, Sombrio. Guilherme, seu pai, era um Cavaleiro do Dragão, tinha sangue de dragões em suas veias. E, pelo visto, esse sangue permanece bem vivo em você... Sangue Ciaran.

Alek expôs sua mão-garra, olhando para ela sem entender como aquilo poderia ser ruim.

— E o que vocês querem não é exatamente isso, que eu me transforme em um guerreiro?

— Os Cavaleiros do Dragão são os guerreiros Ciaran mais temidos, Sombrio. Não há como os Anuar olharem o seu braço e aceitarem isso como um bom sinal. É óbvio que não haverá como esconder o fato para sempre, mas, enquanto pudermos evitar a situação, o melhor é manter a prudência. Seus mestres já estão cientes dessa transformação. Deles você não precisa temer uma reação negativa.

Alek concordou e Anuar concluiu:

— Talek, por favor, acompanhe o senhor Sombrio de volta ao quarto.

Só então Alek percebeu a presença daquela criatura pequena e amarela. Não conseguia dizer se ela estivera ali todo o tempo ou se aparecera do nada.

— Posso fazer uma pergunta, Anuar?

— Faça.

— Você disse que capturou Tânia. E Amandy?

— Ele escapou. Não sabemos onde está, e Tânia não tem contribuído conosco. Ao contrário do que eu disse, é bem provável que enfrente a sentença de morte antes mesmo de revelar qualquer informação.

Por alguma razão, Alek achou que ele estava mentindo.

— É mesmo necessário matá-la? – perguntou.

— Você acabou de chegar e questiona nossas regras? Melhor pararmos por aqui. Talek, acompanhe o Sombrio.

Apenas com um aceno de cabeça, Anuar e Alek se despediram. O caminho de volta para o quarto nem foi notado por ele. Seguiu Talek como se estivesse no automático, pensando em tudo o que vivera nas últimas horas. O que mais estremecia seu cérebro era descobrir que tinha o sangue de um Cavaleiro do Dragão e a forma como Anuar lidara com isso. Lembrou-se mais uma vez do guerreiro Ciaran que viu pela primeira vez na visão de sonho, resgatando Garib, e que depois encontrou no campo de batalha. Recordou em detalhes a armadura vermelha que vestia, da mesma cor que as escamas do dragão que lhe servia de montaria.

Apesar de ter o mesmo sangue daquele guerreiro, não se sentia igual a ele. Ele não tinha nada parecido com o seu braço. Alek percebeu que se sentia mais próximo do dragão montado pelo guerreiro. Talvez houvesse algo em seu passado que nem mesmo Ciaran ou Anuar soubessem. Ele sentia que descobriria o que era na hora certa.

XXIII
APRENDIZ

Os dias que seguiram foram intensos para Alek. Seu treinamento ocupava quase todo seu tempo. Além de treinar, só fazia comer e dormir. O estranho era que não se sentia mais desgastado pelo sol e desconfiou que as beberagens que Silvia lhe fornecia fossem as responsáveis. Isso o inquietava, pois poderia significar que a curandeira soubesse do veneno Ciaran que preenchia seu corpo. Foi por essa razão que teve aquela conversa difícil com ela, na qual ficou rodeando, rodeando, sem ter a coragem de perguntar o que realmente queria saber:

— Alek, eu sei... — disse cansada do rodeio. — Seus olhos acenderam diversas vezes nas primeiras noites em que cuidei de você, durante os momentos em que delirava de dor.

— Quem mais sabe?

— Apenas eu.

— E você guardará segredo?

— Não tenho por que contar isso a alguém. Como isso aconteceu?

— Um presente de Ciaran...

— Você precisa ter cuidado, Alek. Muitos segredos se acumulam em seu caminho...

— Sei disso. Silvia, você tem notícia de Tânia?

— A sentença dela se cumpriu ontem.

— Foi morta?

Silvia confirmou com um aceno de cabeça.

— Muito rápido, não?

— Anuar deve ter conseguido o que precisava.

— Mas ele me disse que Tânia não havia revelado nada...

— Um dos dons de Anuar é extrair a verdade, Alek. Não há quem resista a ele. Tânia deixou de ser útil e a sentença se cumpriu. Foi isso.

— Eu não entendo! Como podem matar e considerar isso justo?

— Eles precisam garantir o abastecimento de luz, de essência Anuar...

— Tudo isso para pagar os Renegados? Usam tanto assim o serviço deles? — Silvia riu.

— Desconfio que fazem muitos outros usos do que extraem, Alek.

— Não entendi.

— Antes de ser o líder Anuar, o guerreiro da pele de areia respondia pelo nome de Avaz e se destacava no combate, mas não era um líder. Veja bem, antes dele, nenhum guerreiro liderou os Ciaran ou os Anuar. Quando, há pouco mais de um século, o líder Anuar voltou para a roda da vida, seu sucessor já havia sido encontrado, um jovem do povo alado, que possuía uma ligação plena com a Luz, mas ainda não manifestara dom algum, nem mesmo o da incineração. No evento de celebração, em que os Anuar reconheceriam o novo líder, ele foi assassinado. Morreu envenenado. A essa altura, Avaz era o comandante de todos os guerreiros Anuar e impôs o processo de julgamento com a sentença de morte. Fez isso para punir os assassinos do líder e muitos foram mortos por esse crime.

— Foi ele quem inventou isso?

— Foi ele quem instituiu isso. Por pouco mais de uma década, ele guiou os Anuar em busca de um novo líder. Teve aí o início de uma liderança guerreira.

— E essa coisa de extrair a essência dos condenados, começou como?

— Os Renegados faziam isso como pagamento por seus serviços, e Avaz pediu a seus magos que encontrassem um caminho para fazer a mesma coisa, a fim de evitar que seu povo tivesse de fornecer sua essência, ser fragilizado em troca de proteção. A justificativa era nobre, mas os magos não conseguiram fazer a extração tão bem quanto os Renegados. Precisavam matar o Anuar para extrair uma pequena parcela de sua luz.

— Por isso começaram a fazer isso com os condenados?

— É... e desconfio que encontraram outros usos para essa luz.

— Quais usos?

— Veja bem, Alek... da mesma maneira que seus segredos estão seguros comigo, peço que guarde o que falarei apenas para você.

— Pode confiar, Silvia.

— São apenas suspeitas minhas, mas... Nunca antes um Anuar ou um Ciaran comum se tornou um líder. Nunca antes a conexão de um de nós se fortaleceu com o tempo ou cresceu a ponto de nos transformar em um líder. Nossos líderes nasceram assim. Sempre. Predestinados. Como eu disse, Avaz era apenas um guerreiro. Um hábil guerreiro, mas não tinha a conexão perfeita com a Luz... não era o Anuar.

— Você acha que, assim como os Renegados, ele consome essa luz que tira dos condenados?

— Todos acreditam que a Luz se intensificou e se manifestou nele por mérito. Ele assumiu para si uma responsabilidade imensa ao liderar os Anuar na busca pelo líder verdadeiro... e o universo reconheceu seu valor, transformando-o nesse líder.

— Você não acredita nisso?

— Acredito na versão mais sórdida.

— E como você sabe de toda essa história, Silvia?

— Fui aceita entre os Anuar pelo antecessor de Avaz. Vi tudo acontecer, e de perto. Tentei curar muitos dos primeiros que tiveram a essência extraída pelos magos Anuar, sem sucesso.

— Os dois lados mentem... — Alek murmurou.

— Ainda bem que se lembra disso, Alek. É uma boa maneira de não se envolver demais.

— Mas por que usar a magia? Por que não conseguir um desses artefatos dos Renegados e extrair a essência sem matar ninguém?

— Ninguém enfrenta um Renegado, Alek. Nem mesmo o líder dos Anuar ou dos Ciaran. Fora isso, ao que parece, é necessário ser um Renegado para fazer o artefato funcionar, e eles são absolutamente fiéis entre si. Não seriam subjugados por um Anuar.

— Toda essa situação é muito bizarra...

— O melhor é não pensar nela e se manter distante, Alek.

E ele tentou. Tentou concentrar-se em seu treinamento, fortalecer-se. Porém, mesmo com toda a disposição física, Alek não evoluía em seu aprendizado como era esperado por seus mestres.

※

— Ele tem nossa dedicação exclusiva... — observava Mildred. — Nenhum outro aprendiz teve esse privilégio!

— E nenhum novo dom se manifestou? — Anuar parecia preocupado.

— Ele quer lutar como um humano! Quer que eu o ensine lutando! — sentenciou Chad. — Nunca despertará um dom desse jeito!

Todos riram.

— Os dons de combate que o Sombrio manifestou anteriormente eram todos ligados à magia antiga. Algum progresso com você, Forbek?

— Nenhum, meu Senhor. O Sombrio não parece ter mais dons.

— O fato é que nossa maneira de ensinar parece não funcionar com ele, Anuar — concluiu Mildred.

— Mas que outra maneira pode haver para que o Sombrio desperte seus dons? — questionou Anuar.

— Ele tem se dedicado — reconheceu Stella.

— De que adianta dedicação se não existir o dom? — Chad não parecia acreditar que poderiam obter resultados. — Não penso que o Sombrio empunhará uma espada ou qualquer outra arma sequer com a habilidade de nossos guerreiros medianos.

— Impossível que ele já tenha despertado todos os seus dons! — concluiu Anuar. — Ele é o Sombrio! Deve ser capaz de despertar dons de todas as naturezas, até de combate com armas, Chad. E com certeza ele pode encontrar a arma de luz, Mildred... É impossível que o Sombrio não seja capaz de materializá-la! Estamos falhando em algum ponto. Precisamos observá-lo, descobrir como ele aprende. Talvez seja de uma maneira diferente da que nós aprendemos.

— Mas existe outra maneira? — Forbek pensou em voz alta.

— Não que conheçamos... mas não conhecemos todas as coisas, não é? – refletiu Mildred. – O Sombrio nunca existiu antes, correto?

— Talvez... — começou Gerd, que permanecera calado até então — Talvez ele não se sinta seguro conosco. Nós o isolamos, somos estranhos para ele.

— Isso é necessário para protegê-lo — rebateu Anuar. — Todos concordamos com isso, não?

— O fato é que, pelo que sabemos, Anuar, o Sombrio não despertou seus dons em uma cúpula protegida — Gerd respondeu em tom desafiador. — Todos os seus dons foram despertados em momentos de necessidade. Ele precisou usá-los. Qual necessidade ele tem de evoluir aqui?

— Faz sentido — Foberk foi o primeiro a concordar, e os outros também não descartaram a ideia.

— E o que você sugere, Gerd? Devemos transformá-lo em um soldado comum e enviá-lo para a batalha? Nem conhecemos o que nos ameaça!

— Não, Anuar. Eu não sugeriria algo tão imprudente. Para mim, o mais interessante seria uma liberdade vigiada.

— Seja mais específico, por favor.

— Você bem sabe que Abhaya, Martim e Verônika já fizeram muitas tentativas de contatar o Sombrio — Gerd fez uma pausa, esperando a concordância de Anuar.

— Continue...

— Eles não desistiram e empenham-se em descobrir um caminho para chegar ao Sombrio.

— É... eles têm me dado um certo trabalho — Anuar finalmente concordou.

— Pois o que sugiro é que você permita o encontro e a convivência vigiada de nossos guerreiros com o Sombrio.

— Já fomos traídos, Gerd. Seria arriscar demais.

— Discordo por completo, Anuar. Os três já provaram sua fidelidade a você por inúmeras vezes. Permitiram ser marcados pelos Renegados para garantir a segurança do Sombrio. E não estou sugerindo que baixemos a guarda. Continuaremos atentos... Apenas permitiremos que o Sombrio viva algo mais próximo de uma vida real.

— E tenha chances de manifestar seus dons... — concluiu Mildred.

— Ao que parece, todos concordam com essa ideia — conferiu Anuar. — Pois que seja! Vamos ver se dessa maneira conseguimos algum resultado.

※

Era uma noite escura, sem lua, e Alek sentia-se muito só. Há quase quinze dias iniciara seu treinamento e não estava evoluindo como seus mestres esperavam. Ele se dedicava, fazia todos os exercícios que indicavam, buscava encontrar o dom dentro de si e despertá-lo, mas sabia que não conseguiria: ele não trazia esses dons dentro de si, precisava absorvê-los.

A convivência com Chad era a pior. A mestre estava cada vez mais irritada com ele, reclamava de sequer terem descoberto qual era a sua arma. Ele tentou convencê-la a treinar como os humanos, lutando com ele. Sabia que assim talvez aprendesse. Mas tinha dúvidas: precisou experimentar os dons em si para absorvê-los. Nunca absorveria algo como a transmutação de Garib. Ela mudara de forma na sua frente, mas ele não havia experimentado aquilo em seu próprio corpo, logo nunca seria capaz de mudar de forma. Isso o fazia pensar que não desenvolveria nenhum dom de invocação.

Somente se morresse e fosse usado como uma marionete por Stella poderia aprender a fazer isso, mas aí já estaria morto! Talvez também não conseguisse materializar sua arma de luz. Alek estava convencido de que não seria o guerreiro completo que Anuar esperava. Esse não parecia ser o seu destino.

Sentia o corpo dolorido, cansado, e estava quase adormecendo quando escutou um toc-toc-toc repetido diversas vezes. Era um som baixo, abafado, mas o despertou. Levantou-se e começou a procurar de onde vinha o ruído. Apesar de estranho, parecia vir de seu guarda-roupa. Abriu a porta do armário e o som ficou mais audível. Alek bateu no fundo do armário e percebeu que o som ecoava, era oco. Tentou arrastá-lo, mas era impossível, parecia estar preso ao chão e à parede. Voltou a observar o interior. As batidas cessaram, mas ele não desistiu. Começou a tatear o interior do guarda-roupa, buscando identificar algo diferente, e encontrou uma saliência semelhante a um botão.

Foi apertar o dispositivo para o fundo do guarda-roupa se mover, como uma porta de correr, e revelar um túnel escuro e vazio. Estava preso há tempo demais naquele castelo. Precisava arriscar-se e descobrir para onde ia aquele túnel.

Vestiu uma roupa quente, cobriu-se com o manto, garantindo que seus braços e mãos ficassem ocultos, e entrou no túnel carregando uma vela de luz bruxuleante.

Um vento frio soprava contínuo no túnel estreito, que só fazia descer, e não demorou para apagar a vela. Colocou a mão na parede para orientar-se e teve a estranha sensação de já ter vivido algo assim. Começou a temer que um labirinto o esperasse ao final daquela descida e pensou em voltar para a segurança de seu quarto, mas não voltou. Seguiu com cuidado, pronto para tudo. Estava tão diferente daquele menino que caiu no Labirinto de caixas... Seria capaz de enfrentar o que acontecesse. Respirou fundo, fechou os olhos e, quando os abriu, estavam acesos em um verde-esmeralda. Enxergava perfeitamente seu caminho, não precisava se apoiar nas paredes do túnel. Seguiu por mais de dez minutos e nada de ameaçador aconteceu.

O túnel terminou em uma porta estreita de madeira, destrancada. Ao sair por ela, Alek se viu em uma viela vazia, na lateral do castelo. Estava na cidade de Dagaz, aquela que observava de sua janela, e precisava conhecê-la! Uma euforia intensa o dominou. Apagou seus olhos e procurou ocultar-se o máximo possível em seu manto. Saiu pelas ruas de Dagaz tomando o cuidado de lembrar de onde viera para não se perder.

Poucas pessoas andavam pela cidade naquela noite fria, mas ele se encantava em observar de perto as construções de areia de tantas formas variadas. Quando se viu próximo a uma casa arredondada, que observara de sua torre dias atrás, ouviu um barulho alegre vindo de seu interior. Ao chegar em frente a ela, leu uma placa com os dizeres "Taverna da Lua". E ela de fato parecia uma lua cheia. Alek pensou em entrar, mas temia ser identificado e causar confusão. Deu de ombros. Entrou. No fundo, esperava encontrar seus antigos companheiros, mesmo não querendo assumir esse desejo. O lugar estava lotado. Olhou nervoso, querendo e não querendo encontrar alguém. Sabia que não podia ficar muito tempo ali. Virou-se para sair e sentiu uma mão em seu ombro.

— O que você faz aqui, Alekssander? — era Martim. Alek não sabia se devia se sentir feliz ou não. — Venha comigo.

Ele seguiu o guerreiro, queria perguntar como estavam todos, o que tinha acontecido no Campo do Destino, por que ninguém o procurou, mas seguiu em silêncio. No íntimo, desconfiava de que Martim o levaria de volta ao castelo e ele não tinha por que resistir. Mas não foi isso o que aconteceu. Os dois seguiram por ruas diferentes, e Alek já não saberia retornar para a porta naquela viela estreita.

Chegaram em frente a uma casa pequena, também de areia, como todas as outras. Martim entrou e aguardou por Alek na porta. Vendo-o indeciso, falou:

— Venha, Alekssander. Seja bem-vindo em minha casa!

Alek abriu um sorriso, entrou e, lá dentro, depois de a porta ser fechada, recebeu um abraço forte de Martim.

— Como você está, Alekssander? Como conseguiu sair do castelo? Se soubesse o tanto que tentamos revê-lo! Você está bem?

Alek não sabia por onde começar a responder, mas algo na fala de Martim chamou mais sua atenção:

— Vocês tentaram falar comigo? Você e quem mais?

— Ora, eu, Verônika e Abhaya. Trouxemos você muito mal para cá e só conseguimos poucas notícias por meio de Silvia. Pedimos uma audiência por diversas vezes, mas Anuar garantiu que, para sua segurança, isso não seria possível. E agora você aparece aqui, no meio da cidade, e sozinho!

Alek contou sobre a passagem secreta que encontrou e como a encontrou:

— Isso é muito estranho, Alekssander. A única viela que se parece com a sua descrição é a da Vidente, mas ali não há porta de acesso ao castelo... E a torre em que você ficou não tem comunicação direta com os muros do castelo. Esse túnel deve ter sido feito com magia. Alguém quis e permitiu que você saísse.

— E isso é ruim?

— Você está aqui, não está? Então não pode ser ruim. Não saia daqui, vou buscar nossas companheiras, elas ficarão felizes por revê-lo!

— Posso ir junto?

— Melhor ficar aqui. Volto rápido.

Alek estava ansioso. Movimentava-se como um gato enjaulado na pequena sala de Martim. Os minutos prometidos pelo guerreiro pareciam longos demais, mas passaram.

A porta voltou a abrir e por ela entraram Martim, Abhaya, Verônika e, mais atrás, Gerin. Abhaya correu em sua direção e o abraçou:

— Eu não acreditei quando Martim nos contou! Você está bem? O que é isso? O que aconteceu com seu braço? — Abhaya perguntou, sentindo-o rígido ao abraçá-lo.

Antes que respondesse, Alek foi abraçado por Verônika:

— Como é bom revê-lo, Alek, e bem!

Gerin manteve-se perto da porta, olhando para Alek, mas sem menção de se aproximar. Quando seus olhares se cruzaram, fez-se silêncio por alguns instantes e Gerin disse:

— Desculpe por feri-lo, Sombrio, mas eu não tinha outro jeito de evitar sua queda.

— Quero agradecê-lo, Gerin. Você não tem do que se desculpar, você salvou minha vida. Venha, deixe-me ao menos apertar sua mão.

— Você sabe que isso não é possível — Gerin retraiu-se.

— Confie em mim, você não tem como me fazer mal... desde que nosso cumprimento seja com a minha mão esquerda.

E Alek revelou sua mão de dragão. O espanto de todos era evidente, e a tensão também. Ele se aproximou de Gerin e lhe estendeu a mão esquerda. Inseguro, Gerin tirou o manto, revelando suas belas asas.

— Bem pensado! — comentou Alek. — Melhor não queimar nossa roupa! — e repetiu a ação do homem alado, tirando também seu manto e sua camisa, revelando seu braço de dragão por completo.

Estendeu a mão esquerda para Gerin, que respondeu ao cumprimento, segurando a mão de dragão com sua mão branca e de aparência frágil. Ao toque, o fogo dos olhos de Gerin intensificou-se e sua mão acendeu em chamas e, na frente de todos, as garras e as escamas do braço de Alek se retraíram, revelando um braço coberto por cicatrizes que logo se incendiou.

— Obrigado, Gerin. Obrigado por ter me salvado e por me ajudar a encontrar o meu destino!

Demorou para o espanto dar lugar à conversa. O aperto de mão se desfez, o fogo apagou, os dois se vestiram e só depois a fala voltou ao grupo. Conversaram sobre tudo o que acontecera nos últimos dias. Alek descobriu que os amigos estiveram em meio à multidão do Conselho durante sua exposição, que Lélio voltara para sua casa de pedra e agora era tratado por outro guardião, já que Silvia permanecia em Dagaz para cuidar dele, e também soube do que acontecera no Campo do Destino – foram atacados por Amandy, Tânia e uma força invisível:

— Foi algo totalmente diferente de qualquer ataque Ciaran – explicou Verônica. — Uma força desconhecida.

— Eles devem ter uma nova arma! – concluiu Abhaya.

— Talvez não seja tão simples assim... – Alek comentou, lembrando da mulher que fizera contato em sua visão enquanto estava suspenso no ar.

— O que você sabe, Alekssander?

— Ainda não tenho certeza de nada, Martim, mas, quando tiver, contarei a vocês.

Os guerreiros descreveram como derrubaram Tânia e a fizeram prisioneira e como Amandy desaparecera no ar:

— Não abriu um portal, apenas sumiu! – Abhaya descreveu.

Contaram que Martim sofrera sérios ferimentos e, assim como ele, chegou em estado bastante grave a Dagaz.

— E Badi, onde está?

— Não sobreviveu, Alek – respondeu Gerin. — Foi ele quem recebeu a descarga dessa força invisível. Ele foi transformado em pó na nossa frente assim que atingiu Tânia com sua lança e a deixou desacordada.

— Badi morreu? – Alek não conseguia acreditar.

— Ele renascerá... – disse Abhaya. — Os Anuar não morrem de verdade, quer dizer, não desaparecem. Lembra do que lhe contei, Alek?

Ele lembrava, mas tinha a estranha sensação de que Abhaya não estava dizendo tudo.

— O que foi? Tem algo mais, não tem?

— Quando um Anuar ou um Ciaran é destruído – explicou Martim –, sua essência permanece e reinicia um novo ciclo. Mas não parece ter restado essência alguma de Badi. Não conseguimos entender...

— Como vocês sabem disso?

— Eu enxergo os mortos, Alek — Gerin respondeu. — Eu vejo o que sobra após a ligação com o corpo ser rompida. Eu vejo a essência que se desprende da matéria. E não sobrou nada de Badi.

— O que nos atacou destruiu um Anuar, acabou de vez com ele, é isso?

— Não pode ser isso... — relutou Abhaya.

— Mas é exatamente isso. E relatamos ao Conselho... — Gerin concluiu.

— Agora entendo todo o clima de guerra que predomina por lá.

E Alek descreveu como foi sua conversa com Anuar e como estava sendo seu treinamento. Falou até de sua frustração por não despertar dom algum e chegou a dizer:

— Eu não aprendo assim...

— E como você aprende? — Abhaya ficou curiosa.

— Não sei... — Alek desconversou. — Só sei que os dons que aprendi foi experimentando... não foi buscando nada dentro de mim, não. Não tenho dons em mim. Eles parecem entrar em mim.

Todos riram. Já era madrugada e em poucas horas a manhã surgiria. Alek precisava retornar. Tentariam se reencontrar na próxima noite, ali mesmo, na casa de Martim. Para que aprendesse o caminho, o quarteto o acompanhou até a viela da Vidente, onde uma porta de fato esperava por Alek e sumiu diante dos olhos dos guerreiros assim que ele passou por ela.

— Como imaginei! É feita por magia. Alguém quer que Alekssander saia do castelo — falou Martim.

— E nos encontre? — perguntou Verônika, olhando para os lados, alerta.

— Algum plano há por trás disso... — respondeu Martim. — E devemos lembrar que aqui é domínio de Anuar, então ele deve estar ciente.

— Pelo menos conseguimos vê-lo! — comemorou Abhaya.

— Isso é verdade! — concordou Verônika. — Tanto que tentamos! Vamos esperar que essa porta reapareça amanhã...

— Mas é bom ficarmos alertas – concluiu Martim. – Se Anuar tanto fez para nos manter distantes, deve ter alguma razão para que essa aproximação aconteça.

Gerin nada disse, apenas observou, no alto da torre central do castelo, um vulto que parecia observá-los também. Ele imaginou que aquele vulto era o responsável pela saída de Alek e pressentiu que algo maior do que imaginavam estava por trás desse encontro, mesmo não sabendo que quem os vigiava era o próprio Anuar.

EVOLUÇÃO

O plano do Conselho surtiu o efeito esperado. Ainda que não compreendessem o que acontecia a Alekssander, notavam sua evolução.

Porém, o grupo de amigos não fazia apenas desenvolver as habilidades guerreiras de Alek. Juntos foram à taverna diversas vezes, cantaram, dançaram e se divertiram, tomando o cuidado de manter a identidade dele protegida. Ele se encantava quando os amigos tiravam dos bolsos moedas de ouro e prata para pagar as contas. Tinha vontade de pedir algumas, só para guardar consigo, mas a vergonha foi maior e nunca falou sobre seu desejo.

Com o tempo, conseguiram fazer com que ele se tornasse um exímio cavaleiro e realizaram diversas cavalgadas sob a luz da lua.

Os momentos preferidos de Alek eram as fogueiras, cercadas de conversa e histórias. Sentia-se vivo quando estava com eles. Suas noites de sono se tornaram mais curtas, mas a amizade que o rodeava alimentava sua disposição.

A maioria dos encontros foi destinada ao treino de seus dons. Eles se convenceram de que Alek aprendia a lutar como um humano, e não como um Anuar. Precisava experimentar. Não faziam ideia de que, na verdade, Alek absorvia os dons que experimentava, mas isso não mudava o fato de que era um treinamento prático o que funcionava com o Sombrio. Concordavam com Anuar: diante da força que se revelou no Campo do Destino, Alek não poderia ser protegido. Deveria se desenvolver por si mesmo para garantir sua própria segurança.

No porão da casa de Martim havia uma arena de treinamento que ele usava quando não estava em combate, para manter a forma. Aquela foi a melhor escola que Alek poderia ter.

Com Martim, lutou com uma espada. Apanhou muito, mas absorveu cada um de seus golpes, que não se resumiam à simples habilidade com a arma, mas continham dons como o de prever o movimento do opositor, de acumular a energia em um golpe decisivo, de diminuir a confiança do oponente, de aumentar sua própria agilidade. Em pouco mais de um mês, lutava de igual para igual com o guerreiro.

Gerin fora aprendiz de Gerd e tinha o dom das palavras antigas. Ele achou ousada a proposta de Alek de que usasse as palavras contra ele. Abhaya mostrou-se radicalmente contra essa ideia e por dias não apareceu nos treinos de Alekssander. Ela tinha certeza de que ele seria destruído dessa maneira, mas não foi isso o que aconteceu. Os treinos não puderam ocorrer no porão de Martim porque as palavras produziam um efeito muito maior do que uma luta de espadas.

Durante oito noites, Martim e Gerin esperavam por Alek com as montarias prontas e, em pouco mais de uma hora de cavalgada, atingiam a floresta que Alek avistara da janela de seu quarto.

Martim os esperava com os cavalos na borda da mata porque Gerin considerava arriscado demais ele presenciar o treino de Alek. Sozinhos, os dois se aprofundavam na mata, em direção a uma clareira, e ali treinavam até o céu começar a se iluminar com o dia.

Gerin iniciou com palavras não mortais que apenas provocariam ferimentos em seu oponente e encantou-se em ver como Alek reagia a elas. Era muito parecido com o que descreviam sobre a maneira como absorveu a luz do anjo da Escuridão. Mas Alek não usou nenhuma das palavras aprendidas porque sabia que poderia ferir seu professor. Gerin foi o primeiro dos companheiros a compreender o que acontecia:

— Alek, você absorve as palavras! Tudo o que o atinge, você absorve! E só então é capaz de reproduzir... Você é capaz de usar todas as palavras que usei em você, não é verdade?

Alek respondeu com um gesto de cabeça.

— Fique tranquilo... Nunca direi nada sobre isso.

Alek sabia que não era preciso que Gerin dissesse nada para seu segredo ser descoberto, pois isso aconteceria em algum momento.

Precisava de seus companheiros para evoluir, e Gerin havia colaborado muito em seu treinamento.

— O melhor seria que você fosse para um campo de batalha, Alek — Gerin concluiu. — Lá poderia absorver e manifestar dons em um ritmo muito maior. De indefeso, você não tem nada. E, se alguém pode enfrentar aquela força que se revelou no Campo do Destino, esse alguém é você, Sombrio.

— Já estive em uma batalha, Gerin, como você sabe. Não gostei de ter matado aqueles anjos. Mas sei que o que eliminou Badi é diferente. Para enfrentar essa força, eu decidi me preparar. Ainda preciso evoluir.

— Alek, sou um bom guerreiro das palavras, mas não sou tão poderoso quanto mestre Gerd. Ele tem muito mais a lhe ensinar.

— Eu não confio em ninguém, Gerin. Não posso me expor a mais ninguém como me expus a você.

— Sinto-me honrado por merecer sua confiança, Alek. Não vou traí-la.

O treinamento de Gerin foi o mais curto, e ninguém pode comprovar se foi de fato eficiente. Não era algo que Alek poderia demonstrar, como a luta com a espada.

Quando Martim o considerou pronto, foi a vez de Verônika assumir. Não adiantou ela atacar Alek com seu bastão de luz, como ele pediu. Era algo maior, ele precisava encontrar essa arma dentro de si e não sabia sequer onde procurá-la. Na verdade, ele não acreditava que poderia despertar esse dom, mas Verônika não pensava assim:

— Alek, você tem muita luz dentro de si... e muita escuridão também. Posso sentir isso. A arma de essência seria o dom mais natural para alguém com tamanha força. Mas ela não será como a minha, com certeza.

— E como será, Verônika?

— Nunca vi uma arma produzida pela união das duas forças, Alek. E penso que é aí que está nossa dificuldade. Esse dom, só você tem. Não há como ensiná-lo, como ajudá-lo a despertar o que não é conhecido por mim.

Abhaya tentou transformá-lo em um bom arqueiro, mas também não funcionou. Sua precisão era sofrível e provocava gargalhadas em todo o grupo, além de colocá-los em risco em alguns momentos. A desculpa era de que seu braço de dragão o tornava um pouco desajeitado para a delicadeza do arco, mas ele sabia que nunca teria como absorver os dons da guerreira porque ela não os usava contra ele, como Martim fizera em combate. Ele apenas a imitava e isso não funcionava, precisava sentir, experimentar com toda sua essência. Porém, essas tentativas serviram para reaproximá-los e reacender a atração que Alek sentia por ela e que parecia ser correspondida. O clima era percebido pelos demais companheiros e gerava certa preocupação:

— Não acho prudente Alek e Abhaya se envolverem emocionalmente — Martim comentou certa noite com Verônika.

— Não penso que isso seja algo que nos diga respeito — ela respondeu, aninhando-se em seu peito em busca de mais calor.

— Ele é o Sombrio, Verônika. Qual futuro essa relação pode ter?

— Somos guerreiros, Martim. Estamos sempre em combate... Qual futuro nossa relação pode ter?

Ele ficou calado.

— Como eu disse, não temos muito o que opinar sobre a aproximação dos dois, temos?

Martim deu de ombros.

— O que me preocupa é outra coisa... — ela continuou. — Você não acha estranho não recebermos nenhuma outra missão? Há quase dois meses concluímos o transporte de Alek. E estamos aqui. Fomos esquecidos?

— Para ser sincero, já pensei nisso algumas vezes e cada vez mais estou certo de que essas saídas de Alek estão sendo monitoradas. Estamos desempenhando uma função, Verônika...

— A de treiná-lo?

— Pelo que ele descreveu, os mestres não conseguiram nada, não é mesmo? Anuar quer resultados... E está tendo resultados. Talvez não tanto quanto esperava, mas Alek está evoluindo. Não há por que nos enviar para uma missão, Verônika. Penso que estamos executando a missão aqui mesmo.

※

E os progressos de Alek foram acompanhados de perto por seus mestres e por Anuar, ainda que interpretados de forma equivocada.

Chad comemorou o que considerou a descoberta da arma guerreira de Alek, a espada. Os dons que ele demonstrou a impressionaram. Ela identificou as habilidades de Martim no aprendiz e surpreendeu-se com tamanha evolução em tão pouco tempo. Alek sabia que poderia lutar com diversas outras armas, desde que alguém se dispusesse a treiná-lo como Martim fizera, mas se contentou com a avaliação de sua mestra.

Gerd podia sentir que as palavras haviam acordado em Alek e queria que ele demonstrasse sua evolução. Por isso, certa manhã, apareceu com uma jaula repleta de pequenos seres amarelados, como aquele que continuava a servir Alek todos os dias no castelo.

— Esses goblins desrespeitaram nossas leis inúmeras vezes, Sombrio. Anuar consentiu que sejam usados em seu treinamento.

— E o que o senhor espera que eu faça, mestre Gerd?

— Eu consigo sentir que as palavras despertaram em você, Sombrio. Precisamos ver como você faz uso delas e, para isso, necessitamos de algo vivo para sua demonstração.

— Você quer que eu ataque esses goblins? — Alek se transtornou.

— Estou ordenando que você faça isso. Como meu aprendiz, não tem o direito de me desobedecer.

— Pois eu desobedeço! E não tente me forçar ou é você quem irá provar as palavras que eu domino.

Acima de tudo, Gerd era um guerreiro, e o enfrentamento de seu subalterno era intolerável, ainda que fosse o Sombrio.

— Você não ousaria! Idiota! — e emitiu um som gutural, que para um leigo pareceria um grunhido, mas que Alek já sabia que teria o efeito de rasgar sua carne.

Nada aconteceu com ele e Gerd não compreendeu. Ainda estava desorientado quando Alek iniciou algo como um mantra baixo e grave. Decidira provocar seu mestre para valer, tirar dele o que sabia e aprender mais, absorver...

Gerd teve seu corpo levantado do chão. Rodopiou e seria lançado contra a parede se não tivesse falado uma palavra de neutralização que emudecera o mantra de Alek. No instante seguinte, Alek foi atingido por uma rajada de vento extremamente forte, sentiu sua carne derreter como se tivesse em contato com um ácido, ouviu a voz de Anuar ordenando que parassem e, então, tudo apagou.

※

O Conselho estava reunido mais uma vez:

— Inaceitável! Completamente inaceitável, Gerd! O que você estava pensando quando tentou desintegrar o Sombrio?

— Sinto muito, Anuar. Ele me tirou do sério. Me desrespeitou. Me atacou.

— Há testemunhas de que você o atacou primeiro, Gerd!

— Testemunho de quem? Dos goblins condenados?

— Não me aborreça ainda mais, Gerd! Você sabe que não tenho nenhuma dificuldade para extrair a verdade dessas criaturas, tampouco de você.

— Perdi a cabeça. Assumo! Mas ele está vivo, não está?

— Sim, em recuperação. Outra vez! Mais tempo fora de combate! Mais tempo perdido... Mais tempo para Ela se fortalecer.

Gerin permaneceu calado.

— Nada justifica sua atitude!

— Pelo menos serviu para mostrar que ele evoluiu – comentou Mildred.

— E evoluiu muito também nos dons da espada! – interrompeu Chad, já cansada daquela discussão que não levaria a nada. – Suas habilidades atingiram o mesmo nível das de Martim. E em um tempo muito curto!

— Nosso plano funcionou, então – comentou Gerd, que foi calado pelo olhar que Anuar lhe dirigiu.

— O Sombrio não apresentou qualquer dom de invocação – comentou Stella, desapontada. – Não tem capacidade de dominar essa arte guerreira.

— Em magia também não tem evoluído... – observou Forbek.

— Provavelmente é porque ele não tem com quem treinar essas habilidades – concluiu Chad. – Não é porque não pode despertá-las.

— Mas ele deveria ter treinado com Verônika, não? – perguntou Mildred. – A essa altura, deveria ser capaz de materializar sua arma, ainda que de maneira frágil.

— Alguma evolução ele teve... – concluiu Anuar. – Ainda não é a que esperamos, mas está no caminho certo. Talvez o melhor seja revermos nossa estratégia. Se é de treino que ele precisa, podemos colocar outros aprendizes para exercitarem seus dons com ele.

— E arriscarmos a vida de nossos discípulos? – questionou Stella. – Sou contra! É muito raro encontrar alguém com o dom da invocação. Não permitirei que nenhum dos meus aprendizes entre em um conflito com ele, ainda que seja um treinamento.

— Mais raro é encontrarmos um Sombrio... – Anuar encerrou a conversa e a reunião de conselho. – Assim que ele se restabelecer, terá a oportunidade de experimentar o combate aqui mesmo. Se é de um campo de batalhas que ele precisa, criaremos um! Vamos ver se assim intensificamos sua evolução.

Alek despertou dois dias depois do ataque sofrido em sua luta com mestre Gerd.

— Até agora não entendi como você não foi desintegrado pela palavra de Gerd... – foi a primeira coisa que ouviu ao abrir os olhos.

— Oi, Silvia! Muitas cicatrizes dessa vez?

— Nenhuma... Mas seus cabelos já eram!

Alek levou as mãos à cabeça e sentiu a pele nua.

— Do ataque de fogo eu consegui recuperá-los... mas agora... Não resistiram, mas voltarão a crescer, eu acho...

— Como assim "eu acho"?

— Sério que você quase foi desintegrado e vai ficar preocupado com seus cabelos? Garanto que há muita coisa mais séria para preencher sua mente, Alekssander.

— O que aconteceu?

— Eu não deveria contar, mas sinto que você precisa saber. Se Anuar desconfiar que você soube por mim, eu é que serei desintegrada.

— Fale de uma vez, Silvia!

— Um amigo seu, humano, desapareceu.

— O quê?

— Desde a sua vinda para cá, mantivemos uma vigilância no mundo dos humanos. Anuar sempre disse que era preciso porque sua história lá poderia ser usada contra você aqui. E o que ele previa se confirmou!

— Como se confirmou?

— Pegaram um daqueles seus amigos, obviamente para atraí-lo, Alekssander.

— Qual amigo, Silvia?

— Ah, não lembro o nome...

— Douglas? Marcelo? Lucas?

— É um que não tem família.

— Não tem família? O Lucas? Mas ele vive com a tia...

— É esse mesmo, mataram a tia e sumiram com ele! É essa a história.

Alek levantou-se e sentiu-se zonzo.

— Silvia, me ajude a me arrumar. Preciso dar um jeito de descobrir o que aconteceu.

— Você não tem condição nem de voltar a treinar, Alekssander. Sossegue e recupere suas forças. Vai precisar de mais uma semana de cama...

— O Lucas é meu amigo, Silvia. Meu melhor amigo! Preciso descobrir o que aconteceu com ele!

— Qual parte de "isso aconteceu para atraí-lo" você não entendeu?

— Silvia, eu tenho de sair daqui. Preciso falar com Martim, Abhaya...

— Pode parar, acho que suas visitinhas aos guerreiros acabaram. Sua passagem secreta foi selada.

— Você sabia disso?

— Claro! Todos sabiam, Alekssander. Você só saía do castelo porque Anuar permitia. Ele sempre o vigia! Tome isso e descanse. Vamos, obedeça! Você vai se sentir melhor.

Ele bebeu um único gole do líquido grosso e esverdeado e, no instante seguinte, estava dormindo. Quando acordou, era noite. Sentia-se melhor, mas ainda teve uma forte vertigem ao levantar da cama.

Vestiu a roupa que estava na cadeira ao seu lado, como que esperando por ele. E foi direto para o guarda-roupa. Nada da passagem secreta. Precisaria arrumar outra forma de sair dali. Abriu a janela e ficou olhando a cidade, na esperança de encontrar uma solução.

— Finalmente! Não aguentava mais passar minhas noites sentado nessa estátua...

Alek olhou para cima:

— Gerin! — ele estava acocorado sobre a imagem de uma águia que decorava o alto da torre, pouco acima de sua janela.

— Vim descobrir como você estava. Estão todos ansiosos por notícia. Novamente ninguém consegue fazer contato com você.

— Gerin, me tire daqui!

— Você não pode sair e nos encontrar lá na viela da Vidente, como antes?

— Não! Selaram a passagem. Desconfio de que continuo prisioneiro de Anuar. Preciso sair daqui, Gerin. Preciso de sua ajuda.

— Sei não... comprar uma briga com Anuar não é nada recomendável.

— Eu assumo toda a responsabilidade, Gerin — Alek apelou, arrancando a camisa e esticando seu braço de dragão para o amigo.

Gerin o olhou de um jeito divertido, como se desejasse mesmo fazer aquilo. Segurou a garra de Alek e voou com ele para o chão. Logo estavam na casa de Martim e Alek contava o ocorrido aos companheiros:

— O que aconteceu com seus cabelos? — Abhaya perguntou enquanto ele vestia uma camisa enorme, emprestada pelo guerreiro. Ela aproximou-se e passou as mãos pela cabeça de Alek. Ele gostou do carinho que a guerreira fez sem se dar conta.

— Foram desintegrados... — respondeu e contou sobre sua luta com Gerd.

— Você foi muito estúpido ao desafiar o mestre Gerd! Poderia ter morrido! — Abhaya estava irritada.

— A questão não é essa, Abhaya. Eu preciso voltar e descobrir o que aconteceu com Lucas.

— Mas é uma armadilha, você não vê?

— Eu vejo. Mas a verdadeira questão é: armadilha de quem? Precisamos descobrir isso!

— É óbvio que é dos Ciaran, Alek.

— Não é, Abhaya. Disso eu sei... — ele sabia que esse era o momento de revelar a sua verdade. Só assim poderia convencer aqueles guerreiros a ajudarem. Mas assumia o risco de ser condenado por eles.

— Como você pode saber, Alek?

— Na batalha que travamos perto da Floresta de Ondo, antes de você me achar na mata, eu tive um encontro com Ciaran.

Todos se agitaram.

— Ciaran em pessoa? — perguntou Martim, assustado. — E ela permitiu que você partisse?

— Eu não queria mais mortes e negociei a paz.

— O que você deu em troca, Alekssander? — Verônika perguntou, nervosa, observando-o com atenção.

— Eu permiti que ela me mordesse, que injetasse em mim o seu veneno.

— Isso é impossível! — Abhaya estava histérica. — Você teria morrido!

Em resposta, Alek acendeu seus olhos em um verde-esmeralda intenso e Abhaya afastou-se dele:

— Você é um Ciaran! — ela acusou, agressiva.

— Não, Abhaya. Não sou um Ciaran! Tampouco sou um Anuar! Sou o Sombrio! — Alek respondeu com força. Pela primeira vez sentia isso e entendia qual era a sua natureza. — Não é o veneno da serpente que define quem eu sou. Ele corre em minhas veias, assim como o sangue dos dragões — disse, mostrando sua mão transformada. — Mas também tenho o sangue de minha mãe, uma Anuar! E já provei a vocês que sou capaz de manifestar os dons da Luz com a força mais absoluta!

Abhaya calou-se. Nunca vira Alek seguro dessa forma. Ela sentia que não o conhecia e percebia o quanto ele era diferente de qualquer um deles. Experimentou um temor que não fazia parte de sua natureza guerreira. Mas esse sentimento desapareceu quando Alek apagou seus olhos e disse:

— Vocês são meus amigos, me protegeram, me salvaram, me ensinaram muito nesse tempo que nos conhecemos. Preciso desesperadamente da ajuda de vocês. Não foi Ciaran quem levou o Lucas. Ela não precisa disso, sabe que seu veneno corre em mim. Com certeza teria outras maneiras de me contatar e me chamar...

— Mas não teria como garantir que você iria — refletiu Gerin.

— Concordo, mas sei que não é ela. E, mesmo se for, preciso descobrir o que está acontecendo. Preciso ajudar o meu amigo.

— Estarei com você, Alek — Verônika foi a primeira a dizer.

— Também irei — prontificou-se Gerin.

— Então é melhor eu garantir a segurança de vocês, não é? — foi a maneira de Martim dizer que estava junto naquela aventura.

— Abhaya? — perguntou Alek, em um tom doce.

— Não vou abandonar vocês... Mas não há como voltarmos para o mundo dos humanos. Anuar localizaria o portal e mandaria que nos seguissem. A essa altura, já deve saber que você saiu do castelo.

— Isso é verdade... — Martim confirmou.

— Não se esse portal fosse aberto de terras Ciaran... — Gerin pensou em voz alta.

— Seria muito arriscado! — Abhaya protestou.

— Onde fica o território Ciaran mais próximo? — foi a pergunta de Alek.

XXV
REENCONTRO

O grupo partiu naquela mesma noite. Precisariam atingir a Clareira da Morte antes do amanhecer. Era um espaço aberto, onde nada crescia, apenas a areia e as pedras se espalhavam com o vento forte. Ficava além da floresta em que Alek treinara. Ele surpreendeu-se com essa proximidade de um território Ciaran do refúgio de Anuar.

— Isso é bastante comum, Alek. Lembre-se de que nossos mundos já estiveram unidos no passado — Abhaya comentou.

— E é um território desativado — explicou Verônika. — Todos eles são... todos os territórios perdidos em meio à terra inimiga foram esquecidos, abandonados com o passar do tempo... tanto os deles quanto os nossos.

— Mas eles não mudaram a sua essência e Anuar não conseguirá ver nosso portal se o abrirmos em terra Ciaran — Abhaya completou.

— Não verá, mas o sentirá. E Ciaran também sentirá. Os dois irão rastreá-lo — Gerin lembrou. — Com dificuldade, mas o farão.

— Mas estaremos seguros se agirmos depressa — observou Martim. — Com certeza Ciaran não terá tempo de enviar alguém para verificar quem abriu o portal. Quando sentir nossa presença, já estaremos no mundo dos humanos.

Mas ele estava errado.

A clareira era visível à distância. Ainda da trilha da mata que rodeava Dagaz via-se o espaço vazio, coberto apenas por areia, pedras e uma terra ressecada e rachada. Aparentemente, o lugar estava mesmo abandonado, mas, assim que o grupo entrou no espaço, a escuridão mais absoluta os envolveu. Uma escuridão conhecida por todos eles...

— Não é possível! Maldição! — Martim gritou.

— O que está acontecendo? — Alek não entendeu.

— Eles estão aqui, você não consegue vê-los? — Abhaya respondeu com rispidez.

Alek acendeu seus olhos e não acreditou no que viu. Ela estava diferente, não tinha mais as muitas tatuagens, sua pele tinha a cor do mel e seus cabelos estavam longos e cinzentos. Vestia uma roupa escura, como um macacão colado ao corpo, os olhos acesos em verde. Completamente diferente, mas era ela, e estava linda:

— Garib, é você?

— Nos encontramos de novo, Alekssander — ela respondeu sorrindo e aproximando-se do grupo. — Você ficou bem sem os cabelos! Parece mais maduro... — falou em um tom sensual, e Alek teve certeza de que era ela. — Os olhos verdes também combinaram com você. E esse braço de dragão, como conseguiu isso? Quero um também!

— Maldita! Eu não a matei, Ciaran? — Abhaya interrompeu, preparando-se para o combate.

— Quase, Abhaya... mas uma curandeira poderosa me salvou — e, ao dizer isso, olhou para Alek na certeza de que ele a compreendia.

— Pois dessa vez completarei o serviço! — Abhaya empunhou o arco e acendeu uma flecha que iluminou ao redor. Os outros guerreiros também se prepararam para o conflito.

— Calma... Quanta ira! Menina irritada!!! — Garib falou com o mesmo jeito irreverente que Alek ouvira tantas vezes antes. — Que povo de sangue quente! Nós estamos aqui para ajudar! Não viemos para lutar.

— Ajudar? — Martim não acreditou.

E, sob a claridade da flecha de Abhaya, todos viram o Guerreiro do Dragão se aproximando e cumprimentando Alek com uma reverência. Também seu dragão pareceu reverenciar Alek, o que até seu próprio cavaleiro estranhou. Por alguns instantes, Alek ainda observou a escuridão. Percebeu, contrariado, que esperava ver Leila emergindo dela, mas isso não aconteceu.

— Se vocês abrissem um portal aqui, poderiam ser rastreados rapidamente por Anuar. Ou vocês ignoram que estão sendo observados de perto por ele?

— Desconfiávamos... — assumiu Verônica, ainda empunhando seu bastão de luz.

— Pois bem, dentro da escuridão ele não pode enxergar nada. É bem mais seguro abrirmos um de nossos portais do que usarmos um dos seus.

E, ao falar isso, a escuridão se desfez. Como poeira, assentou rápido e Alek e seus companheiros ficaram surpresos ao constatar que estavam do lado de fora da clínica em que Leila supostamente trabalhava, no mundo humano.

— Vocês nos ajudaram? De verdade? — Abhaya estava incrédula. — O que querem em troca?

— Nada, Abhaya. Ciaran pediu para apoiarmos vocês no resgate do Lucas — Garib foi direto ao ponto.

— Se não foram vocês os responsáveis, como sabem disso?

— Assim como vocês, continuamos a observar esse mundo.

— Ele está bem? — Alek estava aflito.

— Não temos qualquer informação desde o desaparecimento, Alek.

— Então é verdade que não foram vocês os responsáveis?

— Será que ainda não perceberam que estamos enfrentando algo diferente, Martim? — Garib irritou-se. — Será que já não experimentaram o suficiente dessa força para saber que ela não tem nada a ver com os Ciaran? Será mesmo que Anuar não descobriu isso com aquela guardiã que ele assassinou?

O desconforto dos guerreiros Anuar era evidente.

— Vocês também foram atacados? — Gerin perguntou.

— Isso é informação confidencial — o Guerreiro do Dragão interrompeu Garib, que já ia respondendo espontaneamente. — O que importa é que não sabemos do que se trata e queremos descobrir.

— Agora ficou mais claro! — Abhaya concluiu. — Vocês não querem ajudar no resgate do humano. Querem usar a nossa força para descobrir o que nos ameaça.

— Que forma mesquinha de pensar, garota! — Garib retrucou. — Eu te ajudo, você me ajuda... Difícil de entender?

— Chega! — Alek falou firme e apagou seus olhos. — Estamos aqui para descobrir o que aconteceu com Lucas. Saber o que está por trás disso será uma consequência, não é mesmo? Uma informação que interessa a todos nós. Garib, agradeço a sua ajuda, e a sua também, desculpe, não sei o seu nome — falou dirigindo-se ao guerreiro.

Garib e o guerreiro trocaram olhares, pareciam subitamente nervosos, e foi ela quem respondeu:

— Draco, o nome dele é Draco Ciaran.

— Obrigado pelo apoio, Draco. Por onde começamos?

— Vocês sabem que a tia do Lucas foi morta? — Garib questionou.

— Sabemos que ela faleceu.

— Foi desintegrada assim como o guerreiro de vocês, aquele Badi, não é isso?

— Como vocês podem ser tão bem-informados?! — Abhaya não se conformava e não escondia sua irritação. Garib apenas sorriu e deu de ombros.

— Acho que devíamos buscar por alguma pista na casa desse Lucas, não? — Gerin sugeriu.

— E se falarmos com Douglas e Marcelo? Eles não teriam alguma informação?

— Eles estão viajando, Alek. Nem imaginam o que aconteceu.

— Viajando? Mas estamos em... espere aí... julho, agosto, setembro. Não é isso?

— A passagem de tempo lá é diferente desse mundo, lembra? Eu já falei sobre isso, quando conversamos sobre a... — e sussurrou — minha idade...

Ele lembrava.

— As férias mal começaram. O Douglas foi visitar a avó. O Marcelo foi passar uns dias na casa da praia.

— Quanto tempo faz que eu saí daqui, Garib?

— Para os humanos, foi na semana passada que você e seus amigos tocaram naquele evento de sua escola, Alek.

— Vocês não acham que tem coisa bem mais importante do que colocar a conversa em dia? — Abhaya interrompeu, incomodada com a aproximação de Garib e Alek.

— Ela está certa — Garib concordou, e a guerreira Anuar se surpreendeu. — Precisamos encontrar um rastro que nos leve até Lucas e...

— ... até o ser que fez isso! — completou Abhaya.

— O dragão irá conosco? — Alek perguntou, temendo que o estranho grupo fosse visto por humanos. Apenas eles já provocariam suspeita, porém poderiam enganar com a desculpa de estarem indo a uma festa a fantasia. Mas como explicar um dragão?

— Os humanos não podem vê-lo, Alek — Garib respondeu e voltou-se para Abhaya. — Vocês não ensinaram nada para ele nesse tempo todo?

Novamente o mal-estar e a troca de olhares acusatórios predominaram.

O grupo, que em qualquer outra ocasião estaria guerreando ao ficar naquela proximidade, caminhou unido e em relativa paz. Alek foi à frente, guiando-os naquele mundo que conhecia muito melhor do que qualquer um deles.

A casa de Lucas estava aberta, vazia. Nenhuma lâmpada acendia, por isso Garib, Alek e Draco acenderam seus olhos, o que contrariou Abhaya. Verônika usou seu bastão de luz a fim de iluminar o lugar para os Anuar.

Quase meia hora depois, tinham vasculhado tudo, mas não encontraram nada, nenhuma pista de onde deveriam continuar a busca.

Apenas Alek permanecia do lado de dentro da casa. Os demais aguardavam no quintal, discutindo o que poderia ser feito. Abhaya não identificou rastro algum. Quem agira ali soubera encobrir sua passagem. Garib era a única guardiã no grupo. Possuía muitos dons de busca, mas nunca havia rastreado um humano. Não sabia como fazer isso. Nada do que tentava funcionava.

— A essência dele é muito diferente da nossa. Não sei por onde começar.

— Mas o que mais podemos tentar? — argumentou Gerin.

Sozinho, Alek sentou-se no sofá por um instante. Estava transtornado. Afinal, trouxera a morte para seus antigos amigos, não? Até onde isso iria? Fechou os olhos, cansado... passou a mão pela cabeça lisa, sentindo os ossos do seu crânio, e, como em um lampejo, tudo se iluminou. Estava tendo uma visão, mas acordado, e era tão clara quanto um de seus sonhos.

— Você sabe que estou com ele — ela reapareceu, e Alek agora confirmava que aquela mulher tinha mesmo uma relação com tudo aquilo.

— Quem é você?
— Logo você saberá...
— Gálata? Você é minha mãe?
— Não, não sou ela.
— O que você quer?
— Conversar... mas a sós.
— Lucas está bem?
— Muito bem! Por enquanto.
— E onde a encontro?
— Não reconhece o lugar? — e fez um gesto mostrando a paisagem ao redor de si.

Alek começou a prestar atenção no que via. Era uma floresta, mas já passara por tantas... Concentrou-se, observou com mais atenção e viu alguém por trás daquela pessoa, alguém que ele conhecia bem, e seus companheiros Anuar também: Dario, o Renegado.

XXVI
NASCE UM GUERREIRO

— Eu sei onde Lucas está! — Alek saiu ao encontro dos companheiros um tanto confuso, mas certo de que encontraria seu grande amigo.

— Onde? — Abhaya perguntou, aproximando-se dele.

— Na Floresta de Ondo.

— Não é possível! — Martim concluiu.

— Nunca confiei na imparcialidade daqueles malditos Renegados! — Garib disse e, instintivamente, massageou o próprio braço, o que fez Alek pensar que ela também, em algum momento, pagara o tributo com a própria essência.

— Como você descobriu isso, Alek?

— Eu tive uma visão, Verônika. Ele está lá, tenho certeza disso.

— Suas visões não aconteciam apenas nos sonhos? — questionou Abhaya.

— Dessa vez aconteceu comigo acordado — foi sincero. — Não sei explicar isso...

— E você viu o que nos aguarda? — ela questionou. — Os Renegados pegaram Lucas, foi isso?

— Não. Tem alguém mais. É uma mulher... ela está tentando fazer contato comigo há algum tempo.

— Quem é ela? Por que você não disse nada antes? — Abhaya estava irritada.

— Não sei quem é ela. E eu não tinha certeza antes se ela existia mesmo ou se era minha imaginação...

— E agora você tem certeza? — Garib perguntou.

— Ainda não... Mas não temos nenhuma outra pista.

— Então, vamos para Ondo! — concluiu Gerin. — Usamos o nosso portal ou o de vocês? – perguntou para Garib.

– O nosso ainda é mais seguro – ela respondeu. – Ninguém espera que vocês viagem em companhia dos Ciaran, não é mesmo? E nem os Renegados ou essa mulher misteriosa devem desconfiar dessa nossa parceria.

O portal de escuridão os levou para a borda da Floresta de Ondo, onde uma noite estrelada os aguardava.

– Devemos estar preparados para o pior – Martim disse como um aviso.

– Os Renegados com certeza não são a fonte daquele poder de desintegração, mas estão aliados a ele – Draco completou.

– Penso que é hora de sabermos qual informação vocês possuem sobre essa força – Verônika exigiu. – Estamos prestes a enfrentá-la e parece que vocês também a viram em ação...

– Não sabemos nada além do que vocês já sabem. Ela é capaz de destruir a nossa essência, apenas isso – expôs Garib.

– Vocês perderam alguém? – Gerin perguntou.

– Perdemos... – Alek respondeu, lendo os pensamentos de Garib e de Draco que se projetavam no ar. – Leila... – falou quase sem forças. – Ela foi destruída, não é mesmo? Eles buscavam alguém e atacaram um lugar em que Leila curava feridos.

– Não queríamos que descobrisse, Alek. Como fez isso? Não senti você lendo minha mente.

– Apenas vi o pensamento projetado por vocês...

Todos ficaram surpresos, pois não sabiam que ele possuía esse dom que era comum apenas entre os membros do Povo do Pântano.

– Foi depois de seu encontro com Ciaran na floresta – Garib explicou. – Penso que estavam procurando por você entre os nossos. Leila nos protegeu de um ataque, Alek. Todos nós seríamos destruídos. Leila construiu um campo de força para nos proteger, acabou recebendo toda a carga do ataque e não resistiu. Foi desintegrada. Não sobrou nada de sua essência – encerrou com uma tristeza verdadeira.

— Precisamos dar um fim nisso – foi a resposta de Alek após uma profunda respiração e, sem dizer mais nada, começou a caminhar na direção da floresta.

O grupo o seguiu em silêncio. Haviam andado poucos minutos na mata quando caíram em uma estranha armadilha. Todos foram presos por algo semelhante a uma teia de aranha, transparente, quase invisível. Até mesmo o dragão foi imobilizado.

Uma descarga elétrica percorreu o corpo de Alek e ele percebeu que a mesma coisa havia acontecido a seus companheiros. Então, tudo escureceu.

— Você os uniu, não é mesmo? Tolo! Trouxe os Anuar e os Ciaran lado a lado... Fez isso do jeito errado, Alekssander! Eles nunca serão aliados. Nem o Sombrio pode fazer isso – era Ela. Alek a ouvia, mas não podia vê-la em lugar algum. Não conseguia ver nada! A voz dela preenchia toda a mata e também era ouvida por seus companheiros. Mesmo acendendo seus olhos, não enxergava nada.

— Onde você está? – gritou.

— Por motivos óbvios não pude esperar, Alekssander. Disse que queria uma conversa a sós com você, não prestou atenção nisso? Aí você aparece com os amiguinhos Anuar e, de quebra, traz alguns Ciaran! E até um dragão! Um dragão! Pensou que fosse uma festa? Vou fazê-lo entender que não é assim que as coisas devem ser feitas!

— Quem está falando isso? – Martim perguntou, confuso, debatendo-se na tentativa de se livrar daquela estranha teia.

— Ainda não desejo esse combate, Alekssander. Realmente queria conversar com você... Mas você veio pronto para a luta! Não quero matá-lo, mas você precisa entender que deve respeitar minha vontade. Os Renegados o ensinarão. Você sairá daqui sem nenhum desses seus amigos vivos. Quem sabe assim, da próxima vez em que eu chamar, você venha sozinho, meu irmão.

— Irmão? – ele gritou, e essa era a pergunta que todos se faziam. Ela era irmã do Sombrio? Alek tinha uma irmã?

Nasce um guerreiro

A voz calou-se. A escuridão desapareceu e, confusos, viram uns aos outros caindo de suas teias em meio a um numeroso grupo de Renegados, todos de olhos brancos. Apenas Alek continuou preso, imóvel, como que preparado para assistir ao destino de seus amigos. O combate começou. Garib era a mais próxima dele e estava protegendo o grupo, como a guardiã que era. Ele tentou chamá-la, mas, em meio ao barulho do combate, ela não o ouviu.

Concentrou-se. Quem sabe o fogo? Usou sua mão de dragão e deu certo. A estranha teia derreteu com o calor e Alek ficou livre.

Outro combate. Ele não queria lutar. Não queria matar. Queria ser algo diferente, não um guerreiro. Desejava a paz. Mas já era hora de parar de se debater contra o inevitável.

— Parem o combate! — falou tão alto e tão firme que sua voz se fez ouvir sobre todos os outros sons do conflito. A luta parou por alguns instantes.

— Ora, vejam! O Sombrio escorregou da teia! Nos encontramos de novo... — Dario aproximou-se com um estranho sorriso nos lábios. — E dessa vez poderemos provar sua essência — e lambeu os lábios de um jeito nojento. — Se você nos atacar, sua irmãzinha não poderá nos acusar de nada. Quer começar?

— Dario, não quero fazer mal a vocês. Me entregue o Lucas, acabe com esse ataque insano e partiremos em paz. Garanto que meus companheiros os deixarão partir sem fazer mal a ninguém — Alek sentia-se estranhamente calmo. Percebia que não deveria mais fugir de sua natureza. Seria necessário assumi-la, ser quem realmente era, tornar-se o Sombrio. A pior escolha seria continuar lutando contra si mesmo.

— Alek! — Abhaya protestou e ele fez um sinal para que ficasse calma.

— Agora conheço a força com a qual os Renegados se aliaram... e não a temo.

— Conhece mesmo, Sombrio? — Dario provocou.

— Se é minha irmã, deve ser como eu. Correto?

Dario gargalhou:

— É sua irmã, sim. Gêmea, mas não é como você, garoto! Nós a recebemos como hóspede há algum tempo. Ela aprendeu muito conosco... está quase pronta para revelar-se, mas insiste nesse encontro com você antes de iniciar o processo. Se você sair vivo hoje, até arrasto o que sobrar para que ela possa sugá-lo. O que foi? – perguntou, observando a expressão de Alek. — Esperava que sua irmã quisesse abraçá-lo? Reunir a família? – e gargalhou mais uma vez.

Uma irmã gêmea, tão mestiça quanto ele, tão capaz quanto ele de transitar entre a Luz e a Escuridão. Mas ela ainda não estava pronta, não foi o que Dario dissera?

Pois ele estava!

— Dario, não quero mais batalhas e mortes. Entregue-me o Lucas e, por ora, partiremos sem maiores consequências para vocês.

— Você acha que pode nos enfrentar, Sombrio? Pode nos dar ordens, moleque?

— Acredite, eu posso.

— Insolente. Eu já vi sua fraqueza, você não merece o título de Sombrio!

O ataque recomeçou com um gesto de Dario, e os Renegados eram muitos. Alek projetou um campo de força ao redor de si, parecido com aquele em que Tânia o envolvera, mas muito mais forte. Mesmo assim não conseguia expandi-lo ao redor de todos os seus companheiros. Não havia como evitar o combate por mais tempo; seria preciso envolver-se nele. Enquanto hesitava, Alek viu grupos de Renegados caírem sobre cada um de seus amigos. Sabia o que iria acontecer, eram como ratos sobre o alimento. Seus companheiros seriam destruídos. Não podia permitir!

Alek parou de pensar, de avaliar que aqueles seres eram vivos e que não queria machucar ninguém. Apenas sentia que devia fazer o necessário. Defender quem o defendera, quem o ajudara.

Respirou fundo e lembrou-se do raio azul com que aquele anjo da Escuridão o atingira tempos atrás. Sem qualquer esforço, reproduziu o golpe com uma energia imensa e, com ele, fez todo um grupo de Renegados, que estava sobre Garib, acender e queimar em um fogo azul.

Os atacantes pararam um instante, olhando para seu líder, mas não saíram de cima dos guerreiros, que continuavam imobilizados. Dario pareceu perturbado. Garib estava livre, caída no chão, sem saber como agir.

— Você mudou... — Dario disse baixo.

— Vamos parar por aqui? — propôs Alek mais uma vez.

— Você ainda não nos conhece, Sombrio. Não é à toa que nem Anuar, nem Ciaran nos enfrentaram até hoje. Lembra do que fizemos com o anjo naquela noite?

— Devoraram o anjo como um bando de ratos!

— Não, nós o desintegramos, Sombrio. Se pudesse ver, veria que não sobrou nada de sua essência. Nós a consumimos por completo. Sua irmã aprendeu muito bem como fazer isso! A dor é a mais absoluta que existe. Badi e Leila já a provaram... Quer experimentar também?

Com a mesma facilidade, Alek usou a luz de tempestade que já utilizara em combate, mas não sentiu qualquer enjoo como da vez anterior. Com o golpe preciso, vários outros Renegados foram destruídos e Abhaya e Gerin foram libertados de uma só vez.

Assumir que era o Sombrio, que era um guerreiro, tornava tudo mais fácil para Alek. Seus golpes saíam limpos, fortes, precisos, mortais.

— Chega de mortes, Dario! Satisfeito? Vocês não podem enfrentar o Sombrio...

— Engano seu! Você não é tão diferente de nós quanto imagina. Podem se alimentar, meus amigos! — ao dizer isso, um grupo de Renegados atirou-se sobre Alek, que, num reflexo rápido, ergueu seu braço de dragão e os incendiou, dessa vez com o fogo vermelho.

— Estou ficando cansado disso! Teremos de fazer isso sem tocá-lo — foi a conclusão fria de Dario.

Ele não parecia se importar com as dezenas de Renegados que

Alek destruíra. Então, Alek compreendeu que Dario não cederia, não desistiria enquanto tivesse Renegados para atirar sobre ele e quem o acompanhasse. Foi por isso que usou a palavra que aprendera de mestre Gerd. Aquele grunhido horrível. Sabia que o Renegado não sobreviveria, mas era melhor eliminá-lo do que acabar com todos eles. E, ao pronunciar a antiga palavra, um vento estranho soprou, frio, cortante, e envolveu o corpo de Dario, fazendo-o dissolver-se diante dos olhos de todos, em gritos intensos enquanto ainda tinha vida e tomava consciência do que acontecia.

Quando não restava nada além de uma poça disforme, Alek percebeu que mais nenhum outro Renegado permanecia ali. Apenas seus companheiros, caídos pelo chão, recuperavam-se do ataque.

— Para onde foram? — Alek perguntou.

— Sumiram, da mesma forma que Amandy desapareceu do Campo do Destino... — Abhaya respondeu em uma voz fraca. — Sua irmã deve ter algo a ver com isso. E eu que achava que devia me preocupar com você!

Instantes depois, verificaram que ninguém estava gravemente ferido, mas se sentiam enfraquecidos pelo ataque dos Renegados. O grupo não disse nada, mesmo assim todos percebiam que Alek sofrera uma transformação naquele combate. Decidira guerrear, e eles sabiam que essa decisão não era fácil, que uma transformação imensa acontecia quando um guerreiro decidia matar alguém e assumir-se, de fato, como um guerreiro.

— Aqui, no nosso mundo, é fácil rastrear um humano — Garib falou, quebrando o silêncio desconfortável.

— Você consegue encontrar Lucas? — Alek animou-se e Garib farejou o ar, como observara antes ela e Leila fazendo. Isso o fez pensar que nunca mais veria Leila, mas com certeza encontraria sua assassina e precisaria estar preparado para isso.

— Por aqui, ele está aqui! — Garib indicou.

Correram pela mata seguindo a guardiã, mas sem trocar palavras, cada qual perdido em seus sentimentos e incertezas.

O que os unia era o temor comum: Alek revelava-se uma força de combate que nenhum deles era capaz de enfrentar. No entanto, o mais preocupante era que o Sombrio tinha uma irmã, que parecia ser ainda mais perigosa e, por alguma razão, demonstrara que estava disposta a destruir seres da Luz e da Escuridão apenas como uma amostra de seu poder.

Minutos depois, encontraram Lucas preso em uma teia semelhante àquela em que eles foram retidos ao entrar na floresta. Estava inconsciente. Martim cortou a teia com sua espada e libertou o garoto:

— Vamos sair desse lugar maldito! — pediu o guerreiro.

Fora da floresta, Garib examinou Lucas e concluiu que ele ficaria bem, mas precisaria de cuidados. Nem ela nem os guerreiros possuíam dons de cura, então ele devia ser levado dali para um lugar onde pudesse se recuperar. Por alguns segundos, Lucas chegou a abrir os olhos e Alek se debruçou sobre ele para ouvir:

— Alek! O que aconteceu com seus cabelos?

Alek sorriu e Lucas voltou a perder a consciência.

— E agora, Alek? Para onde você vai? — Abhaya perguntou.

— Ele já fez a escolha quando negociou a vida de vocês com Ciaran — Garib respondeu. — Seguirá com vocês e contará a Anuar qual o perigo que enfrentam. Nós faremos o mesmo, avisando Ciaran.

Alek sabia que era isso o que deveria fazer. Precisava continuar a se preparar para, em breve, enfrentar sua irmã, que, pelo visto, também se preparava para esse momento.

— Por que ela não participou do combate? — Draco falou o que todos pensavam.

— Acho que a armadilha era exatamente essa... — Alek refletiu. — Ela queria saber o que eu era capaz de fazer. Avaliar a melhor forma de agir...

— Então ela será mais perigosa da próxima vez — Verônika concluiu.

— Eu também serei — Alek disse, seguro. — Martim, quero que me ajude a levar Lucas conosco. É muito arriscado ele voltar para o mundo dos humanos. Você pode carregá-lo?

— Anuar não irá gostar disso, Alekssander. Um humano em nosso meio é algo muito problemático. Nunca antes foi permitido.

— Eu me acerto com Anuar, Martim. Acho que ele vai ficar bem feliz com o presentinho que estou levando... — e mostrou a eles o que segurava com seu braço de dragão, um extrator de essência, o artefato dos Renegados. — Ficou no chão quando Dario se foi.

— Nossa! Como isso não se desfez? — espantou-se Garib.

— É... talvez isso seja interessante, ainda mais se contiver o segredo dos Renegados. Se for com isso que eles renegam sua essência, Anuar ficará bem interessado — comentou Draco, e um certo desconforto se percebeu na troca de olhares dos Anuar.

— Mas Anuar não será capaz de fazer isso funcionar — Gerin comentou.

— Ele não... No entanto, talvez eu consiga. Penso que é um bom preço a pagar pela estadia do Lucas, concordam?

Ninguém respondeu.

— Nos veremos novamente, Garib?

E o que a guardiã fez surpreendeu a todos:

— Em breve — respondeu e aproximou-se, beijando-o nos lábios de maneira apaixonada. Mesmo surpreso, Alek correspondeu, abraçando-a e beijando-a intensamente. Ao se afastar, Garib disse:

— Hoje eu beijo o guerreiro que você é, Alekssander. O guerreiro que vejo em você!

Ele sentiu o mesmo calor de tempos atrás tomar conta de seu corpo, mas a sensação desapareceu por completo quando seu olhar cruzou com o de Abhaya.

— Bem... — falou, desconcertado. — Como voltamos para casa?

— Ao que parece, não há mais motivo para esconder onde você e Anuar estão — Verônika comentou. — Os Ciaran estão muito bem-informados sobre tudo.

— É a vida... — Garib sorriu e deu uma piscadela para ela. Draco e o dragão fizeram uma reverência. O guerreiro abriu um portal da Escuridão, por onde os dois e Garib entraram e desapareceram.

— Vamos para casa? — Abhaya chamou por Alek de dentro de um vórtex de luz alaranjada, estendendo-lhe a mão. Verônica já atravessara o portal. Martim estava dentro dele, com Lucas nos braços.

Alek segurou a mão da guerreira e entrou no vórtex, sabendo que tinha feito escolhas eternas naquela noite, que decidira seu próprio destino.

Tornara-se um guerreiro, afinal. Assumira sua natureza de Sombrio e comprara o ingresso de entrada na guerra com sua irmã.

O que o aguardava em seu futuro era impossível saber. Por enquanto, iria se concentrar na chegada de Lucas àquele mundo. Isso, com certeza, seria divertido.

No mais, treinaria muito, despertaria todos os dons que pudesse, porque, quando seu destino viesse encontrá-lo, ele estaria preparado.

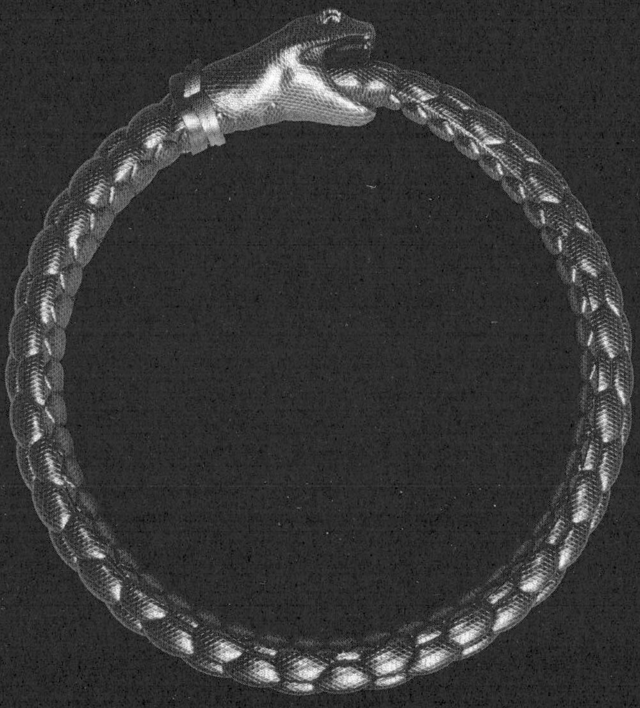

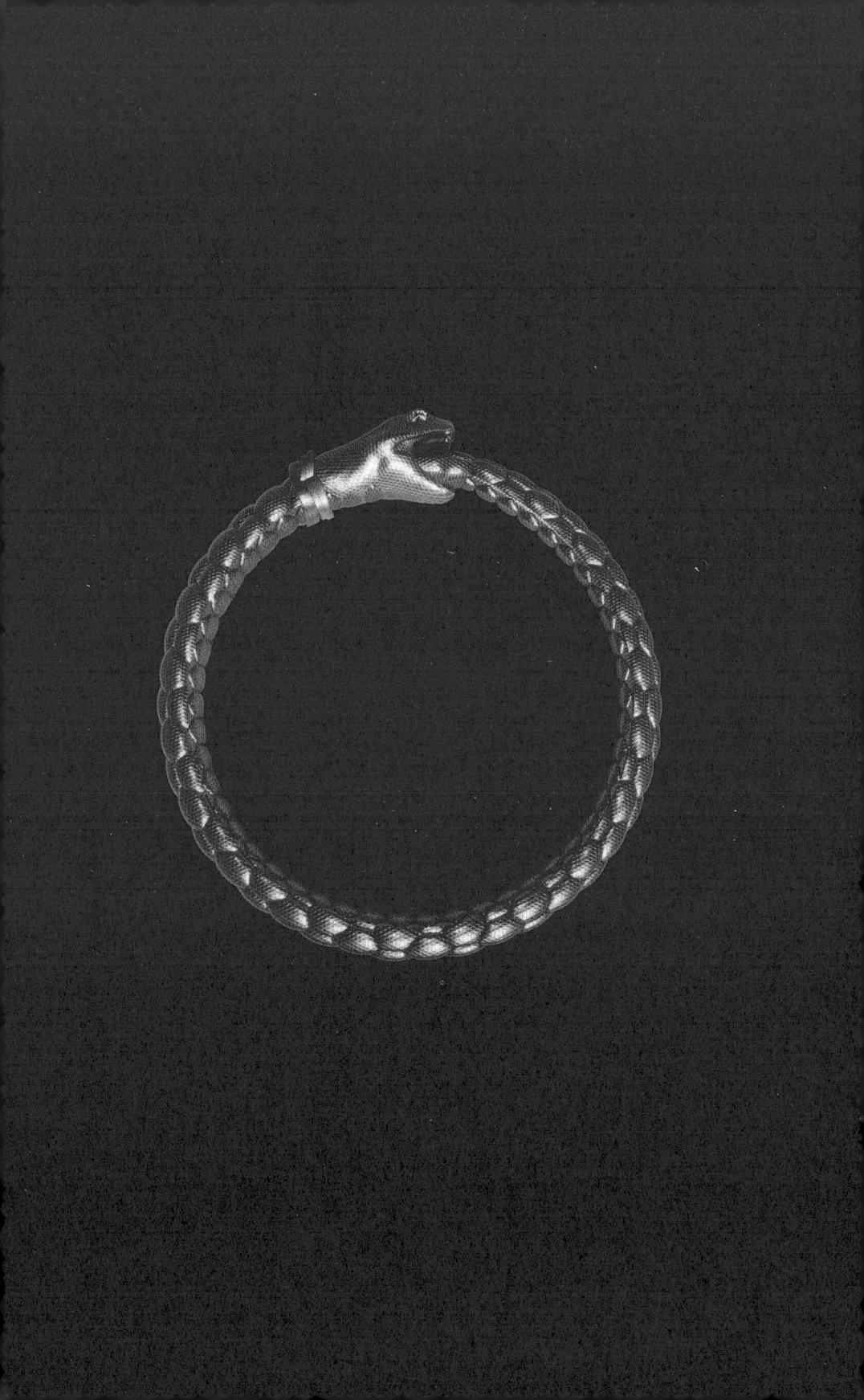

Texto © Shirley Souza

Diretor editorial
Marcelo Duarte

Diretora comercial
Patth Pachas

Diretora de projetos especiais
Tatiana Fulas

Coordenadora editorial
Vanessa Sayuri Sawada

Assistentes editoriais
Olívia Tavares
Camila Martins

Capa
Igor Campos

Ilustração de capa
Kathy Schermack

Projeto gráfico
Vanessa Sayuri Sawada

Diagramação
Victor Borges Malta

Revisão
Ana Maria Latgé
Tássia Carvalho

Impressão
Lis Gráfica

CIP-BRASIL. CATALOGAÇÃO NA PUBLICAÇÃO
SINDICATO NACIONAL DOS EDITORES DE LIVROS, RJ

S718a

Souza, Shirley
 Alek Ciaran e os guardiões da Escuridão / Shirley Souza. –
1. ed. – São Paulo: Panda Books, 2021. 280 pp.

ISBN: 978-65-5697-151-3

1. Ficção. 2. Literatura infantojuvenil brasileira. I. Título.

21-73148   CDD: 808.899282
           CDU: 82-93(81)

Bibliotecária: Camila Donis Hartmann – CRB-7/6472

2021
Todos os direitos reservados à Panda Books.
Um selo da Editora Original Ltda.
Rua Henrique Schaumann, 286, cj. 41
05413-010 – São Paulo – SP
Tel./Fax: (11) 3088-8444
edoriginal@pandabooks.com.br
www.pandabooks.com.br
Visite nosso Facebook, Instagram e Twitter.

Nenhuma parte desta publicação poderá ser reproduzida por qualquer meio ou forma sem a prévia autorização da Editora Original Ltda. A violação dos direitos autorais é crime estabelecido na Lei nº 9.610/98 e punido pelo artigo 184 do Código Penal.

ELA
XXVII

Ela repousava no escuro, aparentemente tranquila.

A respiração suave fazia seu peito oscilar em um movimento ritmado.

Seus traços delicados eram valorizados pela maquiagem cuidadosa. Os olhos delineados, a boca vermelha. Os cabelos negros, longos, trançados. Os brincos dourados combinavam com a pele morena.

Deitada em meio às almofadas coloridas, parecia confortável, aninhada. As cores de seu vestido misturavam-se com as muitas cores da tenda – tapetes, tecidos, enfeites de vidro...

Do lado de fora, a música cigana revelava um povo em festa e, do interior da tenda, era possível perceber a luz do fogo, bruxuleante, e as sombras dos que dançavam ao redor da fogueira.

Ela abriu seus olhos cinzentos como um céu de tempestade. Bonitos. E ficou contemplando as sombras.

– Eu tentei – falou baixo, com certo desapontamento na voz. – Ele é quem não quis. Eu só queria conversar...

Suspirou. Parou um instante e olhou para o canto escuro da tenda, onde um barulho metálico se repetia.

– Verdade! Eu tentei... Tentei mesmo! Mas ele partiu pra briga. A culpa não foi minha! Eu me comportei direitinho dessa vez! – e riu como uma bruxa riria, uma bruxa bonita e enganadora. – Ah! Depois eu resolvo isso!

Levantou-se e saiu da tenda. Dançaria sob o brilho da lua cheia. Celebraria a vida entre os seus, aproveitaria a magia da música para saborear o sucesso de seus planos. Agora conhecia melhor seu irmão e estava ainda mais interessada em encontrá-lo. Isso merecia ser celebrado com dança, vinho, música e fogo, celebrado como uma verdadeira cigana faria!

Apenas uma integrante daquele povo não participaria dos festejos sob o luar. Acorrentada naquele canto da tenda, a mulher suja e com suas roupas rasgadas não fechava os olhos, mas já não via nada ao redor. Estava para sempre perdida nos horrores que presenciara, revendo infinitamente as atrocidades de que sua filha era capaz.